TONY HILLERMAN

Das Tabu der Totengeister

Roman

Deutsch von Klaus Fröba

Rowohlt Taschenbuch Verlag

Neuausgabe Mai 2001

Deutsche Erstausgabe
Veröffentlicht im Rowohlt Taschenbuch Verlag
GmbH, Reinbek bei Hamburg, September 1987

Die Originalausgabe erschien 1984
unter dem Titel «The Ghostway»
bei Harper & Row Publishers, New York

Umschlaggestaltung any.way, Cathrin Günther
(Illustration: Jürgen Mick)
Satz Adobe Garamond bei
Pinkuin Satz und Datentechnik, Berlin
Druck und Bindung Clausen & Bosse, Leck
Printed in Germany
ISBN 3 499 23080 1

Für Margaret Mary

und mit besonderem Dank an Sam Bingham
und die Schüler der Rock Point Community School,
die Geduld mit mir hatten und mir verstehen halfen,
wie junge Navajos heute zu den *chindis* stehen

1

In Hosteen Joseph Joes Erinnerung stellten sich die Ereignisse so dar:

Er kam gerade aus der Shiprock-Münzwäscherei, da bemerkte er den Wagen. Der rote Schein der tiefstehenden Sonne spiegelte sich in seiner Windschutzscheibe. Über dem gelben Baumwollgebüsch am San Juan River ragte bläulichschwarz die Silhouette des Shiprock in den glühenden Himmel. Der Wagen sah brandneu aus, er rollte langsam über den Schotter, der Fahrer lehnte sich leicht aus dem Seitenfenster. Und dann rief er zu Joseph Joe:

«He, du!» rief er. «Komm mal rüber.»

Joseph Joe erinnerte sich daran ganz genau. Der Fahrer sah wie ein Navajo aus. Aber ihn so zu rufen war nicht nach Art der Navajos, denn Joseph Joe war einundachtzig Jahre alt, und die Leute rund um Shiprock und oben in den Chuska Mountains nannten ihn Hosteen; das bedeutete ‹alter Mann› und war ein Ausdruck ihres großen Respekts.

Joseph Joe stellte den Wäschesack hinten im Lieferwagen seiner Tochter ab und ging zu dem Wagen hinüber. Dabei bemerkte er, daß er keine gelben Nummernschilder hatte wie in New Mexico und keine weißen wie in Arizona. Diese hier waren blau.

«Ich suche einen Mann namens Gorman», sagte der Fahrer. «Leroy Gorman. Ein Navajo. Ist vor kurzem hergezogen.»

«Ich kenne ihn nicht», sagte Joseph Joe. Er sagte es in Navajo, denn beim Näherkommen hatte er festgestellt, daß sein erster Eindruck stimmte. Der Mann war ein Navajo. Aber der Fahrer runzelte nur die Stirn.

«Sprichst du Englisch?» fragte er.

«Ich kenne keinen Leroy Gorman.» Diesmal sagte Hosteen Joe es auf englisch.

«Er muß seit 'n paar Wochen hier sein», meinte der Fahrer. «'n junger Bursche. Nicht viel älter als ich. Mittelgroß. Verdammt, in so 'nem kleinen Nest müßtest du ihn eigentlich gesehen haben.»

«Ich kenne ihn nicht», wiederholte Joseph Joe. «Ich wohne nicht in der Stadt. Ich lebe bei meiner Tochter, draußen am Shiprock.» Dazu wies er mit einer weiten Geste zur Grenze nach Arizona hinüber, auf den alten Vulkan, dessen Kegel sich scharf gegen den Sonnenuntergang abzeichnete. «Ich wohne nicht hier, wo all die vielen Menschen sind», erklärte er.

«Ich wette, du hast ihn doch schon gesehen», sagte der im Auto. Er nahm seine Brieftasche und zog ein Foto heraus. «Das ist er.» Er gab Hosteen Joe das Foto.

Joseph Joe betrachtete es aufmerksam, das war für ihn ein Gebot der Höflichkeit. Es war ein Foto aus einer Polaroidkamera, genauso wie die, die seine Enkelin immer machte. Auf der Rückseite stand etwas, und auch eine Adresse war dort notiert. Das Bild zeigte einen Mann an der Tür eines Wohnwagens, das Ganze halb im Schatten eines Baumwollbaums. Hosteen Joe nahm seine Brille heraus, wischte sie sorgfältig am Ärmel ab und sah sich lange das Gesicht des jungen Mannes an. Es kam ihm nicht bekannt vor, und das war es auch, was er dem Mann im Auto sagte, als er ihm das Foto zurückgab. An das, was danach geschah, erinnerte er sich nicht mehr so genau, weil die Dinge sich dann ein wenig überstürzten.

Der Mann im Auto sagte gerade etwas über den Wohnwagen, möglicherweise, daß Gorman darin wohnte oder daß er ihn kaufen wollte oder so etwas, und dann war da das scharfe Bremsgeräusch eines Wagens auf dem Highway, Reifen quietschten, ein Motor heulte auf, ein Wagen schleuderte herum und kam auf den Parkplatz der Münzwäscherei gefahren. Auch dieser Wagen war ganz neu, ein Ford.

Der Ford hielt dicht vor dem anderen Wagen. Ein Mann in einer karierten Jacke stieg aus, kam auf sie zu und blieb dann plötzlich stehen. Offenbar hatte er Joseph Joe erst jetzt bemerkt. Der in der karierten Jacke sagte etwas zu dem im Auto. Soweit Joseph Joe sich erinnerte, war es «Hallo, Albert», aber der im Auto erwiderte nichts. Der Karierte redete auf ihn ein. «Wieso treibst du dich hier rum? Du hast hier gar nichts zu suchen. Du hältst dich nicht an deine Anweisungen.» Oder so etwas in der Art. Dann sah er Joseph Joe an und sagte: «Wir haben was miteinander zu besprechen, Alter. Verzieh dich.»

Hosteen Joe drehte sich um und ging zum Lieferwagen seiner Tochter. Er hörte, wie eine Wagentür geöffnet wurde. Dann zugeschlagen. Danach ein Schrei. Der scharfe Knall eines Pistolenschusses. Und dann noch ein Schuß – noch einer und ein vierter. Als er zurückschaute, sah er, daß der Karierte auf dem Schotter lag und der andere, der aus dem grünen Auto, sich an der Tür seines Wagens festklammerte, bevor er wieder einstieg und losfuhr. Oben an der Straße bog er zum Fluß ab, in Richtung auf die Kreuzung. Von dort konnte er sich entweder nach Westen halten, Richtung Teec Nos Pos, oder nach Süden, auf Gallup zu.

Da kamen auch schon die Leute aus der Münzwäscherei gerannt und schrien fragend durcheinander. Aber Hosteen Joe schaute nur auf den Karierten, der seitlich verkrümmt auf dem Schotter lag, die Pistole neben ihm auf dem Boden, aus seinem Mund lief Blut. Dann stieg er in den Lieferwagen seiner Tochter.

Der im grünen Auto war ein Navajo. Aber das Ganze war etwas, worum die weißen Männer sich kümmern sollten.

2

«Komische Sache, so eine Vorahnung», sagte der Deputy. «In den fast dreißig Jahren, die ich schon dabei bin, hatte ich vorher nie eine.»

Jim Chee ging nicht darauf ein. Er versuchte gerade, sich genau in jenen Augenblick zurückzuversetzen, als ihm klargeworden war, daß mit Mary Landon alles schiefging. Für die Vorahnungen des Deputy war kein Platz in seinen Gedanken. Er hatte zu Mary irgend etwas über seinen Wohnwagen gesagt, daß er zu klein wäre für sie beide, und Mary hatte gefragt: «He, Moment mal, Jim Chee, was hast du eigentlich wegen deiner Bewerbung beim FBI unternommen?» Und er hatte ihr gesagt, daß er sich entschlossen habe, sie nicht abzuschicken. Und Mary hatte neben ihm im Crownpoint Café gesessen und schweigend an ihm vorbeigeguckt und schließlich geseufzt und den Kopf geschüttelt und gesagt: «Warum solltest du auch anders sein als alle anderen?» Doch in ihrem Lachen war kein Quentchen Fröhlichkeit gewesen.

All das ging ihm durch den Kopf, während er sich gleichzeitig aufs Fahren konzentrierte, immer den steinigen Weg entlang, der hoch auf den Bergrücken der Chuska Mountains führte. Der Mond stand tief, es waren die Nachtstunden unerbittlich kalter Dunkelheit kurz vor dem ersten grauen Licht des neuen Tages. Chee fuhr nur mit den Parkleuchten, Sharkey hatte das so gewollt. Das bedeutete, daß er langsam fahren mußte und daß er Gefahr lief, irgendwo an einer Wegegabel die falsche Abzweigung zu nehmen, die dann zu einer Quelle führte oder zu einem einsamen Hogan oder zu einer Schaftränke oder wer weiß wohin. Daß sie so langsam vorankamen, machte Chee keine Sorgen. Sharkeys Plan sah vor, daß sie früh genug vor Tageslicht bei Hosteen Begays Hogan waren, um noch ihre Positionen einnehmen zu können. Sie hatten eine

Menge Zeit. Sorgen machte ihm nur, daß er den falschen Weg erwischen könnte. Und Mary Landon spukte durch seine Gedanken. Außerdem hatte der Deputy alles schon einmal gesagt. Und nun kaute er ihm das Ganze zum zweitenmal vor.

«Ich hab von Anfang an so 'n komisches Gefühl gehabt», sagte der Deputy. «Schon als Sharkey uns in Captain Largos Büro davon erzählt hat. Da hat's bei mir zu kribbeln angefangen, da hinten im Genick. Als wär's da auf einmal eiskalt. Und in den Armen hab ich so 'n Prickeln gehabt. Heute erwischt's einen, hab ich gedacht. Heute schießen sie einem den Arsch ab.»

Chee spürte, daß der Deputy ihn ansah und auf eine Reaktion wartete. «Mhm», machte er.

«Ich hab das Gefühl», fuhr der Deputy fort, «daß dieser Gorman schon da oben mit der Pistole auf uns lauert. Und wenn wir rankommen, muß einer dran glauben.»

Chee lenkte den Geländewagen der Navajo Tribal Police langsam um eine tiefe Auswaschung im Boden. Im Rückspiegel konnte er die Parkleuchten von Sharkeys Kombi sehen. Der FBI-Mann fuhr ungefähr hundert Meter hinter ihm. Der Deputy unterbrach jetzt seinen Monolog, weil er eine Zigarette anzündete. Im Licht der Streichholzflamme sah sein Gesicht gelb aus, alt und düster. Der Deputy hieß Bales und war wirklich schon alt, wenn auch nicht so alt, wie seine Haut vermuten ließ, in die die Hochlandsonne des San Juan County unendlich viele Runen wie Jahresringe eingegerbt hatte. Düster war eigentlich nichts an ihm. Er stand eher im Ruf, gutmütig und ein bißchen geschwätzig zu sein. Jetzt pustete er den Zigarettenrauch vor sich hin.

«Es ist nicht direkt das Gefühl, daß ich abgeknallt werde», sagte Bales. «Mehr so allgemein, daß es irgendeinen erwischt.»

Chee war sich bewußt, daß Bales von ihm irgendeine Äußerung dazu erwartete. Bei den weißen Männern war es eben üblich, daß derjenige, der zuhörte, sich nicht nur aufs Zuhören beschränkte, und das war genau das Gegenteil von dem, was Chee bei den Navajos als höfliches Benehmen gelernt hatte. Im Vorsemester an der Universität von New Mexico war ihm das zum erstenmal aufgefallen. Er hatte sich mit einem Mädchen aus dem Soziologiekurs verabredet, und sie hatte ihm vorgeworfen, er höre ihr überhaupt nicht zu. Erst nach einer Weile hatte er begriffen, welches Mißverständnis dahintersteckte. Während seine Leute erwarteten, daß man einfach nur zuhörte, solange sie redeten, legten die Weißen Wert darauf, daß man von Zeit zu Zeit irgendeine Reaktion erkennen ließ. So, wie Deputy Sheriff Bales im Augenblick Wert darauf legte. Chee versuchte sich irgend etwas einfallen zu lassen, was er sagen könnte.

«Irgendeinen erwischt's immer», sagte er schließlich. «Es gibt einen Haufen Leute, die irgendwann was abgekriegt haben, Gorman zum Beispiel auch.»

«Ich meine jemanden, den's bisher noch nicht erwischt hat», sagte Bales.

«Nun, wenn Sie's nicht sind», meinte Chee, «dann bleiben nur Sharkey oder ich übrig oder der andere FBI-Mann, den er mitgebracht hat. Oder vielleicht Old Man Begay.»

«Glaub ich nicht», sagte Bales. «Meiner Vorahnung nach müßte es eigentlich einer von uns sein.» Zufrieden, daß Chee ihm endlich zuhörte, nahm Bales einen tiefen Zug aus der Zigarette und gab einen Augenblick Ruhe, solange er den Tabakgeschmack auskostete.

Mary Landon hatte ihren Kaffee umgerührt und die Tasse angestarrt, statt ihn anzusehen. «Du hast dich also entschlossen zu bleiben, nicht wahr?» hatte sie gefragt. «Und wann hätte ich es erfahren?» Was hatte er ihr eigentlich zur Antwort gegeben? Wahrscheinlich irgend etwas Dummes, ohne jedes Feingefühl.

Er wußte es nicht mehr so genau. Aber was sie gesagt hatte, daran erinnerte er sich um so genauer. Klar und deutlich glaubte er es jetzt noch zu hören.

«Du kannst mir erzählen, was du willst, es läuft immer aufs selbe raus. Ich bin nur das zweitwichtigste in deinem Leben. Für Jim Chee ist das wichtigste, daß er ein Navajo ist. Ich bin so eine Art Anhängsel in seinem Leben. Mrs. Chee und die Navajokinder.» Er war ihr ins Wort gefallen und hatte den Vorwurf zurückgewiesen. Aber sie hatte gesagt, daß er sich doch um das Gesetz der Navajos nur dann scherte, wenn es ihn in seiner vorgefaßten Meinung bestärkte. Das Argument kannte er schon, sie hatte das schon einmal zu ihm gesagt. Die Navajos, hatte sie ihm vorgehalten, heirateten in den Clan ihrer Frauen ein. Der Ehemann zählte fortan zur Familie seiner Frau. «Wie hältst du's denn damit, Jim Chee?» hatte sie gefragt. Und er wußte keine Antwort darauf.

Der Deputy pustete wieder ein Tabakwölkchen vor sich hin und kurbelte das Fenster ein Stück herunter, damit die kalte Nachtluft den Rauch vertreiben konnte. «Ich könnt mich jedesmal in den Hintern beißen, wie diese FBI-Leute es drauf anlegen, einen für dumm zu verkaufen. ‹Der Gesuchte heißt Albert Gorman.›» Mit leicht erhöhter Stimmlage versuchte Bales nicht besonders erfolgreich, Sharkeys westtexanische Sprechweise nachzuahmen. «‹Gorman ist vermutlich mit einer Kaliber .38 bewaffnet.›» Und dann hatte seine Stimme wieder den gewohnten rostigen Klang. «Vermutlich – zum Teufel. Dem Burschen, den er umgelegt hat, haben sie 'ne achtunddreißiger Kugel rausgeholt.» Und wieder Sharkey imitierend: «‹Los Angeles legt großen Wert darauf, daß wir den Gesuchten lebend in die Finger bekommen. Er wird für eine Vernehmung benötigt.›» Bales ließ ein Knurren hören. «Haben Sie je einen festgenommen, den sie nicht irgendwo wegen irgendwas vernehmen wollten?» Er lachte glucksend. «Und wenn's nur darum ging, wie viele Biere er intus hatte, bevor er sich ans Steuer gesetzt hat.»

Chee brummte irgend etwas vor sich hin. Er kurvte mit dem Geländewagen um eine Stelle, wo das Erdreich weggewaschen war und das nackte Gestein zutage trat. Ein Blick in den Rückspiegel bestätigte ihm, daß Sharkeys Kombi immer noch hinter ihnen hing.

«Ich seh nicht, wie wir zu einem Kompromiß kommen können», hatte Mary Landon gesagt. «Ich seh einfach nicht, was es da für eine Lösung geben soll.» – «Doch, Mary, doch, es gibt eine Lösung.» Aber sie hatte recht. Was für einen Kompromiß konnte es denn geben? Entweder er blieb bei der Navajopolizei oder er nahm einen Job außerhalb der Reservation an. Entweder er blieb ein Navajo oder er wurde ein Weißer. Entweder zogen sie ihre Kinder in Albuquerque oder in Albany oder in irgendeiner anderen Stadt auf – als Kinder von Weißen, oder sie ließen sie auf dem Colorado Plateau groß werden – als Kinder im Dinee. Jeder Versuch, sich auf halbem Wege entgegenzukommen, war schlimmer als eine klare Entscheidung. Chee wußte das genau, er hatte oft genug entwurzelte Navajofamilien und ihre Kinder in den Grenzstädten gesehen. Es gab keine Lösung irgendwo in der Mitte.

«Wissen Sie, was uns zu Ohren gekommen ist?» fragte der Deputy. «Die Geschichte hat irgendwas mit einem FBI-Mann zu tun, den sie drüben in L. A. umgebracht haben. Wir haben gehört, daß Gorman und Lerner – das ist der Bursche, den er bei der Wäscherei umgelegt hat …, daß sie beide für dieselbe Bande gearbeitet haben, unten an der Küste. Eine Organisation, die auf Autodiebstahl spezialisiert ist. Ganz große Sache. Ein paar von den Bossen sind unter Anklage gestellt worden. Und einer vom FBI hat dran glauben müssen. Darum sind die so scharf drauf, mit Gorman zu reden.»

«Mhm», machte Chee. Er lenkte den Geländewagen vorsichtig um einen Wacholderbusch herum. Aber nicht vorsichtig genug. Das linke Vorderrad rutschte in ein Loch, das Chee im schwachen Licht der Parkleuchten nicht erkannt hatte. Bei dem heftigen Schlag rutschte dem Deputy der Hut über die Augen.

«Der Wagen, den Lerner gefahren hat, war am Farmington Airport gemietet worden», sagte der Deputy. «Hat man Ihnen das gesagt?»

«Nein», antwortete Chee. Tatsächlich hatte man ihm überhaupt nicht viel gesagt. Das war, wie er aus Erfahrung wußte, immer so, wenn es um irgendwelche Aufträge für die Bundespolizei ging. «Hab eine Kleinigkeit für dich zu erledigen», hatte Captain Largo gesagt. «Wir müssen diesen Burschen vom Parkplatz finden.» Das war eine etwas seltsame Formulierung, weil nicht nur die Dienststelle der Navajo Tribal Police in Shiprock, sondern jeder einzelne Polizist im Grenzgebiet von Arizona und New Mexico sowieso schon hinter dem Burschen her war. Aber auch mit Captain Largos seltsamen Formulierungen hatte Chee seine Erfahrungen. An Stelle irgendwelcher weiteren Erklärungen hatte Largo ihm einen Aktendeckel in die Hand gedrückt. Er enthielt ein Foto von Albert Gorman, das das FBI besorgt hatte, ein Vorstrafenregister mit ein paar Festnahmen und einer Verurteilung, bei der es um Autodiebstahl ging, und ein paar Angaben zur Person. Das Formblatt, das man beim Los Angeles Police Department verwendete, enthielt keine Spalten für die Angaben, die Chee in so einem Fall gebraucht hätte: den Namen von Gormans Mutter und ihren Clan, *in* dem er geboren wurde, und den Clan seines Vaters, *für* den er geboren wurde. Obwohl Albert Gorman in Los Angeles verlernt hatte, wie ein Navajo zu leben, oder es – was außerhalb der Reservation häufig vorkam – überhaupt nie gelernt hatte, mußte Chee dort nach ihm suchen, wo seine Clansleute wohnten. Largo wußte das.

«Ich will, daß du alles, was du sonst noch am Hals hast, stehen- und liegenläßt», hatte Largo gesagt. «Schaff mir nur den Burschen ran. An der Straßensperre am Teec Nos Pos ist er nicht aufgetaucht. Und wir hatten dort fünfzehn Minuten nach der Schießerei einen Wagen. Also hat er's nicht nach Westen rüber versucht. Auch an der Sperre bei Sheep Springs hat er sich nicht blicken lassen. Also kann er uns auch nicht nach Süden entwischt sein. Wenn er's nicht in östlicher Richtung versucht hat, nach Burnham rüber …, und dort führt die Straße ins Nichts, dann muß er hoch in die Chuskas gefahren sein.»

Chee hatte ihm zugestimmt, allerdings im stillen gedacht: Er muß nicht, aber er wird es wahrscheinlich getan haben.

Largo wuchtete sich aus dem Stuhl hoch und ging zur Wandkarte. Er war ein kräftiger Mann mit breitem Oberkörper und schmalen Hüften – der Typ mit keilförmigem Körperbau, wie er bei den westlichen Navajos üblich ist. Er beschrieb mit dem Finger auf der Karte einen Kreis rund um das Shiprock-Massiv, den Carrizo, die Lukachukai Mountains und die nördlichen Ausläufer der Chuskas. «Das engt die Sache auf dieses kleine Stück ein», sagte er. «Sieh zu, wie schnell du ihn finden kannst.»

Das kleine Stück entsprach ungefähr der Größe von Connecticut, allerdings lebten nur ein paar hundert Leute dort. Und die paar hundert würden unweigerlich alles bemerken, was irgendwie ungewöhnlich war, und sich daran erinnern. Wenn Gorman mit seinem grünen Wagen in das Gelände südlich von Teec Nos Pos oder westlich von Littlewater gefahren war, dann hatten ihn die Leute gesehen. Und dann redeten sie darüber und tauschten Vermutungen aus. Alles was Chee tun mußte, war fahren und fahren und fahren und mit den Leuten reden und reden und wieder reden, ganz egal, wie viele Tage es dauerte, bis er auf eine Spur von Gorman gestoßen war. «Reine Glückssache, wie schnell ich ihn finde», sagte er.

«Dann gib dir Mühe, Glück zu haben», sagte Largo. «Und wenn du ihn findest, sag mir Bescheid. Versuch nicht, ihn festzunehmen. Rück ihm nicht zu nahe auf die Pelle. Du sollst ihn nicht aufscheuchen. Gib uns einfach über Funk Nachricht, und wir sagen den FBI-Leuten Bescheid.» Largo lehnte sich gegen die Karte, sah Chee in die Augen und gab sich Mühe, trotzdem ein gleichgültiges Gesicht zu machen. «Hast du kapiert, was ich will? Daß du mir ja keinen Staub aufwirbelst. Das ist ein Fall vom FBI, keiner – ich wiederhole: keiner für die Navajo Tribal Police. Die Sache ist nicht unser Bier. Der Officer Jim Chee unternimmt nichts auf eigene Faust. Ist das klar?»

«Klar», sagte Chee.

«Chee findet ihn. Chee setzt seinen Funkspruch ab. Und damit hat sich's. Ansonsten hält Chee seine Finger da raus», sagte Largo.

Chee nickte. «In Ordnung.»

«Ich meine, was ich sage. Ich weiß nicht viel darüber, aber nach dem, was ich so läuten höre, ist der Bursche irgendwie in eine andere große Sache in Los Angeles verwickelt. Und einer vom FBI ist ermordet worden.» Largo ließ Chee einen Augenblick Zeit, darüber nachzudenken, was das bedeutete. «Das heißt, wenn das FBI sagt, sie wollen mit ihm reden, dann wollen sie wirklich mit ihm reden. Du sollst ihn einfach nur finden.»

Und so hatte Chee ihn gefunden, und jetzt führte er die Männer vom FBI hin, damit sie die Sache zu Ende bringen konnten. Und Deputy Bales war der Ordnung halber dabei, damit jemand den Sheriff vom San Juan County vertrat.

«Yeah», machte Bales mit unterdrücktem Gähnen, «der Bursche, den's erwischt hat, kam mit 'ner gecharterten Privatmaschine an. Die Leute auf dem Flugplatz sagen, er ist einfach mit dem Vogel angerauscht gekommen, ausgestiegen und hat sich 'n Mietwagen genommen. Ein Gangster aus Los Angeles. Einer mit'm langen Vorstrafenregister.»

«Mhm», machte Chee. Über das Flugzeug und den Mietwagen und über das, was der Polizeibericht darüber meldete, war er auf dem laufenden. Wenn bei einem Fall einer ins Gras beißen mußte, liefen jedesmal die Telefondrähte heiß. Nicht etwa, daß das FBI was verlauten ließ. Die nicht, aber der Polizeiposten in Farmington gab alles an die New Mexico State Police weiter, und von dort erfuhr es brühwarm der Sheriff, der unterrichtete die Navajopolizei, die gab die Meldung ans Bureau of Indian Affairs, und dort verlor man keine Zeit, die Streifenwagen auf den Arizona-Highways zu informieren. In der engmaschigen, gewöhnlich eintönigen Welt der Exekutive ist alles, was auch nur ein bißchen aus dem Rahmen fällt, willkommener Anlaß für einen intensiven Austausch von Funksprüchen und Ferngesprächen.

«Ich frag mich, ob er wirklich verwundet ist?» überlegte der Deputy halblaut.

«Das ist ziemlich sicher», behauptete Chee. «Old Joseph Joe soll gesehen haben, wie er sich an die Wagentür geklammert hat. Und er hat ganz so ausgesehen, als hätte er was abgekriegt. Übrigens habe ich im Wagen Blutspuren gefunden, auf dem Fahrersitz.»

«Das hat mich sowieso gewundert. Wie haben Sie den Wagen gefunden?» fragte der Deputy.

«Ist nur eine Frage der Zeit», antwortete Chee. «Sie wissen ja, wie das läuft. Man fragt sich so lange durch, bis man auf den Richtigen trifft.»

Drei Tage hatte er gebraucht, um den Richtigen zu finden,

einen Jungen, der gerade aus dem Toadlena-Schulbus stieg. Er hatte eine grüne Limousine auf der Straße von Two Gray Hills nach Süden Richtung Owl Springs fahren sehen. Chee hatte am Handelsposten von Two Gray Hills haltgemacht und sich vor allem mit der Frage beschäftigt, wer alles unterhalb der Straße wohnte und wie man zu den Behausungen kam. Dann hatte er noch einen anstrengenden Nachmittag hinter dem Lenkrad verbracht, auf Wegen, bei denen man nicht mal ahnen konnte, wo sie hinführten. «Gestern habe ich ihn gefunden», sagte er, «kurz bevor es dunkel wurde.»

Bales hatte den Hut weit ins Genick geschoben. «Tja, Sharkey will also, daß wir warten und ihn beim ersten Büchsenlicht schnappen, während er noch schläft. Das heißt, wir hoffen, daß er noch schläft. Dabei wissen wir nicht mal, ob er überhaupt da ist.»

«Nein», bestätigte Chee. Aber er zweifelte nicht daran, daß Albert Gorman da war. Dieser miserable Weg führte zu Begays Hogan und von dort nicht mehr weiter. Und Gormans Spuren wiesen von der Stelle, an der er den Wagen zurückgelassen hatte, eindeutig zu Begay. Es waren die unsicher schwankenden Spuren eines Mannes, der entweder betrunken oder schwer verletzt ist. Dazu kam noch das, was er am Handelsposten von Two Gray Hills erfahren hatte. Der Besitzer war nicht da, aber die Frau an der Kasse hatte ihm berichtet, Old Man Begay habe einen Gast.

«Vor drei, vier Tagen ist Hosteen Begay hergekommen und hat gefragt, welche Medizin er für einen kaufen soll, der sich bei einem Unfall verletzt hat und unter starken Schmerzen leidet», hatte sie erzählt. Sie hatte ihm eine Packung Aspirin verkauft – und außerdem eine Briefmarke, weil er einen Brief abschicken wollte.

Auf dem letzten Teil der Strecke, ein paar hundert Meter

lang, war der Boden mit ausgelaufenem Getriebeöl gesprenkelt, schwarz glänzend im Lichtschimmer der Parkleuchten. Und jetzt fiel das Licht auf eine grüne Plymouth-Limousine, die den Weg versperrte. Chee parkte den Geländewagen dahinter, schaltete die Scheinwerfer und den Motor ab und stieg aus.

Sharkey hatte das Seitenfenster heruntergekurbelt. Er lehnte sich heraus und sah Chee an.

«Ungefähr eine dreiviertel Meile», sagte Chee. Und mit einer Handbewegung: «Immer den Weg lang.»

Erst jetzt merkte er, daß Dunst aufkam. Wie grauer Rauch wallte ein dünner Schwaden durch den Lichtkegel von Sharkeys Scheinwerfern, ehe er sie ausschaltete. Und dann konnte Chee den Geruch des Nebels wahrnehmen und die Feuchtigkeit auf dem Gesicht spüren.

3

In der trockenen Gebirgsregion der Colorado-Hochebene ist Nebel eine Seltenheit. Er entsteht durch eine Art klimatischen Zusammenprall, wenn nämlich auf der einen Seite eine Kaltfront die Berghänge hinunterkriecht und auf warme Luft stößt, die von den gegenüberliegenden Hängen herangeführt wird. Aber der Nebel ist kurzlebig wie ein Fisch auf dem Trockenen.

Als die vier im ersten Morgengrauen in der Nähe von Hosteen Begays Behausung ankamen, war der Nebel schon keine geschlossene Wand mehr. Nur halb verwehte Fetzen hingen noch in der Luft, und in den tieferen Lagen waren ein paar bauschige Tupfen übriggeblieben. Direkt neben Chee wallte noch so ein Schwaden. Chee hatte genau nach Sharkeys Anweisung Aufstellung genommen – am Berghang westlich der Weidefläche, auf der Begay seinen Hogan gebaut hatte. Falls

Gorman versuchen sollte zu fliehen, hatte Chee dafür zu sorgen, daß er in dieser Richtung nicht durchkam.

Chee lehnte sich an einen Findling. Er wartete und beobachtete. Im Augenblick beobachtete er Deputy Bales, der unter einer Goldkiefer stand, die rechte Hand gegen den Stamm gestützt, in der linken einen schweren Revolver, die Mündung auf den Boden gerichtet. Das untere Ende des Baumstammes und Bales' Beine von den Knien abwärts waren in die Nebelschwaden getaucht. Im schwachen Dämmerlicht hätte man meinen können, Mann und Baum schwebten schwerelos über der Erde. Über dem Weideland hing der Dunst als zusammenhängendes, wallendes Tuch, nur hier und da schon ein wenig ausgefranst vom ersten Hauch einer kalten Morgenbrise. Chee warf einen Blick auf die Uhr. Noch elf Minuten bis zum Sonnenaufgang.

Der Hogan lag, von Chee und auch vom Deputy aus gesehen, etwas tiefer. Durch den aufreißenden Nebel konnte Chee das kegelförmige Dach erkennen. Es war anscheinend mit Holzschindeln gedeckt; man nahm dafür den äußeren, noch mit dem Borkenrand versehenen Anschnitt der Kiefern. Der Nebel ballte sich klumpig, fiel in sich zusammen und wallte noch einmal auf. Der kurze Schornstein aus verzinktem Weißblech, der mitten auf dem Dachfirst saß, schien verschlossen zu sein. Irgend etwas war von unten in den Rauchfang gestopft worden. Chee starrte hinüber, um ganz sicher zu sein, daß er sich nicht täuschte. Ihm fiel nur ein Grund dafür ein, den Rauchfang eines Hogans zu verschließen.

Chee machte einen unauffälligen Schnalzlaut mit der Zunge, so leise, daß nur der Deputy ihn hören konnte. Dann, als Bales zu ihm herübersah, deutete er durch Gesten an, sie sollten jetzt losgehen. Der Deputy guckte erstaunt und tippte auf seine Armbanduhr: es wären noch ein paar Minuten Zeit, wollte er Chee zu verstehen geben. Genau bei Sonnenaufgang sollte es losgehen. Sharkey und sein Mann wollten sich an der Tür des Hogans postieren, und sobald Hosteen Begay ins Freie trat, um nach der Tradition der Navajos mit dem Blick nach Osten den neuen Tag zu preisen, wollten sie ihn packen, aus der Gefahrenzone zerren, dann blitzschnell in den Hogan eindringen und Gorman überwältigen. Falls der alte Mann sich nicht vor der Tür blicken ließ, mußten sie eben so hineinstürmen. Das war der Plan. Aber Chee hatte auf einmal das Gefühl, daß das ganze Vorgehen ziemlich sinnlos geworden war.

Er ging los, immer der bogenförmig geschwungenen Linie des Berghangs folgend, von Bales weg, nach Norden zu. Nach allem, was man ihm bei Two Gray Hills über Hosteen Begay erzählt hatte, war der alte Mann fest in den Traditionen verwurzelt. Er kannte das Gesetz der Navajos und lebte nach ihm. Bestimmt hatte er diesen Hogan getreu den Lehren von Changing Woman gebaut, mit einer einzigen Tür, die nach Osten lag, zur Morgenröte hin, dahin, wo stets alles seinen Anfang nahm. Norden war dagegen die Himmelsrichtung der Finsternis und des Übels. Sollte es das Unglück irgendwann so fügen, daß jemand im Inneren eines Hogans starb, dann mußte man ein Loch in die Nordwand brechen und den Leichnam dort hinausschaffen. Man mußte den Rauchfang verstopfen und den Eingang mit Brettern vernageln. So wurde dann aus dem früheren Zuhause eine verlassene Blockhütte. Das Loch in der Nordwand blieb offen – als Warnung für alle im Volke, daß dies ein Totenhogan geworden war. Nur den Leichnam konnte man herausholen, nicht aber den bösen *chindi* des Verstorbenen. Der Geist hauste für immer dort.

Chee war ungefähr hundert Meter weit gegangen, immer oben am Berghang, wo man ihn vom Hogan aus nicht entdekken konnte. Jetzt hatte er fast die Nordseite der Behausung erreicht. Der Dunst war so dünn geworden, daß Chee das dunkle Loch erkennen konnte, die Stelle, wo die Holzkloben aus der Wand herausgehauen waren. Also war wirklich jemand in Hosteen Begays Hogan gestorben und hatte seinen Geist dort zurückgelassen.

4

«Jetzt kommt's darauf an, daß wir die Leiche finden, falls es überhaupt eine gibt», sagte Sharkey. «Kümmern Sie sich darum, Chee. Ich schau mich inzwischen hier bei der Hütte um.» Sharkey stand an der Tür des Hogans, ein schlanker, durchtrainierter Mann Mitte Vierzig, das blonde, kurzgeschnittene Haar leicht gewellt.

«Hier liegt noch mehr altes Verbandszeug rum», rief ihnen Bales aus dem Hogan zu. «Und an einer Binde ist getrocknetes Blut.»

«Können Sie sonst noch was entdecken?» fragte Chee. «Zum Beispiel ein Schlafbündel?»

Sharkey fuhr ungeduldig dazwischen. «Sehen Sie zu, daß Sie rausfinden, wo die Leiche geblieben ist.»

«In Ordnung», sagte Chee. Er ahnte bereits, wo er die Leiche finden konnte. Nach der vorliegenden Personenbeschreibung war Gorman nicht besonders schwer gewesen. Allerdings war Begay ein alter Mann, dem es bestimmt nicht leichtfiel, den toten Körper eines Erwachsenen zu tragen. Vielleicht hatte er ihn auf eine Decke aus seinem Schlafbündel gelegt und weggeschleift. Einen geeigneten Platz für die Bestattung zu finden, möglichst nicht weit vom Hogan entfernt, war nicht schwierig. Im Nordwesten wurde Begays kleines Stück Weidefläche von einem Felsgrat aus Sandstein begrenzt, und aus dieser natürlichen Wand waren irgendwann vor langer Zeit mächtige Gesteinsbrocken herausgebrochen, die jetzt verstreut am Fuße der Wand herumlagen. Es konnte gar keinen besseren Platz geben, um einen Leichnam – sicher vor räuberisch streunenden Tieren – zur Ruhe zu betten. Dorthin machte Chee sich auf den Weg.

Sharkeys Mann stemmte sich aus dem trockenen Wasserlauf hoch, der hinter dem Hogan entlangführte. Er nickte Chee zu und ließ ihn wissen: «Im Pferch ist nichts. Und auch im Schafstall nicht. Der Schafsmist scheint schon alt zu sein.»

Chee nickte zurück, versuchte vergeblich, sich an den Namen des Mannes zu erinnern, und widmete sich dann einen Augenblick lang der Frage, was wohl in diesem Zusammenhang ‹alt› heißen sollte. Stammte das, was Schafe nun mal hinter sich fallen lassen, von gestern, oder war es der Mist vom letzten Jahr? Im Grunde war ihm das ziemlich egal. Das Ganze war Sharkeys Sache, nicht seine. Von seiner Abstammung her mochte Gorman ein Navajo sein, aber er hatte unter Weißen gelebt und nach ihrer Art. Laß den weißen Mann die weißen Männer begraben ..., gab's nicht so ein ähnliches Sprichwort? Auf Chee wartete in Shiprock eine Menge eigene Arbeit. Dort wurde er gebraucht, damit er sich mit den Problemen beschäftigen konnte, die ihn etwas angingen. Zum Beispiel mit der Frage, wie er die Sache mit Mary Landon ins reine bringen sollte.

Es gab einen Trampelpfad, der ins Steingewirr unterhalb der Felswand führte. Chee folgte ihm und stellte bald fest, daß seine Vermutung richtig gewesen war. Jemand hatte etwas Schweres hier entlanggeschleift, das war an den Spuren auf dem Boden und am plattgedrückten Bewuchs leicht zu erkennen. Dann entdeckte er – ein Stück weiter oben am Berghang – eine Stelle, wo jemand offenbar die unteren Stützsteine an einem Geröllhaufen so herausgehebelt hatte, daß die ganze Halde ins Rutschen geraten und ein paar Meter bergab gepoltert war. Das war eine probate Methode, wenn man etwas unter Gesteinsbrocken verbergen wollte, zum Beispiel einen Leichnam. Und schließlich sah Chee das Stück blauen Baumwollstoff.

Der Tote lag auf einen abgeflachten Steinbrocken gebettet, der irgendwann vor Jahrhunderten aus dem Felsgrat herausgebrochen war. So konnten die Kojoten dem Leichnam nichts anhaben, und vor den Vögeln war er durch das Geröll geschützt, das ihn zudeckte. Bei näherem Hinsehen stellte sich heraus, daß das blaue Stück Stoff das Hosenbein einer Jeans war. Chee ging um den Bestattungsplatz herum. Der Kopf war ganz unter den Steinen verborgen. Auch vom Körper des Toten sah Chee bei seiner Inspektion nur wenig. Die rechte Schuhsohle ragte heraus, und weiter oben, da wo die Schultern sein mußten, schimmerte wieder ein Stück Jeansstoff durch.

Aber irgend etwas paßte nicht ins Bild. Chee wurde das Gefühl nicht los, daß etwas nicht stimmte. Was denn nur? Er kletterte ein Stück den Hügel hinauf und sah sich den Platz von oben an. Der Steinhaufen sah irgendwie unnatürlich aus, das war alles. Er ließ den Blick in die Senke schweifen, dahin, wo Hosteen Begay seine Blockhütte gebaut hatte. Die Sonne war inzwischen über den Bergrücken gekommen, er spürte, wie sie ihm das Gesicht wärmte. Der Hogan dort unten lag noch im Schatten. Ein Platz, an dem sich's gut leben ließ, sorgfältig gebaut, mit einem Laubengang aus Hecken daneben und einem fast neuen Lagerschuppen, mit Ölfässern, in denen Hosteen Begay Trink- und Kochwasser gesammelt hatte und von denen sogar eine geschweißte Rohrleitung zum Hogan führte, mit einem zweiten Schuppen fürs Viehfutter … ein guter Platz. Durch lockeres Kieferngehölz fiel der Blick hinunter in das Becken des San Juan, auf formloses Grau, das im Licht der Morgensonne wie matt schimmernder Samt erschien. Weideland für Schafe – Büffel- und Grammagras, Salbei, Scheinheide und Schlangenkraut. Dahinter ragte der Shiprock mit seinen bizarren schwarzen Spitzen auf, wie die Türme einer gotischen Kathedrale. Und hinter Shiprock, fünfzig Meilen weiter, der schwebende Schmutzfleck aus den Schornsteinen des Kraftwerks im Grenzgebiet Four Corners.

Chee nahm das Bild in sich auf, er fühlte, wie seine Gedanken sich bei diesem Blick auf die erhabene Weite des Raumes vom Banalen lösten. Und dennoch war da immer noch etwas, was ihm innerlich keine Ruhe ließ. Irgend etwas, was nicht stimmte. Etwas, was einen Mißklang in die Harmonie brachte, die ihn umgab.

Er lenkte den Blick noch einmal auf den Hogan, sah ihn sich genau an. Bales machte sich neben dem Laubengang zu schaffen. Die beiden FBI-Männer konnte er nicht sehen. Vielleicht waren sie im Inneren des Totenhogans. Sei's drum, ihre Ahnungslosigkeit mochte sie vor dem Übel des Bösen schützen, das von Gormans *chindi* ausging. Der Hogan konnte nicht besser gelegen sein. Es war alles da. Feuerholz. Und im Sommer Gras und frisches Wasser fürs Vieh im Bachlauf hinter dem Hogan. Wunderschön gelegen, mit einem herrlichen Blick. Und die Abgeschiedenheit, das Gefühl, von Weite umgeben zu sein – das, was die Pueblo-Indianer und die Weißen Einsamkeit nannten, was aber die Navajos besonders schätzten. Freilich, die Winter konnten hier schneereich und bitter kalt sein. Der Hogan lag in gut zweieinhalbtausend Meter Höhe. Aber er war so gebaut, daß er dem Winter trotzen konnte. Es mußte den alten Mann furchtbar hart angekommen sein, ihn zu verlassen. Warum hatte er das getan?

Chee wurde klar, daß es diese Frage war, die ihn schon die ganze Zeit über quälte. Warum hatte der alte Mann nicht gehandelt, wie man im Dinee seit Hunderten von Generationen handelte, sobald sich einem von ihnen der Tod nahte? Warum hatte er den sterbenden Gorman nicht nach draußen geschafft, hinaus aus dem Hogan, in die reine, klare Luft, unter das Auge des Vaters Sonne? Warum hatte er seinem Blutsverwandten nicht ein Lager unter dem Laubengang bereitet, wo es keine Mauern gab, die im erlösenden Augenblick des Todes den *chindi* einpferchen und daran hindern konnten, sich in der unbegrenzten Weite des Himmels zu verlieren? Bei Gorman waren wohl zum Blutverlust innere Verletzungen und schließlich auch noch eine Infektion gekommen, sein Sterben mußte sich also langsam, gleichsam etappenweise vollzogen haben. Und was den alten Mann betraf – für ihn konnte der Tod nichts Fremdes sein. Bei den Navajos ist es nicht Sitte, die Angehörigen, wenn der Tod sich naht, in Hospitäler abzuschieben. Von Jugend an erlebt ein Navajo, daß alte Menschen sterben. Der Tod ist etwas Vertrautes für ihn, er flößt ihm Ehrfurcht ein, aber keine Angst. Begay mußte schon lange gesehen haben, daß es mit Gorman zu Ende ging. Der flache Atem und der unstete Blick waren untrügliche Zeichen gewesen. Warum hatte er also den Mann nicht, wie es Brauch war, nach draußen geschafft? Warum hatte er zugelassen, daß dieser solide gebaute, herrlich gelegene Hogan für alle Zeiten durch das Übel des Bösen verseucht wurde, das im *chindi* gefangen war?

Unten in der Senke kam Sharkey wieder ins Blickfeld, er stand an der Tür des Hogans und starrte zu Chee herauf. Chee, zwischen den Findlingen verborgen, rührte sich nicht. Wo waren Bales und der andere FBI-Mann geblieben? Wie hieß er doch gleich? Auf einmal war der Name wieder da: Witry. Und noch etwas fiel Chee ein, ebenso plötzlich: War der Tote unter den Steinen womöglich Begay? Konnte es sein, daß Gorman den alten Mann getötet hatte? Ziemlich unwahrscheinlich. Trotzdem, Chees Gleichgültigkeit war verflogen, auf einmal begann ihn die Sache zu interessieren.

Er trat ein paar Schritte vor, so daß Sharkey ihn sehen konnte, und rief: «Hierher! Kommt hierher!»

Steine und Geröll waren rasch weggeräumt.

«Die Fotos habe ich im Kombi gelassen», sagte Sharkey. «Aber der Beschreibung nach müßte es Gorman sein.»

Hosteen Begay konnte es jedenfalls nicht sein. Viel zu jung, Mitte Dreißig, schätzte Chee. Der Tote ruhte mit dem Gesicht nach oben auf dem Stein, die Beine ausgestreckt, die Arme angelegt. Neben seiner rechten Hand lag ein Frühstücksbeutel aus Plastikfolie, oben gezwirbelt und mit einem Clip verschlossen.

«Hier ist die tödliche Wunde», stellte Bales fest. «Hat ihn genau an der Seite erwischt. Alles aufgerissen. Daran ist er verblutet.»

Sharkey sah Chee fragend an. «Mit dem Wagen werden wir wohl hier nicht raufkommen? Ich denke, wir müssen ihn nach unten schleppen.»

«Wir könnten ein Pferd holen und ihn damit runterschaffen», meinte Chee.

Sharkey öffnete den Plastikbeutel. «Scheint 'n Wasserbehälter zu sein. Und Maismehl. Sagt Ihnen das was?»

«Ja», antwortete Chee, «das entspricht dem Brauch.»

Sharkey leerte den Beutel vorsichtig über dem Stein aus, so daß nun Gormans Seele ohne Nahrung und ohne Wasser die vier Tage währende Reise in die Unterwelt des Todes antreten mußte. «Und hier haben wir noch seine Brieftasche. Feuerzeug. Autoschlüssel. Kamm. Ich nehme an, das hat er in seinen Taschen gehabt.» Sharkey wühlte in der Brieftasche, zog alles, was er fand, heraus und legte es neben Gormans Knie auf den Stein. Dann überprüfte er es der Reihe nach, zuerst den Führerschein. Er hielt ihn in der linken Hand, zog mit der rechten Gormans

Kopf zu sich herüber und verglich das Foto mit dem Aussehen des Toten.

«Albert A. Gorman», las er vor. Elf-sieben-eins-dreizehn La Monica Street, Hollywood.» Dann zählte er flüchtig das Geld und pfiff durch die Zähne. Anscheinend waren es hauptsächlich Hundertdollarnoten. «Zweitausendsiebenhundertvierzig und noch was», sagte er. «Verbrechen lohnt sich also doch.»

«He, er hat ja die Schuhe verkehrtrum an!» rief Bales.

Sharkey unterbrach seine Überprüfung und schaute auf Gormans Füße. Der Tote trug flache braune Joggingschuhe mit Gummisohlen, das Oberteil aus Segeltuch. Die Schuhe waren vertauscht, der rechte am linken, der linke am rechten Fuß.

«Das ist richtig so», sagte Chee.

Sharkey starrte ihn verblüfft an.

«Ich meine, das ist üblich so», erklärte Chee. «Die Tradition verlangt, daß man die Mokassins vertauscht, wenn man einen Toten für die Bestattung vorbereitet.» Er spürte, wie er unter Sharkeys bohrendem Blick rot wurde. «Man tut es, damit der Geist den Toten nicht verfolgen kann.»

Schweigen. Sharkey wandte sich wieder Gormans Habseligkeiten zu und sah den Rest durch.

Chees Blick fiel auf Gormans Kopf. Die Stirn war schmutzig und das Haar voller Staub vom Geröll, das den Leichnam zugedeckt hatte. Aber das Haar war nicht nur staubig, sondern auch fettig und verklebt. Ungewaschen, weil der Mann tagelang gelegen und mit dem Tode gerungen hatte.

«Jede Menge Geld», stellte Sharkey fest, «VISA, Mastercard, Führerschein und Jagdlizenz, beides aus Kalifornien. Eine Mitgliedskarte vom Olympic Health Club. Schnappschüsse von zwei Frauen. Gutschein für zwei Burger King zum halben Preis. Sozialversicherungskarte. Das ist alles.»

Sharkey wühlte in Gormans Jackentaschen, knöpfte die

Jacke auf, durchsuchte die Hosentaschen – nichts, absolut nichts.

Auf dem Rückweg zum Geländewagen dachte Chee darüber nach, daß es nun ein zweites Rätsel gab. Eine Frage, die genauso unbeantwortet blieb wie die, warum Hosteen Begay seinen Hogan nicht vor dem Geist geschützt hatte. Noch so etwas, was nach unverständlicher Sorglosigkeit aussah.

Begay hatte einige Mühe aufgewendet, um seinen Verwandten auf den Weg in die Unterwelt vorzubereiten. Das Bündel Geld nützte Albert A. Gorman freilich nichts mehr, wenn er nun durch den Bogen der Finsternis schreiten mußte. Aber kein Geist konnte den verwirrenden Fußspuren folgen. Und Gorman war mit Nahrung und Wasser für die letzte Reise versorgt. Nur die Riten der Reinigung fehlten, wenn er dort unten ankam. Es hätte sich gehört, sein schmutziges Haar mit einem Sud aus Yuccawurzeln zu waschen, es zu bürsten und zu schmücken. Yuccawurzeln zu kochen nahm viel Zeit in Anspruch. War Hosteen Begay so in Eile gewesen?

5

Von Kanada her stieß der beginnende Winter zum Colorado Plateau vor und stäubte Schnee übers Land. Dann zog er sich noch einmal zurück, und die Sonne brannte den Schnee weg. Schwärme verspäteter Schneegänse folgten dem Lauf des San Juan, verweilten einen Tag, flogen nach Süden weiter. Und wieder kam der Winter, diesmal kalt und trocken. Er hing über den Bergen von Utah, seine Vorboten waren die Stürme, die durch das zerklüftete Land tobten. In Shiprock pfiff und heulte der Wind um das Dienstgebäude der Navajo Tribal Police, an den Mauern brach sich seine Gewalt, an den Fenstern rüttelte seine Wut. Jim Chee lauschte auf den Sturm, es fiel ihm schwer, sich auf das zu konzentrieren, was Captain Largo ihnen zu sagen hatte. Vor allem lag das freilich daran, daß Chees Gedanken um Mary Landon kreisten.

Die Montagsbesprechung hatte länger als üblich gedauert. Jetzt ging sie zu Ende, die Streifenbeamten, die Schichtführer, die Männer aus der Funkzentrale und die vom Innendienst verließen den Raum. Nur Chee und Taylor Natonabah war bedeutet worden, sie sollten noch bleiben. Chee räkelte sich auf einem Klappstuhl ziemlich weit hinten in der Ecke. Seine Augen waren auf Largo gerichtet, der gerade Natonabah irgend etwas auseinandersetzte, aber in Gedanken war er zurückgekehrt zum ersten Abend, den er mit Mary Landon verbracht hatte.

Da war der Markt in Crownpoint, wo man handgeknüpfte Teppiche und gewebte Decken verkaufte – und da war Mary, die ihn nicht aus den Augen ließ, wo er auch stand und ging. Später im Crownpoint Café, als sie ihm gegenübersaß, ihn wieder mit ihren blauen Augen ansah, hatte er ihr von seiner Familie erzählt – von seiner Schwester, seiner Mutter ... vom Onkel, der ihn den Gesang der Berge gelehrt hatte und das Lied von der Jagd und andere Navajoriten der Reinigung und der Heilung, weil er wollte, daß aus ihm ein *yataalii* würde, ein Medizinmann, der jene Gesetze kannte, durch die das Volk in Harmonie blieb mit allem, was den Menschen umgibt. Aufrichtiges Interesse, das war es, was er in Marys Gesicht gelesen hatte. Und als sie dann endlich zu Wort gekommen war, hatte sie ihm von ihrer fünften Klasse an der Grundschule in Crownpoint erzählt und davon, daß diese Navajokinder ganz anders waren als die der Puebloindianer, die sie letztes Jahr an der Schule in Laguna-Acoma unterrichtet hatte. Und von ihrer Familie drüben in Wisconsin hatte sie erzählt. Und es kam ihm so vor, als hätte er schon damals, schon an ihrem ersten Abend gewußt, daß diese Weiße die Frau war, mit der er sein Leben teilen wollte.

Eine Bö wirbelte Staub gegen die Fenster. Irgendwo mußte eine undichte Stelle sein, es zog eisig, Chee spürte den kalten Hauch an den Fußknöcheln. Seine Erinnerung schweifte weiter bis zu jenem Wochenende, an dem er Mary mitgenommen hatte in die Hochebene südlich von Kayenta, zum Sommerhogan seiner Mutter. Als er seine Mutter später gefragt hatte, was sie von Mary hielte, hatte sie zuerst von ihm wissen wollen: «Ist sie bereit, wie eine Navajo zu leben?» Und er hatte geantwortet: «Ja, sie wird so leben.» Jetzt wußte er, daß er sich damals geirrt hatte. Er glaubte es jedenfalls zu wissen. Mary Landon würde keine Navajo werden. Oder konnte er sie doch dazu bringen? Und wenn nicht – konnte Jim Chee dann aufhören, ein Navajo zu sein?

Natonabah stand auf und zog den Reißverschluß der pelzgefütterten Jacke zu. Er hatte ein gerötetes Gesicht, seine Miene war finster. Der Captain hatte ihm gehörig die Meinung gesagt, ruhig, wie es seine Art war, aber überaus deutlich. Chee hörte auf, an Mary Landon zu denken, und konzentrierte sich auf das, was nun kam. Schon als Largo ihm einen Wink gegeben hatte, er sollte noch hierbleiben, war Chee ganz automatisch in Gedanken die letzten Tage durchgegangen. Aber ihm fiel nichts ein, was er falsch gemacht hätte. Jetzt allerdings kam es ihm so vor, als strahlte Captain Largos rundes Gesicht noch mehr Milde aus als sonst, und oftmals verhieß gerade das nichts Gutes. Was hatte er denn bloß angestellt.

«Bist du mit deiner Arbeit durch?»

Chee setzte sich gerade hin. «Nein, Sir.»

«Hast du diesen Yazzi erwischt, der illegal mit Spirituosen handelt?»

«Nein, Sir.»

«Und den Jungen, der in die Messerstecherei in der Utah-Reservation verwickelt war?»

«Noch nicht, Sir.» Das lief ja noch schlimmer, als er befürchtet hatte. Wegen der Messerstecherei hatte er bisher gar nichts unternommen, das schlummerte noch bei den unerledigten Fällen.

Largo blätterte in dem Ordner, in dem Chees Dienstberichte gesammelt waren. Es war ein dicker Ordner, aber Largo hatte sich offenbar entschlossen, das Verfahren abzukürzen. Er blätterte noch ein Stück weiter, dann klappte er den Ordner zu und legte ihn umgedreht auf den Schreibtisch. «Dann sind das also alles noch unerledigte Fälle?» fragte er. «Dann hättest du doch eigentlich genug, womit du dich beschäftigen kannst.»

«Ja, Sir, ich habe eine Menge zu tun», antwortete Chee.

«Ach ja? Ich hatte den Eindruck, daß du Zeit übrig hast. Daß du geradezu nach Arbeit suchst», hielt ihm Largo vor.

Chee wartete ab. Largo wartete genauso. Und schließlich dachte Chee: Na gut, dann bringen wir's eben hinter uns. «Wieso das, Sir?» fragte er.

«Du hast dir die Akte in der Gorman-Sache geholt», sagte Largo. Das ‹Warum› sprach er nicht aus, aber es stand in seinem Gesicht geschrieben.

«Reine Neugier», behauptete Chee. Nun würde er natürlich einen Vortrag darüber hören, daß er fremde Kompetenzen zu respektieren und die Nase in seinen eigenen Kram zu stecken hätte.

«Hast du was Interessantes drin gefunden?»

Die Frage überraschte Chee. «Da steht überhaupt nicht viel drin», sagte er.

«Weil's eben da nicht reingehört», meinte Largo. «Es ist ja nicht unser Fall. Was suchst du denn?»

«Nichts Spezielles. Ich frag mich, wer Gorman eigentlich war. Und wer der andere war, der ihm an den Kragen wollte.

Der, den Gorman bei der Wäscherei niedergeschossen hat. Was Gorman überhaupt in Shiprock zu suchen hatte. Und was Begay damit zu tun hat. So was in der Art wollte ich rausfinden.»

Largo baute aus den Fingern ein Zelt über der Schreibtischplatte und schien einen Augenblick nur damit beschäftigt, sein Werk zu begutachten. Er war noch ganz in den Anblick versunken, als er fragte: «Warum bist du so neugierig? Zwei haben auf einem Parkplatz eine Schießerei angefangen. Der, der davongekommen ist, hat sich bei einem nahen Verwandten versteckt, um sich auszuheilen. Sieht doch alles ganz normal aus. Was stört dich bei der Geschichte?»

Chee zuckte die Achseln.

Largo musterte ihn. «Du weißt ... jedenfalls hab ich's dir gesagt, daß im Zusammenhang mit dieser Sache ein FBI-Agent unten in Kalifornien getötet wurde. Das FBI reagiert immer empfindlich, wenn sich jemand einmischt. Und diesmal werden sie's besonders krumm nehmen.»

«Ich war nur neugierig. Richtig eingemischt hab ich mich ja gar nicht», verteidigte sich Chee.

«Und genau das will ich von dir wissen: warum du so neugierig warst.»

«Ach, nur eine Kleinigkeit ...», begann Chee. Er erzählte Largo, in welchem Zustand sie Gormans Leiche gefunden hatten. Nach den Riten bestattet, mit Nahrung und Wasser versehen, aber mit ungewaschenem Haar. Und er erzählte davon, wie seltsam es doch wäre, daß Begay Gorman nicht nach draußen geschafft hatte, bevor der Tod eintrat.

Largo hörte aufmerksam zu. «Hast du das auch Sharkey gesagt?»

«Das hat den doch überhaupt nicht interessiert», meinte Chee.

Largo grinste.

«Zugegeben, vielleicht ist es gar nichts, was ihn interessieren mußte», fuhr Chee fort. «Ich weiß nicht viel über Begay. Es gibt viele Navajos, die den alten Ritus der Totenwaschung nicht mehr kennen. Viele geben nichts mehr drauf.»

«Die jüngeren vielleicht nicht oder die in den Städten», wandte Largo ein. «Aber Begay gehört weder zu den einen noch zu den anderen. Was weißt du denn über ihn?»

«Sie nennen ihn Hosteen. Also haben die Leute da oben Respekt vor ihm. Das ist eigentlich schon alles.»

«Dann weiß ich ein bißchen mehr», sagte Largo. «Begay gehört zum Tazhii Dinee. Ich hab sogar gehört, daß seine Tante die *ahnii* dieses Clans ist. Er lebt schon beinahe seit Menschengedenken oben über Two Gray Hills. Hat da Weiderecht, züchtet Schafe. Er lebt zurückgezogen. Es gibt Leute, die ihn für einen Zauberer halten.»

Largo erzählte das alles in ruhigem, sachlichem Ton, nicht einmal im letzten Satz lag irgendeine Betonung.

«Wenn man manche Leute reden hört, ist jeder ein Zauberer», erwiderte Chee. «Über Sie hab ich so was schon gehört – und auch über mich.»

«Er scheint in hohem Ansehen zu stehen», fuhr Largo fort. «Sieht so aus, als ob die Leute da oben ihn mögen. Sagen von ihm, daß er ein aufrechter Mann ist. Einer, der sich um seine Verwandten kümmert.» Das war die höchste Anerkennung, die man einem Navajo zollen konnte. So, wie es andererseits keine schlimmere Kränkung gab als den Vorwurf, einer verhielte sich so, als hätte er gar keine Verwandten. Im Navajoland ist die Familie das wichtigste.

Chee hätte Largo gern gefragt, wie er denn so viel über einen Mann in Erfahrung bringen konnte, der zurückgezogen hoch oben in den Chuska Mountains lebte. Zumal doch, wie Largo betont hatte, diese Schießerei zwischen Gorman und dem anderen ein Fall fürs FBI war – eine Sache, die nur die weißen Männer etwas anging und die absolut nicht in die Zuständigkeit der Navajo Trival Police fiel. Aber er fragte nicht, er wartete nur ab. Seit zwei Jahren arbeitete er nun für Largo, zuerst in der Dienststelle in Tuba City und jetzt hier in Shiprock. Largo würde ihn genau das wissen lassen, was er für richtig hielt, und zwar erst dann, wenn er es für richtig hielt.

Chee wußte nicht viel über das Tazhii Dinee, eigentlich nur, daß der Clan der Turkey-Leute einer der kleinsten unter den rund sechzig Navajoclans war. Die *ahnii* eines Clans ist die große Mutter aller, die Quelle der Weisheit und die Hüterin des Rechts. Wenn Begays Tante diese *ahnii* war, dann mußte die Familie zu den angesehensten des Clans zählen, und das bedeutete, daß Begay das Gesetz der Navajos gut kannte und genau wußte, wie man einen nahen Verwandten für die Beisetzung vorbereiten muß.

«Gorman war der Sohn von Begays jüngster Schwester», sagte Largo. «In den vierziger und fünfziger Jahren hat das Bureau of Indian Affairs einen Zweig aus diesem Clan in Los Angeles angesiedelt. Wie es aussieht, hat Begay zu den wenigen aus dieser Gruppe gehört, die nicht fortgezogen sind. Ich glaube, eine von seinen Töchtern ist auch geblieben. Sie hat irgendwo oben beim Borrego-Paß gelebt. Ist inzwischen gestorben. Und es heißt, ein paar aus dem Tazhii Dinee sind in die Cañoncito-Reservation gezogen. Aber groß ist der Clan ja sowieso nicht mehr.»

Largo ging ans Fenster, stand dort mit dem Rücken zu Chee und starrte hinaus. Vielleicht wollte er sehen, was das Wetter machte, vielleicht auch nur, was auf dem Parkplatz los war, und wer weiß – vielleicht starrte er nur ins Leere.

«Wir haben da eine Vermißtenmeldung von der St.-Catherine-Indianerschule», sagte Largo. «Ein Mädchen ist weg. Wahrscheinlich durchgebrannt. Scheint keine große Geschichte zu sein.» An der geschickt eingelegten Kunstpause erkannte man, daß er sehr genau wußte, wie man einen Zuhörer in Spannung hält. «Sie ist Hosteen Begays Enkeltochter. Hat einer Freundin erzählt, daß sie sich Sorgen um ihn macht. Die Nonnen in St. Catherine haben sich an die Polizei in Santa Fe gewandt. Sie sagen, das Mädchen sei eigentlich nicht der Typ, der einfach wegläuft. Ich wußte gar nicht, daß es da einen besonderen Typ gibt.» Wieder eine Pause, irgend etwas auf dem Parkplatz mußte ungeheuer fesselnd sein. «Vormittags war sie noch in der Schule, nachmittags war sie weg.»

Chee sagte nichts dazu. Die blutige Schießerei auf dem Parkplatz hatte sich in der Nacht zum Elften ereignet. Am Zwölften war Old Man Begay im Handelsposten bei Two Gray Hills erschienen, hatte – obwohl sie gar nichts helfen konnte – die Pakkung Aspirin gekauft und den Brief eingeworfen. Wie lange brauchte ein Brief von Two Gray Hills nach Santa Fe? Zwei Tage?

Largo kam zum Schreibtisch zurück, nahm eine Packung Zigaretten aus der Schublade, zündete eine an. «Stutzig macht mich», sagte er durch einen Schleier aus blauschimmerndem Rauch, «daß das FBI ungewöhnlich viel Wind um die Sache macht. Sind verdammt aufgebracht. Ich hab mich mal umgehört … Der, der vor ein paar Monaten in Los Angeles umgebracht wurde, muß einer von ihren erfahrensten Männern gewesen sein. Er war hinter irgendeiner großen Sache her, die anscheinend mit unserer Geschichte zusammenhängt.» Endlich hatte Largo sich an den aufregenden Ereignissen auf dem Parkplatz satt gesehen, er drehte sich um und sah Chee an. «Du bist lange genug dabei. Du weißt, was los ist, wenn einer von ihren eigenen Leuten dran glauben muß.»

«Hab davon gehört», sagte Chee.

«Also gut. Sie mögen es sowieso nicht, wenn wir uns in ihre Zuständigkeiten einmischen. Du kannst dir also vorstellen, wie stinksauer sie diesmal wären, wo's um den Tod einer ihrer Agenten geht. Zumal sie noch keinen haben, dem sie die Sache anhängen können.»

«Yeah», machte Chee.

«Unglücklicherweise fällt aber die Vermißtenmeldung aus St. Catherine ausgerechnet in deine Zuständigkeit.»

Chee schluckte das runter. Largo wollte ihm zu verstehen geben, daß er im Ruf stand, leicht ein bißchen zu weit vorzupreschen. Und das konnte er nicht abstreiten.

«Sie möchten, daß ich vorsichtig bin», sagte Chee.

«Ich will, daß du deinen Grips zusammennimmst», bestätigte Largo. «Sieh zu, daß du das Mädchen irgendwo aufgabelst. Wenn du dabei auf irgendwas stößt, was mit der Gorman-Sache zu tun hat, dann halt dich zurück. Sag mir Bescheid, ich sag Sharkey Bescheid, und alles ist in Ordnung.»

«Ja, Sir», sagte Chee.

Largo stand am Fenster, sah ihm voll ins Gesicht. «Das meine ich ernst», sagte er. «Überleg's dir genau, ehe du irgendwo rumstöberst.»

«Ja, Sir», sagte Chee.

6

Das Mädchen hieß Sosi. Margaret Billy Sosi. Siebzehn Jahre alt. Tochter des Franklin Sosi, Wohnort unbekannt, und der verstorbenen Emma Begay Sosi vom Borrego-Paß. Auf dem Vordruck war Ashie Begay, der Großvater, zu erreichen über die Poststation von Two Gray Hills, als ‹der in einem Notfall zu verständigende nächste Angehörige› verzeichnet. Der Vordruck war eine Fotokopie des Anmeldeformulars für das Internat in Santa Fe. Weder darin noch in der beigefügten Vermißtenmeldung der Navajo Tribal Police stand irgend etwas, was Chee noch nicht wußte. Er schob die beiden Blätter in den Ordner zurück und wandte sich wieder den Kopien zu, die er vom Bericht über die Gorman-Sache gemacht hatte.

Der Wind wehte jetzt genau aus Norden. Eine plötzliche Bö wirbelte Dreck und Unrat vom Parkplatz auf, Chee hörte das Zeug gegen die Wagentür prasseln. Wind war eigentlich etwas, was ihn nicht stören konnte. Er gehörte hierher, gehörte zur Wirklichkeit dieses Tages, und es hätte nicht zu Chees innerer Einstellung als Navajo gepaßt, wenn ihm der Wind störend erschienen wäre. Nur, ein bißchen irritierte er ihn eben doch. Er hatte rasch noch mal die Gorman-Akte durchgeblättert, die mit dem chronologischen Ablauf der Ereignisse an der Wäscherei begann. Dann hatte er sich mit dem Protokoll über die Anhörung von Joseph Joe beschäftigt und war wieder an der Stelle hängengeblieben, die ihm schon beim ersten Durchlesen seltsam vorgekommen war.

«Der Zeuge Joe sagt aus, daß Gorman ihn zum Wagen gerufen und in eine kurze Unterhaltung verwickelt habe. Joe sagt, der von Lerner gefahrene Mietwagen sei in den Parkplatz eingebogen, als er sich gerade von Gormans Wagen entfernte ...»

In eine kurze Unterhaltung verwickelt. Worüber? Warum war er aus Los Angeles herübergekommen nach Shiprock, wo er dann vor einer Münzwäscherei niedergeschossen wurde? Die Antwort auf die erste Frage konnte zugleich der Schlüssel zur zweiten Frage sein. Hätte es nicht eigentlich auf der Hand gelegen, nach dem Inhalt der kurzen Unterhaltung zu fragen? Jedenfalls hätte Chee diese Frage Old Man Joe bestimmt gestellt. Warum war das nicht geschehen? Chee sah nach, wer die Zeugenanhörung durchgeführt hatte. Sharkey. Ausgerechnet Sharkey, der immer den Eindruck machte, als wäre er mit allen Wassern gewaschen.

Chee las den Bericht zu Ende. Lerner hatte am Pasadena Airport eine Maschine gechartert, war nach Farmington geflogen und hatte bei Avis einen Wagen gemietet. Nach einer überschlägigen Zeitberechnung mußte er direkt nach Shiprock gefahren sein, und zwar ziemlich schnell, offensichtlich auf der Suche nach Gorman. Wie hatte er ihn bei der Wäscherei gefunden? Das konnte nicht sehr schwierig gewesen sein, vorausgesetzt, er hatte gewußt, welchen Wagen Gorman fuhr. Wenn man vom Highway nach Shiprock hineinfährt, kommt man an dem Parkplatz vorbei, auf dem Gorman damals geparkt hatte. Und Lerner wußte ja, wonach er Ausschau halten mußte. Also blieb die Frage: Warum das alles? Nach den Angaben im Bericht schien Gorman ziemlich unbedeutend zu sein – ein ganz gewöhnlicher Autodieb. Lerner – so war es Chee zu Ohren gekommen, und so stand es auch im Bericht – gehörte zu den unteren Rängen in der Gangsterhierarchie in Los Angeles. Das gecharterte Flugzeug paßte irgendwie nicht ins Bild, es schien zu aufwendig für eine Geschichte, bei der es um Leute aus dem zweiten und dritten Glied ging.

Chee heftete den Bericht wieder in den Ordner und sah den Korb mit der Eingangspost durch. Da lag nicht viel. Obenauf ein ‹Bitte-um-Rückruf›-Zettel, auf dem stand, daß ein gewisser Eddie in der Sache ‹Blue Door› angerufen hatte. Eddie hatte die Nachtschicht an der Chevron-Tankstelle bei der Brücke über den San Juan. Seine Mutter war Alkoholikerin, darum hatte Eddie was gegen die Schwarzbrenner. Und die *Blue Door Bar* an der Grenze der Reservation, draußen vor Farmington, galt als Geheimtip für alle, die Bier, Wein und Whiskey in die Reservation schaffen und irgendwo im Busch verscherbeln wollten. Eddie meinte es gut, aber seine Tips führten leider nie zu einem brauchbaren Ergebnis.

Der nächste Zettel war ein Vermerk an alle Officers. Es ging erstens um eine gescheckte Stute, die jemand oben am Handelsposten bei Two Gray Hills gestohlen hatte, zweitens um die Fahndung nach einem Mann namens Nez, der im Schafscamp der Familie – ein Stück weit oberhalb von Mexican Water – mit einem Hammer auf seinen Schwager losgegangen war, und drittens um eine Frau mittleren Alters, die man zwischen Shiprock und Gallup tot am Straßenrand gefunden hatte. Die Frau war inzwischen identifiziert, auch die Todesursache hatte man festgestellt. Sie hatte völlig betrunken auf der Fahrbahn gelegen und war von einem Auto überrollt worden. Der angegebene Name sagte Chee nichts, aber er wußte trotzdem, was für eine Frau das war. Er kannte viele von ihrer Art samt ihren Männern und ihren Söhnen. Wie oft hatte er diese Leute festgenommen, in Handschellen in den Streifenwagen geschoben und hinterher den Wagen saubergemacht ... Und oft genug hatte er zugesehen, wie man sie im Rettungswagen wegbrachte oder tot auf eine Bahre legte. In der wärmeren Jahreszeit kamen sie ums Leben, weil sie sich um den Verstand tranken und dann auf der U.S. 666 oder auf der Navajo Route 1 vor einen Lastwagen rannten. Und jetzt, nachdem der eisige Wind übers Land fegte, erfroren sie betrunken im Straßengraben.

Der Wind rüttelte an seinem Wagen, ein kalter Luftzug wehte Chee ums Gesicht. Er drehte den Zündschlüssel und startete den Motor. Wo war Mary Landon in diesem Augenblick? Sie unterrichtete ihre fünfte Klasse in Crownpoint. Chee erinnerte sich an den Nachmittag, als er auf dem Gehweg vor den Fenstern ihres Klassenzimmers gestanden und sie beobachtet hatte – eine Pantomime, lautlos, weil das Glas alles verschluckte. Mary Landon, wie sie redete. Mary Landon, wie sie lachte. Mary Landon, wie sie etwas aus den Kindern herauslockte, sie lobte, etwas erklärte. Bis eines der Schulkinder ihn draußen entdeckt und zu ihm hergeschaut hatte. Das war ihm dann doch peinlich gewesen, er war ganz rot geworden.

Er schob die Gedanken beiseite und ließ seinen Kombi rückwärts aus der Parklücke rollen. Mit Eddie würde er sich später über die *Blue Door Bar* unterhalten. Die gestohlene Schecke und der wütende Schwager im Schafscamp und alles andere konnten warten. Jetzt ging's darum, ein siebzehnjähriges Mädchen namens Margaret Billy Sosi zu finden, die Enkelin von Ashie Begay, ein Mädchen, das zum selben Clan gehörte wie der Mann, den die Leute Albert Gorman genannt hatten und der jetzt tot war. Albert Gorman, der auf der Flucht gewesen war, um seine Haut zu retten – aber nicht schnell genug oder nicht weit genug. Und darum mußte ihn, wenn er Margaret Billy Sosi finden wollte, der erste Weg zu Hosteen Joseph Joe führen, damit er ihm die Frage stellen konnte, die Sharkey nicht gestellt hatte – die Frage nämlich, was Albert Gorman an der Shiprock-Münzwäscherei zu ihm gesagt hatte ...

7

Joseph Joe zu finden war wirklich nicht schwierig. Für ein Volk, bei dem Sauberkeit einen hohen Stellenwert besitzt und Wasser rar ist, haben Wäschereien geradezu magnetische Anziehungskraft. Es geht dabei nicht nur um den Service, sondern auch um die Gelegenheit, sich zu treffen und miteinander zu reden. Chee war ziemlich sicher, daß das Personal in der Shiprock-Münzwäscherei seine Kundschaft kannte, und er behielt recht. Die Leiterin, eine Frau um die Vierzig, konnte ihm die Genealogie der ganzen Familie herbeten und wußte überdies, wo Joseph Joe sich im Winter aufhielt.

Chee lenkte den Streifenwagen südwärts über den San Juan,

den scharfen Nordwind im Rücken, wandte sich jenseits der Brücke nach Westen, nach Arizona hin, und fuhr schließlich wieder nach Süden, quer durch das Hügelgelände mit trockenem Schlangenkraut und fahlem Büffelgras, immer auf den schwarz aufragenden Basaltkegel zu, nach dem auch die Stadt Shiprock ihren Namen hatte. Das beherrschende Bild des uralten Vulkans hatte Chee seine ganze Jugend hindurch begleitet. Vom Hogan seiner Mutter aus, südlich von Kayenta, hatte er ihn am östlichen Horizont aufragen gesehen. Und auch während der beiden einsamen Winter in der Internatsschule bei Two Gray Hills hatte er ihn immer vor Augen gehabt – wie einen riesigen schwarzen Daumen, der sich in den Nordhimmel reckte. Dort in der Schule hatte er gelernt, daß das, was jetzt als Kegel erschien und in den Legenden seines Onkels ein geflügeltes Felsgetier gewesen war, vor unendlich langer Zeit als kochende Lavamasse im Schlund eines Vulkans gebrodelt hatte. Der Vulkan war erloschen, Jahrmillionen waren vergangen, schmirgelnde Gewalten des Wetters – wohl ähnlich dem bitterkalten Wind, der heute wehte – hatten alle Spuren verweht und geglättet, bis nur noch das bizarre schwarze Gebilde aus Stein übriggeblieben war. Im trüben Licht dieses Herbsttages ragte es wie die verschwommene Silhouette einer gotischen Kathedrale auf, dreihundert Meter hoch über der wogenden Graslandschaft. Winzig – geradezu lächerlich klein nahm sich Joseph Joes Blockhaus vor diesem gewaltigen Hintergrund aus.

«Ich habe das schon dem weißen Polizisten erzählt», sagte Hosteen Joe zu Chee. Er drehte von einer Thermosflasche den weißen Schraubaufsatz ab, auf dem der Wahlslogan aufgedruckt stand *Im Interesse Ihres Stammes – Ihre Stimme für McDonald,* goß Kaffee bis zur Unterkante des politischen Appells ein, reichte Chee den Becher, nippte von seinem und erzählte alles noch einmal.

Chee nahm höflich einen Schluck. Er trank viel Kaffee. («Zuviel Kaffee», sagte Mary Landon immer. «Eines Tages mache ich doch noch einen Teetrinker aus dir. Falls ich's überhaupt jemals schaffe, dich zu kriegen, will ich lange was von dir haben.») Er trank gern Kaffee, mochte den Duft, genoß das Aroma. Dieser Kaffee schmeckte allerdings scheußlich – alt, schal und bitter. Er nahm trotzdem ein paar Schlucke, halb aus Höflichkeit und halb, weil es ihm über die Verblüffung weghalf. Und verblüffend war es wirklich, was Joseph Joe ihm gerade erzählt hatte.

«Nur um ganz sicher zu sein, daß ich alles richtig verstanden habe: Der Mann im Wagen ..., und zwar der, der zuerst auf den Parkplatz gefahren ist, hat gesagt, er sucht jemanden, der Leroy Gorman heißt?» fragte Chee.

«Leroy Gorman», bestätigte Joe. «Ich erinnere mich daran, weil ich noch darüber nachgedacht habe, ob ich irgendwann mal jemanden kennengelernt habe, der so heißt. Viele Navajos tragen den Namen Gorman. Aber einer, der sich Leroy Gorman nennt, ist mir nie untergekommen.»

«Der Mann, mit dem du gesprochen hast, hieß ebenfalls Gorman. Hat der weiße Polizist dir das gesagt?»

Joe lächelte. «Nein, die weißen Männer sagen einem nie viel. Sie stellen lieber Fragen. Vielleicht waren die beiden Brüder?»

«Ja, vielleicht», meinte Chee. «Jedenfalls haben sie wohl zur selben Familie gehört. Trotzdem, es kommt mir so vor, als hätte der weiße Polizist dir eher ein paar Fragen zuwenig gestellt. Seltsam, daß er nicht wissen wollte, was Gorman mit dir geredet hat.»

«Das hat er ja wissen wollen», antwortete Joseph Joe. «Und ich habe es ihm erzählt.»

«Du hast ihm erzählt, daß Gorman gefragt hat, wo er Leroy finden kann?»

«Sicher», sagte Joseph Joe. «Ich habe ihm dasselbe erzählt wie dir.»

«Hast du dem Polizisten auch von dem Foto erzählt, das Gorman dir gezeigt hat?»

«Natürlich. Und er hat mir einen Haufen Fragen dazu gestellt. Er hat alles in sein Notizbuch geschrieben.»

«Auf diesem Foto ... war das wirklich ein Wohnwagen? Nicht etwa ein Wohnmobil? Ich meine, nicht eins von den Dingern, die selber einen Motor haben und vorn das Lenkrad und so weiter ..., sondern so ein Ding, das man hinter dem Wagen herschleppt?»

«Freilich», sagte Joseph Joe lachend, und zu den Runen und Furchen in seinem verwitterten Gesicht kamen noch ein paar hundert winzige Lachfältchen dazu. «Einer von meinen Schwiegersöhnen hat in so einem Ding gewohnt. Man kann sich nicht drehen und wenden da drin.»

«Gut», fuhr Chee fort, «bitte, erinnere dich genau an alles, was du dem weißen Polizisten über das Foto erzählt hast, an jede Einzelheit. Und dann versuch dich zu erinnern, ob du irgend etwas ihm gegenüber nicht erwähnt hast. War nur ein Wohnwagen auf dem Foto zu sehen? Oder standen noch andere dort? War er an ein Auto angehängt? Und war nur ein einziger Mann auf dem Foto?»

Joseph Joe dachte nach. «Es war ein Farbfoto», sagte er, «eins aus einer Polaroidkamera.» Er ging zu einer zinkblechbeschlagenen Truhe, öffnete sie und nahm ein in schwarze Pappe gebundenes Fotoalbum heraus. «So wie dieses», sagte er und zeigte Chee ein Foto, auf dem er an der Seite einer etwas jüngeren Frau neben der Eingangstür seines Blockhauses stand. «So eins war's. In der Mitte war der Wohnwagen, darüber irgendein Baum, und vorn hat man nur den staubigen Boden gesehen.»

«Und nur ein Mann auf dem Foto?»

«Ja, nur einer. Hat unter der Tür gestanden und nach vorn geguckt.»

«Was für ein Baum war es?»

Joseph Joe überlegte. «Ein Baumwollbaum. Ja, ich glaube, ein Baumwollbaum.»

«Welche Farbe hatten die Blätter?»

«Gelb.»

«Und der Wohnwagen?»

«Der war silberfarben», antwortete Joseph Joe. «Du kennst doch die Dinger: rund wie ein Käfer, mit einem Buckel vorn und hinten. Riesige Dinger.» Joe deutete mit Gesten an, was er unter ‹riesig› verstand, und fing wieder an zu lachen. «Wenn der Wohnwagen von meinem Schwiegersohn so groß gewesen wäre, kann sein, daß er dann heute noch mit meiner Tochter verheiratet wäre.»

«Und das Foto ...», fiel Chee ein, «du sagst, er hat's aus der Brieftasche genommen. Hat er's da wieder reingesteckt?»

«Sicher», antwortete Joe. «Nicht in eins von den Seitenfächern, wo man den Führerschein und so aufbewahrt. Dafür war es zu groß. Er hat es zum Geld gesteckt. In das Geldfach.»

«Hast du das dem weißen Polizisten auch gesagt?»

«Natürlich», sagte Joe. «Er war wie du. Hat mir einen Haufen Fragen über das Foto gestellt.»

«Und fällt dir irgend etwas ein, was du ihm nicht erzählt hast?»

«Nein», sagte Joseph Joe. «Mir fällt nur etwas ein, was ich dir noch nicht erzählt habe.»

«Dann erzähl mir das jetzt», bat Chee.

«Da stand was geschrieben», sagte Joe. «Auf der Rückseite. Eine Adresse – und noch was. Aber was das war, weiß ich nicht. Ich kann nicht lesen. Es war nur was Kurzes. Nur zwei oder drei Wörter.»

Darüber dachte Chee auf dem Rückweg nach. Warum hatte Sharkey das Foto in seinem Bericht nicht erwähnt? Und auch nichts davon, daß Albert Gorman nach Leroy Gorman gesucht hatte? War das bei der Ausfertigung für die Navajo Tribal Police absichtlich weggelassen worden? Was für ein Spiel trieb das FBI mit ihnen? Oder war es vielleicht Sharkeys ganz persönliches Spiel?

«Das FBI ist an dir interessiert», hatte Mary gesagt. «Du bist ihnen schon auf der Polizeiakademie positiv aufgefallen. Die würden dich nehmen, du mußt dich nur bewerben. Und sie würden dich in der Nähe der Reservation einsetzen, weil du hier besonders nützlich für sie sein kannst. Warum sollten sie dir woanders eine Stelle geben?»

Und er hatte ihr geantwortet, daß man damit nicht fest rechnen dürfe. Denn für die in Washington ist ein Indianer wie der andere. Die würden ihn vielleicht nach Florida schicken, zu den Seminole-Indianern, so wie ja auch drüben in Flagstaff, mitten im Navajogebiet, ein Seminole eingesetzt war. Und darauf war Mary dann nicht mehr eingegangen, sie hatte das Thema gewechselt. So ähnlich, wie Chee jetzt seine Gedanken daran beiseite schob, weil er einfach nicht wollte, daß sie dauernd um denselben Punkt – den einen wunden Punkt seines Lebens kreisten.

Er dachte daran, wie Sharkey neben Gormans Leiche gestanden, die Brieftasche in der Hand gehalten und den Inhalt auf der Steinplatte ausgeleert hatte. Kein Foto von einem Wohnwagen. Hatte Sharkey es geschickt verschwinden lassen? Chee konnte sich auf sein ausgezeichnetes Gedächtnis verlassen. In einem Volk, in dem es keine geschriebene Geschichte gibt und in dem die Kultur in der Erinnerung der Menschen weiterlebt, wird einem so etwas von Kindesbeinen an eingeübt. Schon die Jüngsten lernen, sich an alle Details zu erinnern, ob es nun um

Spuren im Sand oder um Einzelheiten ritueller Heilpraktiken geht. Darauf gestützt rief Chee sich die Szene in die Erinnerung zurück – was Sharkey gesagt und getan hatte, wie er im Geldfach der Brieftasche nachgesehen, die Scheine wieder hineingeschoben, die Seitenfächer durchgekramt hatte ... Sharkey hatte nach einem Polaroidfoto gesucht, das nicht da war.

8

Das Licht spielte ins Rötliche hinüber. Die Sonne senkte sich zum westlichen Horizont, und auf den Wolken, die noch vor ein paar Minuten mit grellgelbem Glanz geblendet hatten, lag nun scharlachroter Widerschein. Nicht mehr lange, und es würde so dunkel sein, daß man nichts mehr sehen konnte. Bis dahin mußte Chee sich entschieden haben. Entweder ging er zurück zum Wagen, fuhr nach Hause und fand sich damit ab, daß er seine Zeit nutzlos vertan hatte, oder er hielt an dem Gedanken fest, sich an dem einzigen Platz umzusehen, an dem er sich bisher noch nicht umgesehen hatte. Das bedeutete, daß er seine Taschenlampe nehmen und durch das Loch steigen mußte – in die Finsternis. Der Verstand sagte ihm, daß gar nichts dabei war. Er brauchte sich bloß zu bücken und einen Schritt durch die aufgebrochene Seitenwand zu tun, und schon stand er in Hosteen Begays verlassenem Hogan – im Totenhogan. Ein Schritt nur, ein naheliegender Schritt für den Jim Chee, der Absolvent der Universität von New Mexico war, *Esquire* und *Newsweek* abonniert hatte, Officer bei der Navajo Tribal Police war, eine gewisse Mary Landon liebte, zum Leserstamm der Volksbücherei in Farmington gehörte, die Prüfung an der FBI-Academy ‹mit Auszeichnung› bestanden hatte und in dessen Taschen die Sozialversicherungskarte 441-28-7272 steckte. Er hatte noch einmal die lange, knochenschüttelnde Fahrt in die Chuskas auf sich genommen und danach den mühseligen, zwei Meilen weiten Fußmarsch, und das alles nur, weil er herausfinden wollte, ob es in diesem Hogan nicht doch irgend etwas zu entdecken gäbe. Wie ließ es sich mit seinem nüchternen Verstand vereinbaren, wenn er sich jetzt nicht hier umschaute?

Aber ‹Jim Chee› war eben nur das, was sein Onkel ‹den Namen eines weißen Mannes› genannt hätte. Sein heimlicher, wahrer Name, sein Kriegername, lautete ‹Long Thinker›. Hosteen Frank Sam Nakai, der der ältere Bruder seiner Mutter und einer der angesehensten Sänger unter den Four-Corners-Navajos war, hatte ihm den gegeben. Seit seiner Studienzeit in Albuquerque, an der Universität von New Mexico, hatte er sich nicht mehr oft als ‹Long Thinker› gefühlt. Trotzdem, der Name und seine Bedeutung waren ihm bewußt. Er stand oben am Hang, da, wo er Gormans Leichnam gefunden hatte, und schaute hinunter zu Begays Hogan – schaute hinunter mit den Augen eines Navajos. Die Tür auf der Ostseite war wieder mit Brettern vernagelt. Er hatte sich, bevor er gegangen war, selber darum gekümmert und das, was Sharkey angerichtet hatte, wieder in Ordnung gebracht. Der Rauchfang war verstopft. Der *chindi,* der Gormans Körper im Augenblick des Todes verlassen hatte, war da drin gefangen – die Verkörperung all dessen, was es im Leben eines Verstorbenen an Übel gegeben und was nicht in Einklang mit dem Gesetz der Navajos gestanden hatte.

Alles, was ‹Long Thinker› anerzogen war, drängte ihn, einem *chindi* aus dem Weg zu gehen. «Wenn du nachts draußen bist, tritt leise auf», hatte seine Mutter ihn gelehrt. «Die *chindis* sind in der Dunkelheit unterwegs.» Und sein Onkel hatte ihn gewarnt: «Sprich nie den Namen eines Toten aus, sonst denkt sein *chindi,* du rufst ihn.» Während der Zeit in der High-School hatte er seinen Frieden mit den Geistern geschlossen, und während des Studiums hatte er das Phänomen rational bewältigt, indem er die *chindis* da einordnete, wo die Tabus der Juden und der Moslems und die Dämonen der Christen hingehörten. Aber jetzt … auf dem Hügel, im verlöschenden Licht des Tages, in der Totenstille dieses Herbstabends war die kühle Ratio aus der Universitätszeit wie weggewischt.

Und noch etwas anderes gab es dabei zu bedenken. «Du hast es geschafft», würde Mary Landon sagen. «Als du durch dieses Totenloch geklettert bist, hast du bewiesen, daß du sehr wohl in deinen innersten Empfindungen ein Navajo bleiben und dich dennoch an unsere Welt der Weißen anpassen kannst.» Und er würde antworten: «Nein, Mary, du verstehst das einfach nicht richtig.» Und sie würde ihm entgegenhalten …

Er schob die Gedanken beiseite und versuchte sich klarzuwerden, was er eigentlich bis jetzt herausgefunden hatte. So gut wie nichts. Von Joseph Joe war er geradewegs hierhergefahren und hatte zuallererst den Bereich rings um den Hogan peinlich genau abgesucht. Er hatte festgestellt, daß Hosteen Begay häufiger als andere ein Schwitzbad nahm, daß er Ziegen hielt und auch Schafe und daß er zwei Pferde besaß, eins davon war kürzlich frisch beschlagen worden. Weiter hatten seine Recherchen ergeben, daß in Begays Müllbehälter obenauf eine leere Schmalzdose, ein ebenfalls leerer Mehlbeutel der Marke Shurfine und ein paar Konservendosen lagen: Pfirsiche, Buttermais und Schweinefleisch mit Bohnen. Schließlich hatte ihm die Inspektion des Mülls verraten, daß Begay Tabak schnupfte (eine unter den Navajos eigentlich wenig verbreitete Gewohnheit), daß er weder Bier noch Wein oder Whiskey zu sich nahm und daß er – davon gaben ausrangierte Exemplare von Dr. Scholls Einlegesohlen Zeugnis – Ärger mit den Füßen hatte. Nichts davon half Chee wirklich weiter.

Auch bei der weiteren Spurensuche, bei der er seine Erkundungen bis zum ausgetrockneten Bachbett hinter dem Hogan und bis zu den baumbestandenen Hängen ober- und unterhalb von Begays kleiner Weidefläche ausdehnte, hatte Chee, obwohl er wieder sehr sorgfältig vorging, nichts gefunden, was ihn irgendwie weiterbringen konnte. Es war eigentlich nur eine Bestätigung dessen gewesen, was er schon bei der ersten Inaugenscheinnahme festgestellt hatte: daß nämlich Begay, wie man es von einem fürsorglichen Herdenbesitzer erwartete, seine Tiere vor einigen Wochen auf tiefer liegende Weideflächen getrieben hatte, bevor womöglich ein unvermutet früher Wintersturm den Weg für den Abtrieb versperrte. Und noch etwas: Begay hatte, als er sein Zuhause verließ, das kürzlich frisch beschlagene Pferd geritten und das andere – schwer beladen – als Packtier mitgeführt. Er hatte sich bergabwärts gehalten, vielleicht in Richtung auf eine Abkürzung, auf der er die Straße nach Two Gray Hills schneller erreichen konnte. Chee überlegte, ob es wohl möglich wäre, die Spuren so weit zu verfolgen, daß er einen Anhaltspunkt dafür finden konnte, wohin Begay sich gewandt hatte. Aber das schien so gut wie ausgeschlossen. Es war schon geraume Zeit ins Land gegangen, und der ständige Wind in dieser trockenen Jahreszeit verwehte ohnehin alle Spuren. Und dann – selbst wenn es möglich gewesen wäre, den Spuren zu folgen … sie hätten ihn sicherlich doch nur zur Straße geführt, zum Handelsposten.

Heute zum Beispiel hatte ein Wind geweht, den jeder Spurensucher nur verwünschen kann: trocken und hart wie ein Reisigbesen, ein Wind, der einem Sand ins Gesicht wirbelt und alle Zeichen aus dem Boden auslöscht. Am späten Nachmittag hatte er sich gelegt, und jetzt herrschte auf dem Hochland die völlige Windstille einer typisch herbstlichen Hochdruckzone. Von Chees Standort am Hang reichte der Blick – über Begays verlassenen Hogan hinweg – an die hundert Meilen weit nach

Südosten, bis hin zum dunkelblau ragenden Höcker des Mount Taylor, Mary Landons Lieblingsberg. (Mary hatte jetzt ihren Schultag hinter sich, wahrscheinlich hatte sie auch schon gegessen und war zum Abendspaziergang unterwegs, vielleicht saß sie irgendwo und hatte denselben Berg vor Augen, nur daß sie ihm viel näher war. Chee glaubte sie deutlich vor sich zu sehen – ihre Augen, die klare Linie ihrer Wangen, ihren Mund.)

Old Man Begay hatte sich die Zeit genommen, im Hogan gründlich sauberzumachen und seine Siebensachen auf den Pferden zu verschnüren. Warum hatte er sich nicht auch die Zeit genommen, die paar Yuccawurzeln zu sammeln, die er gebraucht hätte, um seinem toten Blutsverwandten mit dem Sud die Haare zu waschen? Was hatte ihn zur Eile getrieben? Angst? Oder hatte es plötzlich etwas ganz Wichtiges zu tun gegeben? Chee starrte zum Hogan hinunter und versuchte sich vorzustellen, wie der alte Mann mit der Axt auf die Wand des Blockhauses einschlug, auf die Stelle, an der das Loch für den Leichnam herausgebrochen war, wie er zerschlug, was für ihn und sein Leben so große Bedeutung gehabt haben mußte.

Und da hörte er das Geräusch.

Die stille, kalte Luft trug es ihm zu. Es war weit entfernt, aber klar. Es kam von einem Pferd. Ein leises Wiehern. Drüben am trockenen Wasserlauf mußte es sein – bei der Quelle oder beim Pferch, der dahinter lag. Vor zwei Stunden war Chee noch dort gewesen und hatte sich umgesehen, sehr gründlich, fast eine halbe Stunde lang, und die Spuren und der trockene Dung hatten ihm verraten, daß schon seit ein paar Tagen keine Tiere mehr im Pferch gehalten wurden. Natürlich nicht, denn in dieser Jahreszeit ließ man hier oben in der Bergregion die Tiere nicht mehr im Freien weiden. Die Herden waren schon lange auf tiefer gelegene Weiden getrieben worden, sogar herumstreunende Einzelgänger hatte es wegen der bitterkalten Morgenstunden dorthin gezogen. Chee spürte, wie es in ihm zu kribbeln begann. Ashie Begay war nach Hause gekommen, um irgend etwas zu holen, was er vergessen hatte.

Das Pferd stand tatsächlich dort, wo Chee es vermutet hatte, bei der Quelle. Es war eine rotbraun und weiß gescheckte Stute, schon reichlich bejahrt, sie paßte auf die Beschreibung der Stute, die man bei Two Gray Hills gestohlen hatte. Über den häßlichen vierkantigen Schädel war ein behelfsmäßiges Strickhalfter gestreift, das Ende des Stricks war an einem Weidenbaum festgebunden. Kaum vorstellbar, daß Hosteen Begay, der ja selber Pferde besaß, diese Stute gestohlen hatte. Wer hatte es dann getan? Und wo steckte er jetzt?

Der Nachtwind setzte ein, wie meistens um diese Stunde, wenn Zwielicht auf den Osthängen der Berge lag. Er war längst nicht so stürmisch wie die trockenen Böen am Morgen, aber kräftig genug, die zottige Mähne der Stute zu zausen und unter den Goldkiefern, wo eben noch alles still wie auf einem Friedhof gewesen war, tausendfältiges Säuseln und Seufzen erwachen zu lassen. Und im Schutz dieses leise wispernden Windes schlich Chee den trockenen Wasserlauf entlang und hielt nach dem Pferdedieb Ausschau.

Er suchte nach ihm das Bachbett hinauf und hinunter und im lichten Kieferngehölz an den Hängen. Er starrte hinauf zu der Stelle weiter oben, dahin, wo er gestanden hatte, als er das Pferd wiehern hörte. Aber dorthin konnte niemand gegangen sein, ohne daß Chee ihn bemerkt haben mußte. Nur noch der Pferch für die Ziegen, der Totenhogan und der Laubengang daneben kamen in Frage, und es war nicht sehr wahrscheinlich, daß der Dieb sich dort versteckt hielt, es sei denn, er wäre – gleich nachdem er sein Pferd angebunden hatte – durch den ausgetrockneten Wasserlauf und dann den Hügel hinauf gestiegen. Aber was hätte er damit bezwecken können?

Chee hörte hinter sich einen halb unterdrückten Laut.

Er fuhr herum und tastete nach seiner Pistole. Niemand da. Woher war das Geräusch gekommen?

Und da hörte er es noch mal. Wie ein Räuspern. Nein – ein Schnüffeln, ein Hochziehen der Nase. Es kam aus dem Hogan.

Das Totenloch zog Chees Blick magisch an. Eine schwarze Öffnung in der Nordseite des Blockhauses. Er hatte die Pistole gespannt, ohne sich recht bewußt zu werden, daß er es tat. Er glaubte es noch nicht. Niemand ging in einen Totenhogan. Niemand stieg durch so ein Loch in die Finsternis. Ein Weißer vielleicht, ja. So wie Sharkey es getan hatte. Oder der Deputy Sheriff Bales. Und auch Chee, der eine eigene Beziehung zu den Geistern seines Volkes entwickelt hatte, wäre vielleicht hineingegangen, vorausgesetzt, es hätte einen wichtigen Grund dafür gegeben. Aber die meisten Navajos hätten es nicht getan. Also war der Pferdedieb ein Weißer. Ein Weißer, der sich erkältet hatte und dem die Nase lief.

Mit einer raschen Bewegung wich Chee nach links aus, so daß jemand, der zufällig durch das Totenloch nach draußen schaute, ihn nicht entdecken konnte. Dann schlich er bis dicht an die Nordwand des Hogans und an ihr entlang. Er stand neben dem Loch, den Rücken ans Holz gepreßt, die Pistole im Anschlag, und lauschte.

Irgend jemand bewegte sich da drin. Und schnüffelte wieder. Bewegte sich weiter. Chee gab sich Mühe, so lautlos wie möglich zu atmen. Er wartete. Zwischen den einzelnen Geräuschen lagen lange Spannen völliger Stille. Die Sonne war jetzt unter den Horizont getaucht, das Licht war am Ende seines Weges durch alle Farbschattierungen angekommen und schimmerte in dunklem Rot. Über der Hügelkette im Westen stand die Venus, strahlend hell im dunklen Abendhimmel. Bald würde sich die Nacht aufs Land gesenkt haben.

Und dann wieder ein Geräusch. Füße, die über den Boden huschten. Ein Stück Tuch, das zerriß. Und auf einmal erschien eine Gestalt in der Öffnung. Zuerst eine gestrickte Mütze, schwarz. Dann die Schulterpartie eines Navy-Parkas, danach ein Schuh, ein Bein … eine Gestalt in gebückter Haltung, die aus der Öffnung gekrochen kam.

«Stehenbleiben!» rief Chee. «Keine Bewegung!»

Ein erschrockener Aufschrei. Die Gestalt kam durch das Loch gesprungen, geriet ins Stolpern, Chee packte zu.

Fast augenblicklich war ihm klar, daß das, was er da gepackt hielt, ein Kind war. Durch den Stoff des Parkas fühlte er den schmächtigen, dünnen Arm. Der strampelnde Widerstand dauerte nicht lange. Die Reaktion hatte wohl mehr etwas mit dem ersten Erschrecken zu tun, und das war nun – erstaunlich rasch – unter Kontrolle gebracht. Ein Mädchen, stellte Chee fest. Eine Navajo. Aber als das Mädchen zu reden begann, sprach es englisch.

«Lassen Sie mich los», sagte das Mädchen. Angst klang in der atemlosen Stimme mit. «Ich bin in Eile.»

Chee stellte fest, daß er selber zitterte. Das Mädchen war mit dem ersten Schrecken dieser plötzlichen Begegnung besser fertig geworden als er. «Erst brauche ich ein paar Auskünfte», sagte Chee. «Ich bin Polizist.»

«Ich hab's eilig», sagte das Mädchen noch einmal. Rasch ein Versuch, aus Chees Griff freizukommen, nur zaghaft und halbherzig, und als er nicht gelang, gab das Mädchen auf und wartete ab.

«Das Pferd, mit dem du gekommen bist», begann Chee, «das hast du gestern nacht bei Two Gray Hills gestohlen.»

«Nur ausgeliehen», korrigierte das Mädchen. «Ich muß jetzt los und es zurückbringen.»

«Was hast du hier im Hogan zu suchen?» fragte Chee.

«Es ist mein Hogan», behauptete das Mädchen. «Ich wohne hier.»

«Es ist der Hogan von Hosteen Ashie Begay», sagte Chee. «Das heißt, es war sein Hogan. Jetzt ist es ein *chindi*-Hogan. Ist dir das nicht aufgefallen?»

Es war eine müßige Frage. Schließlich war das Mädchen ja gerade durch das Totenloch gekrochen. Es ging auch gar nicht auf die Frage ein, sagte überhaupt nichts, sondern stand nur da, in sich zusammengesackt und reglos.

«Es war ziemlich dumm, da reinzugehen», hielt Chee dem Mädchen vor. «Was hattest du da drin zu suchen?»

«Er war mein Großvater», antwortete das Mädchen, und zum erstenmal verfiel es in die Navajosprache, wobei es das Wort benutzte, das ausdrückt: der Vater meiner Mutter. «Ich hab nur da drin gesessen. Mit meinen Erinnerungen.» Das Mädchen brauchte einen Augenblick, um den Satz herauszubringen, denn ihm liefen nun Tränen über die Wangen. «Mein Großvater hat keinen *chindi* zurückgelassen. Er war wie ein Heiliger. In ihm war nichts Böses, nichts von dem Übel, aus dem ein *chindi* entsteht.»

«Der da drin gestorben ist, das war nicht dein Großvater», klärte Chee das Mädchen auf. «Es war ein Mann namens Albert Gorman. Ein Neffe von Ashie Begay.» Er unterbrach sich einen Moment und versuchte, die Fäden in den Familienbeziehungen zusammenzuknüpfen. «Dein Onkel, nehme ich an.»

Das Gesicht des Mädchens hatte so hilflos ausgesehen, wie ein Kindergesicht nur aussehen kann. Jetzt leuchtete es auf. «Großvater lebt? Wirklich? Wo ist er?»

«Ich weiß nicht», antwortete Chee. «Weggegangen, um bei Verwandten Unterschlupf zu suchen, vermute ich. Wir waren letzte Woche hier oben, um Gorman zu holen. Wir haben festgestellt, daß er schon tot war. Und wir haben das hier entdeckt.»

Er zeigte auf das Loch in der Wand des Hogans. «Hosteen Begay hat Gorman dort oben beerdigt und seine Pferde bepackt und den Hogan vernagelt, und dann ist er weggegangen.»

Das Mädchen sah nachdenklich aus.

«Wo mag er hingegangen sein?» fragte Chee. Kein Zweifel, bei dem Mädchen mußte es sich um Margaret Sosi handeln. Zwei Fliegen mit einer Klappe. Eine gestohlene Schecke samt Pferdedieb und die Schülerin, die man in St. Catherine als vermißt gemeldet hatte. «Hosteen Begay ist dein Großvater mütterlicherseits. Könnte er ...?» Und dann fiel ihm ein, daß Margaret Billy Sosis Mutter gestorben war.

«Nein», sagte Margaret.

«Und bei wem sonst?»

«Sie sind fast alle nach Kalifornien gegangen. Schon vor langer Zeit. Die Schwestern meiner Mutter. Und meine Urgroßmutter. Ein paar leben in der Cañoncito-Reservation, aber ...» Sie zögerte, wurde auf einmal mißtrauisch. «Warum sind Sie hinter ihm her?»

«Ich will ihm zwei Fragen stellen», antwortete Chee. «Dies ist ein guter Hogan, warm und winterfest, in harmonischer Umgebung. Es gibt Feuerholz und Wasser fürs Vieh und genug Gras. Hosteen Begay muß gesehen haben, daß es mit seinem Neffen zu Ende ging. Warum hat er nicht getan, was man in unserem Volk immer getan hat: ihn nach draußen ins Freie geschafft, so daß der *chindi* entweichen konnte?»

«Ja, das wundert mich auch», sagte Margaret Sosi. «Er hat diesen Ort geliebt.»

«Ich habe gehört, daß Hosteen Begay nach dem Gesetz der Navajos gelebt hat», sagte Chee.

«Oh, ja», versicherte Margaret. «Mein Großvater ist sein Leben lang den rechten Weg gegangen.»

«Dann muß er gewußt haben, was man tun muß, um für

einen Toten zu sorgen und ihm alles für die letzte Reise mitzugeben.»

Das Mädchen nickte. «Er hat es mich gelehrt. Daß man ein wenig Essen und eine Wasserflasche neben den Toten legt – alles, was er für die nächsten vier Tage braucht.»

«Und was tust du, damit der *chindi* dem Toten nicht folgen kann?»

«Ach ja», fiel ihr ein, «wenn man den Yuccasud gekocht und das Haar gewaschen hat, muß man die Schuhe vertauschen.» Sie deutete mit Gesten an, wie sie es machen würde. «So wird der *chindi* durch die Fußspuren getäuscht.» Noch während sie den Satz zu Ende sprach, schien sich ihre Stimme zu verlieren. Sie starrte auf das Totenloch, auf diesen trügerischen Eingang, der in die Finsternis eines Totenhogans führte. Und während sie hinstarrte, spürte Chee, wie sie zu zittern begann. Siebzehn ist sie, so steht's in den Akten, dachte er. Aber sie sieht aus wie fünfzehn.

«Wenn ich gewußt hätte, daß es nicht Großvater war, wäre ich nicht hineingegangen.» Sie sah zu Chee auf. «Was muß ich jetzt machen? Was kann man überhaupt tun, wenn man mit dem Übel des Bösen in Berührung gekommen ist? Wie werde ich den *chindi* wieder los?»

«Zuerst solltest du ein Schwitzbad nehmen», antwortete Chee. «Und dann brauchst du so rasch wie möglich einen rituellen Gesang. Erzähl deiner Familie, was vorgefallen ist. Sie werden einen holen, der die Kunst beherrscht, in dich hineinzuhorchen, oder einen, der sich aufs Handauflegen versteht. Normalerweise verbindet man das mit einem Gesang der Nacht oder mit einem Gesang von den Gipfeln der Berge. Deine Familie wird also einen Sänger kommen lassen und ...» Ihm fiel ein, daß Margaret Sosis Familie gar nicht so groß war. Und all das, was er ihr vorschlug, hing davon ab, daß eine Familie daran mitwirkte. «Gibt es jemanden, der sich für dich darum kümmern kann?»

«Mein Großvater würde es tun», antwortete sie.

«Und jemand anderes? Ich meine, bis wir ihn finden?»

«Ich glaube, die sind so ziemlich alle nach Los Angeles gegangen», meinte sie. «Ist schon lange her.»

«Schau, Margaret, du mußt dir deswegen keine Sorgen machen», sagte Chee. «Ich will dir das mit dem *chindi* erklären. Kennst du dich ein bißchen mit religiösen Dingen aus?»

«Ich geh in eine katholische Schule. Wir haben Religionsunterricht.»

«Viele Religionen haben ihre eigenen Regeln, was man nicht tun und was man nicht essen darf – und so weiter. Der Koran verbietet den Moslems, Schweinefleisch zu essen. Zu der Zeit, als weise Männer das aufgeschrieben haben, wurden durch den Genuß von Schweinefleisch eine Menge Krankheiten verbreitet. Es war ein Gebot der Klugheit, darauf zu verzichten. Bei einigen jüdischen Vorschriften für die Nahrungsaufnahme ist es dasselbe. In den meisten Religionen gibt es – so wie bei uns Navajos – Gesetze gegen den Inzest. Man darf mit niemandem aus seiner eigenen Familie verkehren. Wenn man es tut und es kommt zu einer Schwangerschaft, dann sind die Folgen für die Nachkommen schlimm. Und was nun uns betrifft, so wissen wir aus den Lehren von Changing Woman und Black God, daß wir uns fernhalten sollen von einem Ort, an dem jemand gestorben ist. Auch das war ein Gebot der Klugheit. Es soll verhüten, daß sich die Blattern und die Pest und ähnliche Seuchen ausbreiten können.»

Sogar jetzt, im schwachen Licht der beginnenden Nacht, konnte Chee den Zweifel auf Margarets Gesicht lesen.

«Also ist ein Geist im Grunde nur ein Krankheitserreger?» fragte sie.

«Nicht ganz», antwortete Chee, «da steckt noch mehr dahinter. Heutzutage kennen wir uns mit Krankheitserregern aus. Wenn wir also das Tabu eines Totenhogans verletzen und irgendwelche Viren oder Bakterien abkriegen, dann wissen wir, was wir dagegen tun können. Trotzdem bleibt uns bewußt, daß wir gegen unsere religiöse Überzeugung verstoßen und eine der Regeln gebrochen haben, nach denen unser Volk lebt. Darum fühlen wir uns schuldig und bedrückt. Wir haben den *hozro* verloren. Wir leben nicht mehr in Vollkommenheit. Wir sind nicht mehr in der Geborgenheit der Harmonie. Also müssen wir tun, was uns Changing Woman im Gesetz der Navajos als Weg der Läuterung gelehrt hat.»

Margaret sah nicht mehr ganz so skeptisch aus. «Sind Sie auch reingegangen?»

«Nein», sagte Chee, «ich nicht.»

«Haben Sie's vor?»

«Nur wenn ich muß», antwortete Chee. «Und ich hoffe, es wird nicht nötig sein.» Die Antwort überraschte ihn selbst. Er hatte sich den ganzen Nachmittag um den Hogan herumgedrückt – und damit um eine Entscheidung. Und auf einmal wußte er auch, warum. Es hatte etwas ... nein, es hatte sehr viel mit Mary Landon zu tun und mit der Frage, ob er einer bleiben wollte, der zum Dinee gehört, oder mit dem Schritt durch das Totenloch eintreten wollte in die Welt des weißen Mannes.

«Wenn ich das Tabu brechen würde, dann hinge das mit meinem Beruf zusammen», sagte er. «Aber vielleicht ist es gar nicht nötig. Du bleibst noch hier, ich hab dir eine Menge Fragen zu stellen.»

Um das Loch in die Wand des Hogans zu brechen, hatte Hosteen Begay die unteren Holzkloben aus dem Fachwerk geschlagen. Chee richtete den Strahl der Taschenlampe durch das Loch ins Innere. In der Mitte des Hogans, direkt unter dem

Rauchfang, lagen fünf halb verbrannte Scheite auf der Feuerstelle. Sie waren sorgfältig geschichtet, mit den angebrannten Enden nach innen. Daneben war Begays Kochherd aufgestellt, ein schweres gußeisernes Ungetüm, das er wohl in seine Einzelteile zerlegt haben mußte, um es überhaupt in den Hogan zu schaffen. Sonst hatte er nichts zurückgelassen, abgesehen von einem Stapel Pappkartons neben der nach Osten gerichteten, jetzt vernagelten Eingangstür und einer roten Kaffeekanne. Das war alles, sonst war nichts auf dem bloßen, festgestampften Erdboden zu sehen. Chee ließ den Strahl der Taschenlampe wandern, suchte die Wände ab. Links und rechts der Eingangstür gab es Regale aus Lattenholz, und vor der Südwestwand, ungefähr in Brusthöhe, war ein Draht gespannt. Chee vermutete, daß Begay dort Decken aufgehängt und so fast ein Drittel des Raumes als gesondertes Refugium abgetrennt hatte. Er suchte mit dem Lichtstrahl die Holzkloben der Wände ab, um festzustellen, ob es dort in den Ritzen irgend etwas zu entdekken gäbe. Er fand nichts.

Er schwenkte den Lichtkegel zu den Pappkartons zurück. Sharkey und Bales hatten dort offenbar schon herumgewühlt. Sicher hatten sie das getan. Also gab's für ihn keinen Grund hineinzugehen. Wenn er doch hineingegangen wäre – was hätte er noch tun können? Mit den Fingern alle Ritzen und Spalten der Wände abtasten. Und wonach sollte er Ausschau halten? Nein, es gab keinen Grund hineinzugehen. Keinen Grund, durch dieses Loch in die Finsternis zu steigen. Allerdings … wie sollte er das Margaret Sosi erklären?

Als er sich schließlich vom Totenloch abwandte, zurück zum Nachtdunkel, das von einem letzten roten Schimmer durchzogen war, wurde ihm schlagartig klar, daß er auf diese Frage keine Antwort mehr finden mußte. Margaret Sosi war verschwunden.

«Margaret!» rief er. Sein heftiger Atemzug durch die zusammengebissenen Zähne hörte sich wie ein Knurren an, in dem all sein Ärger und seine Enttäuschung mitschwangen. Natürlich war sie verschwunden. Warum auch nicht? Und die Fragen, die ihm auf der Seele brannten, blieben nun unbeantwortet. Er war sie nicht losgeworden, weil er versucht hatte, es allzu schlau anzustellen und zu warten, bis das Mädchen Vertrauen zu ihm gefaßt hatte. Dabei wären es ganz einfache Fragen gewesen.

Warum bist du von der Schule weggelaufen? Was wolltest du beim Hogan deines Großvaters? Warum hast du's so eilig gehabt, daß du sogar ein Pferd stehlen mußtest? Weshalb hast du deinen Freundinnen in St. Catherine erzählt, daß du dir Sorgen um deinen Großvater machst? Was hast du denn hier finden wollen? Hattest du irgendeinen Hinweis? Und wenn ja – von wem?

Chee starrte in die Dunkelheit, aber alles, was er sah, waren die Umrisse der Bäume, die sich gegen den Nachthimmel abzeichneten. Sie konnte noch nicht weit sein. Er würde sie trotzdem nicht finden. Sie brauchte sich nur hinzukauern und abzuwarten und sich still zu verhalten, während er überall herumstöberte. Selbst wenn er auf Reichweite an ihr vorbeikam, würde er sie nicht entdecken, wenn sie nicht die Nerven verlor und sich selbst verriet. Aber bei Margaret Sosi brauchte er nicht damit zu rechnen, daß sie vor Angst zu keuchen begann oder auch nur eine hastige Bewegung machte, durch die sie ihr Versteck verraten hätte. Sie war ein blutjunges, schmächtiges Ding, aber Nerven hatte sie, das mußte er zugeben. Wenn er nur daran dachte, wie rasch sie sich nach seinem ersten Zupacken gefangen hatte und wie sie nur einmal, mit einem einzigen leichten Ruck, getestet hatte, ob sie aus seinem Griff freikommen könnte. Nein, Margaret Sosi verlor bestimmt nicht die Nerven.

Heute nacht würde sie einen starken Willen brauchen.

Schon jetzt schwang Eishauch in der Luft mit. Und hier in dieser dünnen, trockenen Luft, mehr als zweieinhalbtausend Meter über dem Meeresspiegel, würden die Temperaturen vor Morgengrauen noch einmal um mindestens zehn bis fünfzehn Grad sinken.

Chee formte mit den Händen einen Trichter, wandte sich zum Berghang und rief: «Margaret, komm zurück! Ich will dich ja nicht festnehmen!»

Er lauschte. Wenigstens den Widerhall des Echos hatte er erwartet. Er hörte nichts.

«Margaret, ich kann dich mitnehmen. Ich bring dich, wohin du willst.»

Er lauschte wieder. Nichts.

«Ich laß dir das Pferd da, bring's dahin zurück, wo du's geholt hast. Und sieh zu, daß du einen Platz findest, wo du's warm hast.»

Wieder nur Stille.

Ehe er zu seinem Kombi zurückging, machte Chee noch einen kleinen Umweg durch den trockenen Wasserlauf hinunter zu dem Weidenbaum, an dem die Stute festgebunden war. Er drückte seinen Lunchbeutel zwischen die Zweige. Es steckte noch eins von den beiden Sandwichs drin, mit Hartwurst belegt, und eine Orange. Die Stute schnaubte und rieb sich an seiner Schulter. Sie wünschte sich wohl Gesellschaft, und Hunger hatte sie sicher auch.

9

Jim Chee war bei seinem Vortrag über das, was er bei Hosteen Joe herausgefunden und was sich am Hogan von Hosteen Begay ereignet hatte, dem Ende schon wesentlich näher als dem Anfang, da hob Captain Largo auf einmal seine große braune Hand, mit der Innenseite zu Jim Chee – ein deutliches Stoppzeichen. Largo griff zum Telefonhörer und wählte die Zentrale an.

«Machen Sie mir eine Verbindung nach Santa Fe. Die St. Catherine Indian School. Verlangen Sie die Schwester, mit der ich neulich telefoniert habe, die Oberin. Sagen Sie ihr, daß ich noch mal mit dieser Freundin von Sosi sprechen muß. Ich brauche noch einige Auskünfte von ihr. Am besten wär's, wenn Sie das Mädchen ans Telefon bekämen. Rufen Sie zurück, wenn Sie sie dran haben, okay?»

Dann wandte er sich wieder Chee zu und hörte sich ohne Kommentar und ohne Zwischenfragen den Rest an. Seine schwarzen Augen ruhten ausdruckslos auf Chee, schweiften zwar von Zeit zu Zeit ab, um den Daumennagel zu inspizieren, kehrten aber stets wieder zu Chee zurück, mit dem gleichen gelassenen Interesse.

«Nun brauche ich allerdings einen guten Rat von dir», sagte er, als Chee zu Ende gekommen war. «Und zwar, was ich Sharkey erklären soll, wenn er rausfindet, daß die Navajo Tribal Police einen von seinen Zeugen befragt hat, in einer Mordsache, die eindeutig Bundesangelegenheit ist.»

«Sie meinen wegen Joseph?»

«Natürlich wegen Joseph», antwortete Largo und löste den Blick vom Daumennagel. «Ich hab überhaupt keine Schwierigkeiten zu erklären, warum du bei Begays Hogan gewesen bist. Du hast da nach einem weggelaufenen Mädchen gesucht. Sharkey muß das schlucken, weil du – wie üblich – Erfolg gehabt hast. Das Mädchen war tatsächlich dort.»

«Sagen Sie ihm doch, ich hätte mit Joseph in der gleichen Angelegenheit zu reden gehabt», schlug Chee vor.

«Das haut nicht hin.»

«Glaube ich auch nicht», gab Chee zu. «Dann drehen Sie einfach den Spieß um. Fragen Sie ihn, warum das FBI in dem Bericht, der Ihnen zugegangen ist, eine Menge Dinge nicht erwähnt hat. Fragen Sie ihn, warum zum Beispiel nicht drin stand, daß Gorman nach Shiprock gekommen ist, um nach jemandem zu suchen, der auch Gorman hieß. Fragen Sie ihn, warum das Foto vom Wohnwagen …» Er sprach den Satz nicht zu Ende. Largos Miene drückte deutlich aus, daß ihm die Vorschläge überhaupt nicht gefielen.

«Was soll ich Sharkey sagen?» wiederholte er seine Frage. «Kriege ich irgendeine vernünftige Erklärung von dir? Oder muß ich ihm sagen, daß einer von unseren Leuten sich nicht an die Zuständigkeiten gehalten hat, und schon gar nicht an die ausdrücklichen Weisungen seines Vorgesetzten, und daß der Betreffende daher ohne Bezüge vom Dienst suspendiert wurde, damit er kapiert, was er falsch gemacht hat?»

«Sagen Sie ihm, daß das Mädchen kurz nach dem Mordfall verschwunden ist und daß es sich um Hosteen Begays Enkelin handelt und daß wir daher angenommen haben …»

Das Telefon unterbrach ihn. Largo nahm ab. «Gut», sagte er, «wie ist noch mal ihr Name?» Es dauerte einen Augenblick, dann drückte er die Taste, mit der er das Ferngespräch übernehmen konnte.

«Miss Pino? Hier ist Captain Largo von der Navajo Tribal Police in Shiprock. Können Sie uns noch ein paar Auskünfte geben, die uns weiterhelfen, Margaret Sosi zu finden? Bitte? Nein, nein, wir nehmen an, daß es ihr gutgeht. Aber wir brauchen eine klarere Vorstellung, warum sie eigentlich weggelaufen ist.»

Largo hörte zu.

«Ein Brief?» fragte er. «Wann? Hat sie erwähnt, was ihr Großvater ihr darin geschrieben hat? Aha, ich verstehe. Hat sie den Namen genannt? Natürlich, das kann ich mir denken. Würden Sie sich an den Namen erinnern, wenn Sie ihn hören? War es zufällig der Name Gorman? Da sind Sie sicher, ja? Und der Vorname? Ihr Onkel, sagen Sie? Gehen wir noch mal alles durch. Alles, was Sosi Ihnen gesagt hat, jede Einzelheit, an die Sie sich erinnern.»

Largo hörte wieder zu und machte sich von Zeit zu Zeit Notizen.

«Gut, vielen Dank, Miss Pino. Das hilft uns ein gutes Stück weiter. Nein, wir glauben nicht, daß sie in Gefahr ist. Es ist nur eine routinemäßige Suche.» Der Blick, den er Chee zuwarf, verriet nichts von dem, was er dachte. Und dann fuhr er fort: «Noch etwas … hat sie erwähnt, wann sie zurück sein wollte? Okay. Gut, noch mal vielen Dank.»

Betont sanft legte Largo den Hörer auf.

«Du bist einer von den Navajos, die das Glück auf ihrer Seite haben», sagte er. «Und das ist beinahe so viel wert, als wenn einer klug und umsichtig ist.»

Chee sagte nichts.

«Wie sich jetzt herausstellt, kann ich Sharkey sagen, daß Margaret Sosi einen Brief von ihrem Großvater erhalten hat, der am Tag nach der Schießerei aufgegeben wurde, und in diesem Brief hat er irgendwas von irgendeiner Gefahr erwähnt. Er hat sie gewarnt, sie solle nicht nach Shiprock kommen und sich von Gorman fernhalten.»

«Irgendeine Gefahr?»

«Das ist alles, was sie der kleinen Pino erzählt hat. Oder jedenfalls alles, woran das Mädchen sich erinnern kann. Margaret habe ihr erzählt, ihr Großvater müsse die Sache sehr ernst nehmen, denn das Briefeschreiben würde ihm sehr schwer fallen. Sie sagt, Margaret hätte sich um ihn Sorgen gemacht, und sie wäre weggelaufen, weil sie sich um ihn kümmern wollte.»

«Das muß der Brief gewesen sein, den er bei Two Gray Hills aufgegeben hat», meinte Chee.

«Wahrscheinlich», sagte Largo. «Es hätte sich gut gemacht, wenn du sie danach gefragt hättest. Und nach einigen anderen Dingen, die uns weiterhelfen könnten. Weißt du, Sharkey könnte ein paar neugierige Fragen stellen. Er könnte vielleicht sagen: ‹Ihr Mann hatte das Mädchen doch schon aufgegriffen. Aber dann hat er sie nicht mal gefragt, weshalb sie zum Hogan gekommen ist. Und nach dem Brief hat er auch nicht gefragt. Er hat auch nicht in Erfahrung gebracht, daß ihr Großvater sie warnen wollte. Er hat eigentlich überhaupt nichts gefragt, was uns nützen könnte.› Und Sharkey könnte mich fragen: ‹Was pflegen Ihre Leute in Fällen wie diesen so vor sich hin zu plaudern? Ich meine, welche Art von Konversation bevorzugen sie, bevor sie einen Verdächtigen einfach wieder entwischen lassen?› Was, meinst du, soll ich Sharkey dann antworten?»

«Sagen Sie ihm, daß wir uns über Geister unterhalten haben.»

«Geister. Mhm, das wird ihm gefallen.»

«Ich habe gehört», bemühte sich Chee, das Thema zu wechseln, «daß Sie die kleine Pino gefragt haben, ob Margaret Sosi Gormans Vornamen erwähnt hat. Denken Sie dasselbe wie ich?»

«Ich denke lediglich, daß wir nicht genau wissen, von welchem Gorman sie sich fernhalten sollte. Von dem, der um die Zeit schon tot war, oder von dem anderen, den der Erschossene gesucht hatte.»

«Der mit dem Aluminium-Wohnwagen», vermutete Chee.

«Kann sein», meinte Largo und rieb sich die Nase. «Kann aber auch sein, daß er dem lediglich das Foto weggenommen hat.» Er stand auf, streckte sich, ging ans Fenster und widmete sich – fast schon aus alter Gewohnheit – dem Anblick des Parkplatzes.

«Was kommt denn raus, wenn man die Einzelstücke zusammenfügt», fuhr er schließlich fort. «Albert Gorman, ein Autodieb, kommt aus L. A. nach Shiprock, weil er Leroy Gorman sucht. Ein kleiner Gauner chartert für viel Geld ein Flugzeug und gerät mit Albert aneinander. Sie liefern sich eine Schießerei. Gorman sucht dann bei seinem Onkel Zuflucht, kommt dort spätabends an und erzählt dem alten Mann, was geschehen ist. Am nächsten Tag stiefelt Onkel Begay zur Poststelle und gibt einen Brief an Margaret Sosi auf. Er schreibt ihr, dies und jenes wäre gefährlich und sie solle nicht nach Shiprock kommen und sich vor Gorman hüten. Vor welchem Gorman? Den Gorman, der mit der Schußverletzung bei ihm zu Hause lag, wird Begay wohl kaum gemeint haben. Ein alter Mann wie er hat in seinem Leben genug Wunden gesehen, um beurteilen zu können, wann's einen böse erwischt hat. Er wußte also, daß Albert niemandem mehr gefährlich werden konnte. Demnach war's Leroy, vor dem er das Mädchen gewarnt hat: Hüte dich vor Leroy.»

«Ja», sagte Chee, «könnte sein.»

Largo hatte sich am Parkplatz satt gesehen, er nahm wieder hinter dem Schreibtisch Platz. Sein Interesse schien sich jetzt auf den Daumennagel zu konzentrieren. Er hielt das Handgelenk aufgestützt, den Daumen drohend aufgerichtet und die Kuppe leicht gebogen, so daß er von oben draufschauen konnte. «Ich werde jetzt Sharkey anrufen», sagte er. «Wir sollten zusehen, daß wir dieses Sosi-Mädchen finden.» Er hob den Blick vom Daumennagel, schielte zu Chee hoch. «Noch einmal finden», fügte er hinzu.

«Ja», meinte Chee, «das denke ich auch.»

«Und Leroy Gorman», fuhr Largo fort. «Glaubst du, daß Sharkey das Foto hat? Das mit dem Wohnwagen?»

«Nein.» Chee beschrieb, wie Sharkey Albert Gormans Brieftasche durchwühlt hatte.

«Dann ist Gorman das Foto irgendwie abhanden gekommen, oder jemand hat's ihm aus der Brieftasche genommen. Vielleicht Old Man Begay. Oder Joseph Joe hat, verdammt noch mal, nicht gewußt, was er daherredet.»

Noch während er das sagte, nahm Largo das Telefon ab. Er wies die Vermittlung an, das FBI in Farmington zu rufen und ihn mit Sharkey zu verbinden. «Du bist ganz sicher, daß Joe Sharkey von dem Foto erzählt hat? Und davon, daß Albert Gorman auf der Suche nach Leroy Gorman war?»

«Da bin ich sicher.»

«Dieser Hundesohn», murmelte Largo. Und er meinte nicht Joe damit.

Sharkey meldete sich.

«Hier Largo», sagte der Captain. «Bei uns liegt eine Vermißtenmeldung vor. Es geht um ein Mädchen, einen Teenager namens Margaret Billy Sosi. Sieht so aus, als hätte sie irgendwas mit der Schießerei zu tun, die Sie bearbeiten. Liegt bei Ihnen was vor, was uns weiterhelfen könnte?»

Largo lauschte in den Hörer.

«Sie ist Schülerin an der St. Catherine Indian School in Santa Fe. Eine Enkelin von Ashie Begay. Sie hat einen Brief von ihm bekommen, er hat ihn am Tag nach der Schießerei aufgegeben. Ihr Großvater hat irgendwas davon geschrieben, daß sie nicht nach Shiprock und nicht in Gormans Nähe kommen sollte, weil das gefährlich wäre.»

Wieder hörte Largo zu.

«Keine Ahnung, warum», sagte er, dann war wieder Sharkey dran. «Na gut, der Anruf hat sich trotzdem gelohnt», meinte Largo schließlich. «Nachdem sie den Brief bekommen hatte, ist sie von der Schule abgehauen und kurz darauf bei Begays Hogan aufgetaucht. Es ist uns ein Rätsel, warum der alte Ashie Begay der Meinung war, daß Gorman gefährlich werden könnte. Ich meine, er hatte ja 'ne Kugel im Bauch und lag im Sterben, oben im Hogan. Gibt's einen anderen Gorman, den der alte Mann gemeint haben könnte?»

Diesmal war die Pause, während der Largo zuhörte, sehr kurz.

«Wir können sie im Augenblick nicht befragen, weil ...» Er schielte zu Chee hinüber. «... weil sie weggelaufen ist. Ja, verschwunden. Was? Die Enkelin. Margaret Sosi ist Ashie Begays Enkelin. Haben Ihre Leute was rausgefunden, was uns ein Hinweis sein könnte, nach einem anderen Gorman Ausschau zu halten? Nach einem, der gefährlich ist?»

Largo hörte wieder zu. Er legte die Hand auf die Sprechmuschel und sagte zu Chee: «Ein verlogener Hundesohn.» Dann hörte er weiter zu.

«Tja», sagte er, «wir waren draußen bei Joseph Joe, weil wir wissen wollten, ob Albert Gorman ihm irgend etwas Wichtiges gesagt hat. Und Joe hat uns erzählt, daß Albert einen Burschen namens Leroy Gorman gesucht hat.» Er zwinkerte Chee zu. «Vermutlich hat Joe vergessen, Ihnen darüber zu berichten. Er sagt außerdem, daß Gorman ihm ein Foto von einem Aluminium-Wohnwagen gezeigt hat. In dem soll dieser Leroy Gorman angeblich wohnen. Ist Ihnen irgendwas bekannt, was ...»

Largo sah auf einmal ziemlich überrascht aus. «In Ordnung», sagte er, «wir bleiben in Verbindung.»

Er legte den Hörer auf, bedachte das Telefon mit einem verächtlichen Blick, hob die Augen zu Chee und sagte: «Sharkey behauptet, daß Joe nichts dergleichen erwähnt hätte. Nicht, daß Albert Gorman jemanden suchte und auch nichts von einem Foto. Und bei Gormans Leiche sei auch kein Foto gefunden worden.»

«Interessant», meinte Chee.

«Ich frag mich, was da los ist», überlegte Largo laut. «Ich

nehme nicht an, daß Sharkey nur lügt, um in Übung zu bleiben.»

«Nein», meinte auch Chee. Und er dachte, daß er losziehen und den silberfarbenen Wohnwagen suchen sollte.

Und mitten in diesen Gedanken hinein hörte er Largo sagen: «Ich glaube, wir sollten zusehen, daß wir den Wohnwagen finden.»

10

Einen silberfarbenen Wohnwagen zu finden, der irgendwo in New Mexico stehen mußte, in der Nähe von Shiprock, war nur eine Frage der Ausdauer. In der Weite der großen Navajo-Reservation markieren Hunderte von kleinen und großen Punkten die Lebensräume der Bevölkerung. Die Stadt Shiprock ist der bei weitem dichtestbevölkerte Punkt, trotzdem zählt sie nicht einmal dreitausend ständige Einwohner. Da Chee wußte, daß der Wohnwagen unter einem Baumwollbaum stand, wurde die Suche ein wenig einfacher. Auf der trokkenen Colorado-Hochebene wachsen Baumwollbäume nur in den Flußtälern oder in der Nähe von Quellen und an den Stellen, an denen wegen der jährlichen Schneeschmelze der Grundwasserspiegel besonders hoch ist. In und um Shiprock gab es natürlichen Baumwollbewuchs nur in der Senke des San Juan und stellenweise bei Salt Creek Wash und Little Parajito Arroyo. Am San Juan sah sich Chee zuerst um. Bei der Brücke, die zum alten U. S. Highway 666 gehörte, begann er mit seinen Erkundungen flußaufwärts und flußabwärts. Plätze, an denen man einen Wohnwagen abstellen konnte, gab es zu Dutzenden. Und er fand solche Wohnwagen in den verschiedensten Größen und Typen, auch solche aus Aluminium. Den

Wohnwagen, bei dem alles zusammenpaßte, fand er kurz vor Mittag, nachdem er erst knapp zwei Stunden unterwegs war: silberfarben, unter einem Baumwollbaum abgestellt.

Er stand ungefähr eine Meile unterhalb der Brücke, ziemlich am Ende eines staubigen Weges, der hinter der Navajo Northern District Health Clinic entlangführte, an einem Reservoir der Shiprock-Wasserwerke vorbei, und sich schließlich auf einem Hügel über dem San Juan verlor. Chee parkte den Wagen am Wegrand und nahm den Wohnwagen, den er entdeckt hatte, näher in Augenschein.

Auf der hellen Metallverkleidung spiegelte sich die Sonne, die kahlen Äste des Baumwollbaumes malten unregelmäßige Schattenstreifen darüber. Nichts ließ darauf schließen, daß der Wagen bewohnt war. Es gab keine Abfalltonne und keinen Müllsack, nichts, was weggeworfen oder beiseite gestellt war, keinen Schuppen, nichts von all dem Drumherum, das zu einer menschlichen Behausung gehört, ob es nun ein Wohnwagen ist oder ein Blockhaus; überall müssen die Bewohner Dinge nach draußen schaffen, die sie drin nicht gebrauchen können. Nichts von alledem. Nur ein gelblicher Laubteppich von den abgeworfenen Blättern des Baumwollbaumes.

Wie immer, wenn irgend etwas am Gesamtbild eines Ortes nicht zusammenpaßte, spürte Chee auch hier sofort die kaum merklichen Abweichungen von dem, was er erwartet und als normal empfunden hätte. Und er entdeckte noch mehr, was ihm merkwürdig vorkam. Der Wohnwagen war neu oder fast neu, das Aluminium schimmerte wie frisch poliert. Aber die Wohnwagen, in denen Navajos aus dem Shiprock-Gebiet oder Leute, die es hierher verschlug, gewöhnlich lebten, sahen anders aus: aus zweiter Hand gekauft oder sogar uralte Modelle, verbeult und verschrammt, verrostet, abgenutzt und wenig gepflegt. Außerdem gab es, wie Chee feststellte, zwei schwarze

Drahtleitungen: Anschlüsse ans Telefon- und ans Elektronetz. Die Stromleitung überraschte ihn nicht, aber Anschlüsse ans Telefonnetz waren in der Reservation relativ selten. Das regionale Telefonbuch war so dünn, daß man es zusammengefaltet bequem in der Jackentasche unterbringen konnte, obwohl es alle Nummern aus dem Navajogebiet und dem Hopiland enthielt, und das entsprach immerhin einer Fläche, die größer war als die aller New-England-Staaten zusammengenommen. Fast alle Anschlüsse gehörten, soweit es sich nicht um Geschäftsleute handelte, zum Büro irgendeiner Regierungsdienststelle oder Reservationsbehörde. Ein privater Telefonanschluß war eine so auffallende Ausnahme, daß Chee stutzig werden mußte.

Er zog die Uniformjacke aus, nahm die Dienstmütze ab und streifte den Windbreaker aus Nylon über. Während er auf den Wohnwagen zuging, hörte er, daß drin das Telefon klingelte. Zuerst klang es gedämpft, wohl deshalb, weil er noch zu weit weg war und weil ja auch Wohnwagenwände irgendein isolierendes und geräuschdämpfendes Material enthalten müssen. Dann, als er näher kam, hörte er es ganz deutlich – ein hartnäckiges Klingeln, als hätte es schon ewig geläutet und werde auch weiter läuten, nachmittags und abends und in alle Ewigkeit. An der metallenen Klapptreppe vor der Wohnwagentür blieb Chee stehen, er wartete einen Augenblick, dann klopfte er an. Und während er klopfte, läutete das Telefon weiter. Er wartete den Moment zwischen zwei Klingeltönen ab und klopfte erneut. Niemand reagierte. Er probierte es mit dem Türknauf. Verschlossen.

Chee trat ein paar Schritte zurück, blieb neben dem Stamm des Baumwollbaumes stehen und dachte nach. Da sah er weiter unten, auf dem Pfad, der zum Ufer führte und ein Stück weit am Ufer entlang, einen Mann kommen. Er pfiff vor sich hin, während er den Pfad hochkam, direkt auf Chee zu. Er trug

Jeans, die auffallend sauber aussahen, ein langärmeliges blaues Flanellhemd, eine Jeansweste und einen breitkrempigen schwarzen Hut mit einer Feder dran. Dem Gesicht nach stand der Mann in den Dreißigern, eher Anfang Dreißig, er war sauber rasiert, schlank, vom Körperbau her eindeutig ein Navajo, mit einem schmalgeschnittenen, intelligent wirkenden Gesicht. Seine Bewegungen waren leicht und schwungvoll. In der Hand hielt er einen holzigen Collinsiastengel, den er wie einen Stock benutzte. Bisher hatte er Chee offenbar noch nicht bemerkt, und im Augenblick bestand auch kaum eine Chance dazu, weil sich der Pfad da, wo der Mann jetzt angekommen war, zwischen Weiden- und Erlengebüsch durchschlängelte; die Büsche hatten ihre Blätter noch nicht verloren und wuchsen über dem Weg zu einem sonnendurchfluteten Laubengang zusammen. Auf einmal schien der Mann das hartnäckige Läuten des Telefons zu hören.

Er warf den Stock weg, beschleunigte den Schritt, zögerte kurz, als er Chee bemerkte, und hastete dann an ihm vorbei.

«Muß rasch ans Telefon», rief er Chee zu. Die letzten Schritte rannte er beinahe; er hatte den Schlüssel schon in der Hand, schloß rasch auf und stolperte ins Innere. Chee blieb an der Klapptreppe neben der offenen Tür stehen und wartete.

«Hallo», sagte der Mann ins Telefon. «Hallo?» Nach kurzer Pause wieder: «Hallo?» Er pfiff leise in die Sprechmuschel. «Wer ist denn da?» Er wartete weiter, pfiff ein paar Takte, wartete. Der Anrufer hatte offenbar den Telefonhörer weggelegt, während der Ruf weiter hinausging. «Hallo?» probierte der Mann es noch mal. «Ist da jemand?» Diesmal schien jemand zu antworten.

«Ja, hier ist Grayson … Meine Güte, ich war ja nicht weit weg, bin nur unten am Fluß 'n Stück spazierengegangen.» Pause. Er nickte, warf Chee einen neugierigen Blick zu. «Ja, mach ich.» Er beugte sich – halb aufgestützt – über den Herd, bis er eine Schublade erreichen konnte, aus der er Notizblock und Kugelschreiber hervorkramte. «Noch mal, bitte.» Und indem er irgend etwas aufschrieb: «Geht in Ordnung, mach ich.»

Er legte den Hörer auf und wandte sich zu Chee um.

Chee sprach ihn in Navajo an. Um sich vorzustellen, erklärte er, daß er in den Slow Talking Clan und für den Bitter Water Clan geboren war, er nannte den Namen seiner Mutter und den seines verstorbenen Vaters. «Ich bin hier, weil ich einen Mann namens Leroy Gorman suche», fügte er hinzu.

«Ich verstehe die Navajosprache nicht», sagte der Mann.

Chee wiederholte alles auf englisch, auch die Erklärungen über seine Herkunft.

«Gorman?» fragte der Mann. «Den kenne ich nicht.»

«Man hat mir gesagt, daß er hier wohnt.»

Der Mann runzelte die Stirn. «Hier gibt's nur mich.»

Und du, dachte Chee, hast mir deinen Namen noch nicht gesagt. Er lächelte. «Dann sind Sie also nicht Leroy Gorman? Oder könnte es sein, daß Sie vielleicht ...»

«Mein Name ist Grayson», fiel ihm der Mann ins Wort und streckte Chee die Hand hin. Ein fester, vertrauenerweckender Griff, stellte Chee beim Händeschütteln fest.

«Komisch, mir hat man gesagt, daß ich Gorman hier finde», sagte Chee. «Genau hier.» Seine weit ausholende Geste wies auf den Weg, auf den Baum, auf den Fluß und kam zum Wohnwagen zurück. «So sollte er aussehen, aus Aluminium und stromlinienförmig, genau wie der hier. Merkwürdig.»

Grayson musterte Chee. In seinen Augen lag etwas Lauerndes, sein Gesicht verriet Anspannung, obwohl er die hinter einem Lächeln zu verstecken suchte.

«Wer ist dieser Gorman? Und wer hat Ihnen gesagt, daß er hier wohnt?»

«Genaugenommen kenne ich ihn gar nicht», antwortete Chee. «Ich sollte ihm nur etwas ausrichten.»

«Etwas ausrichten?» Der Mann starrte Chee erwartungsvoll an.

«Ja, eine Nachricht. Für Leroy Gorman.»

Grayson schien darauf zu warten, daß Chee weitersprach. Er lehnte in der Eingangstür, und an ihm vorbei konnte Chee einen Stapel benutztes Geschirr neben dem Spülbecken entdekken. Ansonsten sah der Wohnwagen tadellos aufgeräumt aus. Der Mann war ein Navajo, daran hatte Chee nach dem äußeren Erscheinungsbild keinen Zweifel. Da er die Sprache nicht beherrschte oder jedenfalls so tat, als beherrsche er sie nicht, und da er keine der Höflichkeitsregeln der Navajos beachtete, lag die Vermutung nahe, daß er einer von den Großstadtnavajos aus Los Angeles war. Wie auch immer, er behauptete, er wäre nicht Leroy Gorman.

«Sie sind nun schon der zweite, der heute hier auftaucht und nach diesem Gorman fragt», sagte Grayson. Sein Lachen klang ein bißchen nervös. «Vielleicht kommt als nächster Gorman persönlich? Wenn Sie mir die Nachricht für ihn dalassen, will ich sie ihm gern ausrichten, falls er sich hier blicken läßt.»

«Wer hat denn vor mir nach Gorman gefragt?»

«Ein Mädchen», antwortete Grayson. «'n hübsches kleines Ding, noch nicht ganz zwanzig.»

«Hat sie ihren Namen genannt?»

«Ja, aber ich kann mich nicht dran erinnern.»

«Vielleicht Margaret? Margaret Sosi?»

«Ja», sagte Grayson, «ich glaub, so hieß sie.»

«Wie groß? Und was hatte sie an?»

«Ungefähr so», sagte Grayson und hob die Hand bis in Schulterhöhe. «Sehr zierlich. Hatte so 'n blauen Parka an, wie sie ihn bei der Navy haben.»

«Und was wollte sie?»

«Sie hat mich anscheinend für diesen Gorman gehalten. Als sie merkte, daß sie bei mir an der falschen Adresse ist, hat sie mich über ihren Großvater ausgefragt. Ob er hier gewesen wäre und so was. Sie hat auch seinen Namen erwähnt, aber den hab ich vergessen. Sie wollte diesen Gorman sprechen, weil sie annahm, daß er vielleicht wüßte, wo ihr Großvater sich aufhält.» Grayson zuckte die Achseln. «So was in der Art. Hat sich ziemlich verworren angehört.»

Chee setzte den Fuß auf die Treppe und verlagerte das Gewicht nach vorn. Die Bewegung verriet eigentlich deutlich genug, daß er auf eine Einladung zum Eintreten wartete. Wer mochte dieser Grayson sein? Gehörte er tatsächlich hierher?

«Vielleicht sollte ich die Nachricht wirklich bei Ihnen hinterlassen», sagte Chee. «Haben Sie eine Ecke frei, wo ich was aufschreiben kann?»

Einen Atemzug lang zögerte Grayson, dann sagte er: «Kommen Sie rein.»

Er riß ein Blatt von seinem Notizblock und schob Chee den Kugelschreiber hin. Chee setzte sich auf das Einbausofa vor den Klapptisch und schrieb langsam, in Druckschrift und Großbuchstaben:

LEROY GORMAN,

ALBERT WURDE UMGEBRACHT. VERLANGEN SIE CHEE

UNTER DER TELEFONNUMMER …

Er stockte. Die Telefonzentrale in seiner Dienststelle meldete sich mit ‹Navajo Tribal Police›. Er konnte sich vorstellen, daß Grayson, wenn er dort anrief, sofort auflegte, weil er ja damit schon genug erfahren hatte. Also schrieb Chee die Nummer der Shiprock-Münzwäscherei auf den Zettel und fügte hinzu:

HINTERLASSEN SIE EINE NACHRICHT,
FALLS ICH
NICHT DASEIN SOLLTE.

Während er die letzten Buchstaben schrieb, schielte er nach oben. Er wollte, daß Grayson mitlas, und er war sicher, genau das hatte Grayson getan. Er faltete den Zettel einmal, dann ein zweites Mal und schrieb auf das kleine Viereck, das übrigblieb:

LEROY GORMAN, PERSÖNLICH.

Er gab Grayson den Zettel. «Vergessen Sie's nicht, falls Gorman hier auftaucht», bat er.

Grayson warf keinen Blick auf den Zettel. Nur der lauernde Ausdruck auf seinem Gesicht war unverändert. «Ich denk dran», versprach er. «Aber ich glaub nicht, daß er überhaupt kommt. Hab seinen Namen heute zum erstenmal gehört, als das Mädchen bei mir reingeschneit kam.»

«Hat sie übrigens gesagt, wo sie hinwollte?»

Grayson schüttelte den Kopf. «Sie hat nur erwähnt, daß sie jetzt irgendwo eine alte Frau besuchen wollte. Ich hab nicht weiter drauf geachtet. Ich wußte ja nicht, was sie damit meint.»

Chee wußte auch nicht, was sie damit gemeint haben konnte, aber es wurde ihm klar, daß es wohl nicht so einfach war, Margaret Sosi zu finden.

11

Margaret Sosi zu finden, dachte Chee, würde mehr Aufwand an Zeit und Mühe erfordern, als einen silberfarbenen Wohnwagen unter einem Baumwollbaum aufzuspüren. Vielleicht war sie nach Los Angeles gegangen, vielleicht auch nicht. Chee dachte daran zurück, wie er selber mit siebzehn gewesen war. Von Los Angeles zu reden und davon zu träumen, das war natürlich leicht gewesen, aber dann wirklich Ernst zu machen mit solchen Träumen ... das wäre für ein Kind aus der Reservation eine Reise in eine unbekannte Welt voller Gefahren gewesen, fast schon wie ein Besuch auf einem fernen Planeten. Er bezweifelte, daß Margaret Sosi tatsächlich den Sprung ins Ungewisse gewagt hatte. Eher vermutete er, daß sie versuchen würde, ihre Clansleute ausfindig zu machen, die es ins Cañoncito verschlagen hatte. Chee hätte das jedenfalls an ihrer Stelle getan. Leider sah es ja so aus, als gäbe es nicht mehr viele, die zum Turkey Clan gehörten.

Auf dem Rückweg zum Büro kam Chee da vorbei, wo die U. S. 666 und die Navajo Route 1 zusammentreffen. Der Discountladen dort war zugleich Haltestelle der Buslinien von Greyhound und Continental Trailways. Mal eben nachzufragen kostete ihn nur eine Minute, und so viel Zeit hatte Chee allemal. Ein Navajo um die Vierzig, ein Mann namens Ozzie Pete, war sowohl für den Laden als auch für den Verkauf der Tickets zuständig. Nein, Tickets nach Los Angeles hatte er seit Wochen – ach was, seit Monaten nicht mehr verkauft. Also, was die vergangenen Tage betraf, da war er absolut sicher: einem schmächtigen Teenager in einem Navy-Parka hatte er überhaupt kein Ticket verkauft.

Vom Büro rief Chee bei den Handelsposten in Newcomb und Sheep Springs an. Er stellte dieselben Fragen und bekam dieselben Antworten. Danach rief er in Two Gray Hills an. Ja, die Stute stand wieder im Pferch, sie war auch nicht zu Schaden gekommen, aber jemanden, der aussah wie Margaret Sosi, hatte man nicht gesehen. Und das war's dann.

Chee kippte den Stuhl nach hinten an die Wand und lümmelte sich mit den Füßen auf den Papierkorb. Was nun? Ihm fiel nichts Gescheites ein, wie er es anfangen konnte, ein paar Leute aus dem Turkey Clan aufzuspüren. Er war ganz auf den

Zufall angewiesen, mußte herumfahren, an Handelsposten, Studentenwohnheimen, Wasserzapfstellen – kurzum, überall da, wo die Leute zusammenkommen, haltmachen und Fragen stellen. Früher oder später würde er auf jemanden treffen, der zum Turkey Clan gehörte oder wenigstens einen kannte, der dazugehörte. Weil aber der Clan so gut wie ausgestorben war, würde das eher später als früher passieren. Die Sache gefiel ihm nicht, wirklich ein grauenhafter Job. Wenn er sich das ersparen wollte, mußte er sich wohl oder übel etwas anderes einfallen lassen.

Also begann er nachzudenken.

Was mochte Margaret getan haben, als sie ihm beim Hogan entwischt war? Offenbar hatte sie die Stute nach Two Gray Hills zurückgebracht. Vorher hatte sie vielleicht noch ein Schwitzbad genommen. Bei Hosteen Begay fand sie ja alles, was sie brauchte. Vielleicht hatte sich das so abgespielt: Sie wartete ab, bis Chee verschwunden war, machte ein Feuer an, erhitzte die Steine, schüttete frisches Quellwasser darüber und schrubbte sich im heilsamen Dampf Gormans bösen Geist vom Leib. Chee hätte so ein Dampfbad zu Hause im Wohnwagen genommen. Er hätte die Bratpfanne auf dem Herd ordentlich heiß werden lassen, das rotglühende Ding unter die Dusche gestellt und aus dem Teekessel kochendes Wasser drüber gegossen, bis die Duschkabine in Dampf gehüllt war.

Er hätte sich von oben bis unten abgeschrubbt und sich anschließend ein bißchen schlapp, aber sehr sauber und vor allem rundherum besser gefühlt. Bei Margaret Sosi wäre es nicht anders gewesen. Mal angenommen, sie hätte das Bad genommen, wäre dann runter zur U. S. 666 geritten, hätte die Stute laufenlassen – denn die fand ja den Weg nach Two Gray Hills bestimmt allein, dann hätte Margaret mit dem ersten Bus – auf jeden Fall schon sehr früh am Morgen – nach Shiprock reinfahren können. Und dann hätte sie sich aufgemacht zu Graysons Wohnwagen, um nach Leroy Gorman zu suchen ... Moment mal, wie zum Teufel hatte sie den Wohnwagen überhaupt gefunden? Vielleicht hatte ihr Hosteen Begay in seinem Brief einen Hinweis gegeben, als er sie warnte, sie solle diesem Gorman nicht zu nahe kommen. Ein Mädchen wie Margaret Sosi hatte sich davon bestimmt nicht ins Bockshorn jagen lassen. Schon gar nicht, wenn es um ihren Großvater ging. Und noch ein paar Möglichkeiten fielen Chee ein. Vielleicht war das die Erklärung, wieso das Polaroidfoto verschwunden war. Hosteen Begay konnte es dem sterbenden Albert Gorman weggenommen und Margaret im Brief mitgeschickt haben. Auf dem Foto mußte immerhin etwas zu sehen sein, was Albert Gorman veranlaßt hatte, schleunigst herzukommen und nach Leroy Gorman zu suchen. War es möglich, daß Hosteen Begay das Foto an Margaret geschickt hatte, um seine Warnung noch ein bißchen eindringlicher zu machen? An die kleine Margaret Sosi, die sich doch, wie Chee nur zu gut wußte, gar nicht so leicht einschüchtern ließ?

Chee seufzte, nahm die Füße vom Papierkorb und griff zum Telefon. Vielleicht war sie doch nach L. A. gegangen, wie gewagt das aus seiner Sicht auch erscheinen mochte. Solange er nichts Gegenteiliges wußte, hatte es jedenfalls keinen Zweck, anderswo nach ihr zu suchen.

Bevor der Nachmittag noch halb vergangen war, kannte Chee die Busfahrpläne aller Linien von Shiprock nach Süden, Richtung Gallup, und nach Westen, über Teec Nos Pos, in- und auswendig, und er wußte außerdem, wer welchen Bus fuhr und wo er wohnte. Einer der Greyhound-Fahrer, so weit war er gekommen, konnte sich mit Sicherheit daran erinnern, daß gestern unter seinen Passagieren kein zierliches Navajomädchen in einem blauen Parka gewesen war; ein anderer Greyhound-Fahrer, den Chee befragen wollte, war noch unterwegs und daher im Augenblick nicht zu erreichen. Aber als er sich dann die Trailways-Fahrer vornahm, landete er auf Anhieb einen Volltreffer.

«Ja», sagte gleich der erste, an den er sich wandte, «nördlich vom Handelsposten Newcomb hat sie an der Straße gestanden und gewinkt. Sie wollte ein Ticket nach Los Angeles, aber sie hatte nicht genug Geld dabei.»

«Wieviel hatte sie denn?»

«Es reichte bis Kingman, gerade bis zur Grenze von Kalifornien. Vierzig Cent hab ich ihr wieder rausgegeben.»

«Bitte, beschreiben Sie das Mädchen.»

Die Beschreibung paßte genau auf Margaret Billy Sosi und endete mit der Feststellung: «'n hübsches kleines Ding. Aber sie müßte mal ordentlich rausgefüttert werden. Und jemand sollte ihr das Gesicht waschen. Sah aus, als ob sie ziemlich fertig wäre. Warum seid ihr Burschen eigentlich hinter ihr her?»

«Wir wollen verhindern, daß ihr etwas zustößt», antwortete Chee.

Dann rief er bei der Busstation in Kingman an. Der Bus nach Los Angeles war pünktlich angekommen und genau nach Fahrplan abgefahren. Ja, das war vor fünfzehn Minuten. Ob jemand ein kleines, zierliches Navajomädchen mit schwarzen Augen und schwarzem Haar gesehen hätte? Ein Mädchen in einem Navy-Parka? Wie bitte? Eine, die sich mal wieder das Gesicht waschen mußte? Nein, so eine war dort niemandem aufgefallen.

Chee rief bei der Polizeistation in Kingman an, sagte, wer er war, und fragte nach dem wachhabenden Commander. Er wurde mit einem Lieutenant Monroney verbunden. Als er dem die Beschreibung von Margaret Sosi durchgab, ging ihm durch den Kopf, daß er das alles jetzt mindestens schon zehnmal hergebetet hatte. «Ich vermute, daß sie per Anhalter weiterwill», sagte Chee. «Sie will nach Los Angeles.»

«Wann ist der Bus abgegangen, vor 'ner Viertelstunde? Und siebzehn ist sie, sagen Sie?»

«Siebzehn, ja. Aber sie sieht wie fünfzehn aus.»

«'n hübsches Mädchen?»

«Ja, würde ich sagen», antwortete Chee. «Doch, ja. Bißchen mager, sieht aber trotzdem gut aus. Obwohl sie's nötig hätte, sich mal wieder das Gesicht zu waschen.»

«Wir halten nach ihr Ausschau», versprach Monroney. «Ich geb's den Highway-Streifenwagen über Funk durch. Aber versprechen Sie sich nicht zuviel davon. Wenn's ein Junge wär, der stünd noch dort und hätt den Daumen oben. Aber 'n Mädchen, noch dazu 'n hübsches, und in dem Alter ... die hat längst einer mitgenommen. Die ist schon unterwegs. Trotzdem, wir halten die Augen offen. Geben Sie mir Ihre Nummer. Wenn wir sie finden, kriegen Sie Nachricht. Sie wird nur gesucht, weil sie weggelaufen ist, ja? Keine Straftat?»

«Nein», sagte Chee. «Allerdings hat die Sache was mit einer Schießerei mit tödlichem Ausgang zu tun. Sie sollten also gut auf sie aufpassen.»

Vielleicht war es dafür auch schon zu spät.

12

Die Adresse ‹elf-sieben-eins-dreizehn La Monica Street›, die Sharkey auf Albert Gormans Führerschein gelesen hatte, entpuppte sich als einstöckiges U-förmiges Gebäude, dessen blaßgrüner Verputz dringend einer Auffrischung bedurft hätte. Chee parkte seinen Kombi hinter einem altersschwachen Chevy Nova, bei dem an einem Kotflügel die Lackierung fehlte, und schaute sich um. Das Gebäude war in zehn, zwölf kleine Apartments eingeteilt. An der Tür am linken Ende des U stand ‹Manager›, und daneben hing ein Pappdeckel mit der Aufschrift ‹Zimmer frei›.

Chee ging über den schmalen Plattenweg bis zur Veranda vor dem Managerapartment. Neben der Tür war eine Tafel mit den Namen der einzelnen Mieter befestigt. Einen Albert Gorman fand Chee nicht, aber in einem Schlitz fehlte das Namensschild, und zwar in dem für das Apartment 6. Also machte sich Chee auf den Weg dorthin, quer über das von Unkraut durchwucherte Bermudagras, stand schließlich auf der Eingangsveranda vor Nummer 6, drückte den Klingelknopf und wartete. Nichts rührte sich. Neben der Tür war ein Briefkasten eingelassen, die Klappe geschlossen. Chee klingelte noch mal, lauschte auf das Surren der Klingel und drückte ganz beiläufig, während er lauschte, die Briefkastenklappe auf.

Zwei Umschläge steckten drin. Chee stellte sich so hin, daß vom Managerbüro aus niemand beobachten konnte, was er tat, und fischte die beiden Umschläge heraus. Auf einem stand nur ‹An die Mieter›, der andere war an Albert Gorman adressiert. Es schien eine Telefonrechnung zu sein, der Poststempel war zwei Tage alt. Chee schob die beiden Umschläge in den Kasten zurück, klingelte zum drittenmal und probierte dann, ob die Tür vielleicht offen wäre. Nein, verschlossen. Er war wieder darauf bedacht gewesen, sich so hinzustellen, daß niemand etwas merken konnte. Denn inzwischen hatte er mitgekriegt, daß er beobachtet wurde. Er hatte die Gestalt hinter der halb geschlossenen Jalousie am Fenster des Managerbüros nur flüchtig gesehen, aber seinem Eindruck nach war es eine Frau gewesen.

Chee wandte sich von der Tür ab und stiefelte durch Gras und Unkraut zurück. Er läutete am Managerapartment, wartete, läutete noch mal und mußte wieder warten. Er warf einen Blick auf die Uhr. Womit konnte die Frau um diese Zeit so beschäftigt sein, daß sie keine Zeit zum Öffnen hatte? Wieder drückte er den Klingelknopf, und diesmal beobachtete er dabei, wie der Sekundenzeiger auf seiner Armbanduhr vorrückte: eine Minute, noch eine ... Die Frau machte keine Anstalten, zur Tür zu kommen. Warum nicht? Sie hatte doch ein Apartment zu vermieten. Er klingelte noch mal, wartete wieder eine Minute, dann drehte er sich um und ging auf den Wagen zu.

Er hörte, wie hinter ihm die Tür geöffnet wurde.

«Ja, bitte?»

Chee wandte sich um. Die Frau hielt die Tür einen Spalt weit offen. Sie war so groß wie Chee, hager, grauhaarig, und ihr exotisch anmutendes Gesicht verriet, daß unter ihren Vorfahren mit Sicherheit Schwarze und wahrscheinlich auch Chinesen gewesen waren.

«Mein Name ist Jim Chee», sagte er. «Ich suche einen Mann namens Albert Gorman. Apartment 6, glaube ich.»

«Das stimmt», sagte die Frau. «Sechs, das ist Gorman.»

«Aber er ist nicht da», sagte Chee. «Wissen Sie zufällig, wo ich ihn finden kann?»

«Ich nehme an, er wird bald zurück sein», meinte die Frau. «Warten Sie doch. Auf seiner Veranda steht ein Stuhl.» Sie zeigte quer über den Rasen. «Machen Sie sich's einfach gemütlich.»

Der Akzent war deutlich. Spanisch? Vielleicht, aber nicht das mexikanische Spanisch, an das Chee von der Gegend rund um die Reservation gewöhnt war. Möglicherweise philippinisch. Er hatte gehört, daß es eine Menge Filipinos in Los Angeles geben sollte.

«Wissen Sie vielleicht genauer, wann er zurück sein wird? Ich bin nämlich auf der Suche nach ein paar Verwandten von ihm. Wissen Sie zufällig ...»

«Ich weiß gar nichts», fiel ihm die Frau ins Wort. «Aber er wird bald zurück sein. Er hat gesagt, wenn jemand nach ihm fragt, soll er warten. Es würde nicht lange dauern.»

«Ich bin Polizist», sagte Chee, zog seinen Ausweis heraus und zeigte ihn ihr. «Ich muß den Aufenthaltsort eines Mädchens ermitteln: Sie ist ungefähr siebzehn, klein, zierlich, dunkelhaarig, ein Indianermädchen. Sie trägt einen Navy-Parka. Ist sie hier gewesen?»

Die Frau schüttelte mürrisch den Kopf.

«Es müßte heute morgen sehr früh gewesen sein», sagte Chee. «Oder vielleicht gestern abend sehr spät.»

«Hab sie nicht gesehen.»

«Wissen Sie, ob Albert Gorman noch eine andere Adresse hat? Wissen Sie, wo er arbeitet? Oder kennen Sie Verwandte von ihm, bei denen ich nachfragen könnte?»

«Keine Ahnung», sagte die Frau. «Warten Sie auf ihn, und fragen Sie ihn das alles selber.»

«Ein Freund von mir sucht ein Apartment», behauptete Chee. «Könnte ich mir das anschauen, das bei Ihnen frei ist?»

«Das geht jetzt nicht, ist noch nicht aufgeräumt. Der Mieter hat seine Sachen noch drin. Ich sag Ihnen ja, warten Sie einfach auf Gorman.» Und damit schloß sie die Tür.

«Na schön», sagte Chee, «dann werde ich eben warten.»

So saß er auf der Veranda vor Nummer 6 und wartete auf das, was da kommen sollte. Irgendwie hatte er anscheinend einen Stein ins Rollen gebracht, aber so angestrengt er auch darüber nachdachte, er hatte keine Ahnung, wohin der Stein rollte. Es kam ihm so vor, als hätte die Frau vorhin, als sie ihn vor Gormans Apartment entdeckte, mit irgend jemandem telefoniert. Offenbar hatte sie die Anweisung erhalten, ihn hinzuhalten. Darum spielte sie jetzt auf Zeit. Nun gut, er würde warten, halb aus Neugierde und halb, weil ihm kaum eine andere Wahl blieb. Wenn er hier keinen Erfolg hatte, wußte er beim besten Willen nicht, wo er's noch versuchen sollte. Es war die einzige Adresse, von der er sich überhaupt erhoffen konnte, daß sie ihn zum Turkey Clan und zu Margaret Sosi führen könnte. Leider war der Stuhl, auf dem er sitzen und warten mußte, ein höchst unbequemes Möbelstück aus Stahlrohr.

Er stand auf, reckte sich und schlenderte, die Hände in den Gesäßtaschen der Jeans vergraben, auf dem Rasen hin und her. Für die Frau, die ihn sicherlich aus dem Halbdunkel hinter den Jalousien im Auge behielt, gab er das Bild eines gelangweilten Mannes ab, der sich die Zeit vertreibt. Er schlenderte bis zur Straße vor, sah sich um und entdeckte auf der gegenüberliegenden Straßenseite ein heruntergekommenes Backsteingebäude, über dessen Eingang eine Neon-Leuchtschrift verriet, daß hier die *Korean Gospel Church* zu finden war. Die Fenster waren mit alten Sperrholzplatten vernagelt. An das Backsteingebäude schloß sich ein Bungalow an, der wohl irgendwann weiß verputzt gewesen war. Vor der offenen Garagentür stand, auf Backsteinen aufgebockt, ein Kleinlaster mit offener Ladefläche, dem die Räder fehlten. Dann kamen ein paar Reihenhäuser, ursprünglich mochte eins wie das andere ausgesehen haben, dann aber hatte der Zahn der Zeit an dem einen mehr, an dem anderen weniger genagt, und da und dort hatte der Besitzer ein bißchen an- oder umgebaut oder sich sogar zu Renovierungsarbeiten aufgerafft, so daß jetzt jedes Haus sein eigenes Gesicht bekommen hatte. Den Abschluß unten an der Straßenecke bildete ein Betonblock, in dem man, wie auf die Hauswand gemalt stand, gebrauchte Kleidung kaufen und verkaufen konnte. Alles in allem kam ihm die Gegend ein bißchen verfallener vor als die, in der Chee während seiner Studentenzeit in Albuquerque gewohnt hatte, und ein bißchen weniger schäbig als die meisten Wohngegenden in Shiprock.

Auf der Straßenseite, auf der Chee sich befand, sah es offenbar mit dem Wohlstand der Bewohner nicht viel besser aus. Ein Stück die La Monica Street hinunter standen zwei weitere Apartmenthäuser, beide ein wenig größer als das U-förmige Gebäude, in dem Gorman gewohnt hatte, und beide in einem Zustand, der noch dringender einen frischen Anstrich verlangte. In der anderen Richtung, die Straße hinauf, schloß sich ein gelb-braun verputztes Gebäude an, das von Rasenflächen umgeben und durch einen stabil aussehenden Eisenzaun abgegrenzt war. Chee schlenderte am Zaun entlang und sah sich das Gebäude und die Anlagen genauer an.

Seitlich, unter einem Vordach, saßen fünf Leute: in Rollstühlen, mit Gurten festgeschnallt, wie aufgereiht. Es waren alte Leute, drei Frauen und zwei Männer, ihre Blicke folgten Chee neugierig. Er hob grüßend die Hand, keine Reaktion. Die fünf – vier Weißhaarige und ein Kahlköpfiger – trugen blaue Bademäntel. Eine Frau hatte sich von der Gruppe abgesondert. Sie saß wie die anderen in einem Rollstuhl, aber er stand auf dem Plattenweg, der auf der Innenseite am Zaun entlanglief. Auch sie war alt, ihr weißes Haar schütter, auf ihrem Gesicht lag ein glückliches Lächeln, das nicht recht zu den leeren, blaßblauen Augen passen wollte.

«Hallo», rief ihr Chee zu.

«Heute wird er kommen», sagte die Frau, «ganz bestimmt.»

«Das ist schön», meinte Chee.

«Er wird heute kommen», wiederholte die Frau und lachte.

«Davon bin ich überzeugt», sagte Chee. «Bestimmt freut er sich, Sie wiederzusehen.»

Sie lachte unentwegt, und wie sie so durch die Gitterstäbe des Zauns zu Chee herübersah, hätte man sie für glücklich halten können. «Darum hab ich ja Ausgang», erzählte sie, «weil er kommt.»

«Da freue ich mich für Sie», sagte Chee. «Grüßen Sie ihn von mir.»

Die Frau schien ihn nicht mehr zu beachten, sie ließ den Stuhl ein Stück weiterrollen, summte gedankenverloren vor sich hin.

Chee schlenderte weiter am Zaun entlang, er schaute zu den fünf alten Leuten hinüber, die aufgereiht auf der Seitenveranda saßen. Auch das gehörte zur Welt der Weißen, doch es war ein Stück ihrer Zivilisation, das er bisher nie kennengelernt hatte. Gelesen hatte er darüber, aber das war ihm alles so unwirklich erschienen, daß er sich einfach nicht vorstellen konnte, wie es sein mochte, wenn alte Leute auf diese Weise eingepfercht wurden. Der Zaun war fast zwei Meter hoch, mit nach innen gebogenen Spitzen. Eine alte Frau kann da kaum drüberklettern, dachte Chee, schon gar nicht, wenn man sie in einem Rollstuhl festgebunden hat. Los Angeles konnte ruhig schlafen, die Alten würden den Rhythmus des Lebens nicht stören.

Er bog um die Ecke und entdeckte an der Frontseite des Hauses, im Vorgarten, ein Schild: *Silver Threads Rest Home*. Jemand hatte bei der Namensgebung wohl an das silberne Ende des Lebensfadens gedacht. Hier vorn hatte man Blumen gepflanzt – Beete mit Ringelblumen, Petunien, Zinnien und vielen anderen Blütengewächsen, die im milden Küstenklima üppig gediehen. Chee kannte sie nicht alle. Hier wuchsen die Blumen – im Vorgarten, wo die alten Leute nicht hinkamen.

Das *Silver Threads* war ein ausladender Gebäudekomplex, der den ganzen Platz zwischen zwei Straßenzügen für sich allein beanspruchte. Chee ging weiter bis zur Rückseite, von wo ein schmaler Durchgang zu Gormans Apartmenthaus führte. Er mußte sich die Zeit vertreiben, ein Blick auf die Armbanduhr sagte ihm, daß bis jetzt noch nicht einmal zehn Minuten vergangen waren.

Auf dem Weg zurück zu den Apartments kam er an einem Mann vorbei, der dicht hinter dem Zaun stand, hager und gebeugt, auf ein vierbeiniges, hüfthohes Laufgestänge aus Aluminium gestützt.

«Hallo», grüßte er zu dem Mann hinüber.

«Sind Sie Indianer?» fragte der Mann. Das Wort ‹Indianer› machte ihm Schwierigkeiten, er brachte es nicht im ersten Anlauf heraus, schloß die Augen, atmete schwer und schaffte es beim mühseligen zweiten Versuch.

«Ja, ich bin ein Navajo», antwortete Chee.

«Dort wohnt ein Indianer», sagte der Mann, löste eine Hand vom Laufgestänge und zeigte zu Gormans Apartment hinüber.

«Kennen Sie ihn?» fragte Chee.

Der alte Mann rang nach Worten und gab schließlich kopfschüttelnd und seufzend auf. «Nett. Unterhält sich.» Mehr brachte er nicht heraus.

Chee lächelte. «Er heißt Albert Gorman. Meinen Sie den?»

Der Mann runzelte verärgert die Stirn. «Lachen Sie nicht», sagte er. «Keiner unterhält sich mit mir. Nur dieser ...» Das Gesicht verzerrte sich vor Anstrengung, aber er konnte den Satz nicht zu Ende bringen. «Nur er», sagte er und senkte den Blick. Er sah sehr mutlos aus.

«Ich finde es gut, wenn jemand freundlich zu anderen ist», sagte Chee. «Es gibt zu viele Leute, die nie Zeit haben, mit jemandem zu reden.»

«Er ist nicht zu Hause», sagte der Mann, und Chee sah deutlich, daß er noch mehr hinzufügen wollte. Er wartete geduldig, während das Gesicht des alten Mannes die furchtbare Anstrengung widerspiegelte, als er durch seinen Willen wettmachen wollte, was ein Schlaganfall ihm an geistiger Kraft genommen hatte. «Er ist weg», sagte er.

Chee nickte. «Ja, er hat einen Onkel, der in der Navajo-Reservation in New Mexico lebt. Den ist er besuchen gegangen.» Chee spürte ein schmerzliches Schuldgefühl – wie immer, wenn er jemandem die Wahrheit verhehlte. Andererseits, warum sollte er dem alten Mann sagen, daß sein Freund tot war?

Der Gesichtsausdruck des alten Mannes veränderte sich. Er brachte ein Lächeln zustande. «Verwandt?»

«Nein», antwortete Chee. «Das heißt, wir sind beide Navajos und darum natürlich auch in gewisser Weise verwandt.»

«Er hat große Schwierigkeiten», sagte der Mann. Er sagte es klar und deutlich. Anscheinend gab es immer wieder Augenblicke, in denen sein Nervensystem störungsfrei funktionierte.

Chee zögerte. Automatisch wollte er zu denken anfangen, wie ein Polizist zu denken gelernt hatte. Aber hier half keine Dienstvorschrift weiter, hier mußte er anders vorgehen.

«Ja, ich weiß. Der Zusammenhang ist mir noch nicht ganz klar. Aber als er hier weggegangen ist, hat ihn irgend jemand verfolgt. Er steckt böse in der Klemme.»

Der alte Mann nickte. Er wußte etwas. Er wollte es sagen. Aber er schaffte es nicht.

«Hat er Ihnen etwas darüber erzählt?»

Der Mann schüttelte verneinend den Kopf. Er dachte nach und hob schließlich die Schultern, als wollte er sein stummes Nein zurücknehmen. «Ein bißchen was», sagte er.

Eine kleine rundliche Frau in einer knapp sitzenden weißen Uniform kam quer über den Rasen zu ihnen herüber. «Nun, Mr. Berger, für uns wird's jetzt Zeit fürs Mittagessen», flötete sie.

«Scheiße», sagte Mr. Berger, packte das Laufgestänge fester und hebelte sich herum.

«Gebrauchen Sie nicht so garstige Ausdrücke!» tadelte die Rundliche. «Wenn wir im Rollstuhl säßen, wie sich's eigentlich gehört, könnte ich Sie schieben. Da würden wir eine Menge

Zeit sparen.» Sie warf einen Blick auf Chee, fand aber anscheinend nichts Besonderes an ihm.

«Scheiße», sagte Mr. Berger noch einmal. Er bewegte sich, immer auf das Laufgestänge gestützt, auf unsicheren Beinen vorwärts. Die Rundliche blieb Berger dicht auf den Fersen, schweigend, aber unerbittlich.

Bei Gormans Apartment war alles unverändert, nur die Morgensonne stand jetzt ein wenig höher. Chee saß wieder im Stahlrohrstuhl neben der Eingangstür, er dachte über Mr. Berger nach. Und dann fiel ihm Grayson ein. Wer war Grayson, welche Rolle spielte er in dieser seltsamen Geschichte, und was hatte er in Shiprock zu suchen? Er versuchte sich vorzustellen, warum Gorman so aufgebracht gewesen war, nachdem er erfahren hatte, wer in dem silberfarbenen Wohnwagen wohnte … Das heißt, falls das wirklich der Grund für die Eile gewesen war, mit der es ihn nach Shiprock getrieben hatte. Und schließlich, obwohl er sich innerlich dagegen wehrte, kam er mit seinen Gedanken bei Mary Landon an. Er wünschte sich, er könnte mit ihr reden – jetzt gleich. Am liebsten wäre er losgerannt, zum nächsten Telefon, hätte sie aus ihrem Klassenzimmer in Crownpoint herausrufen lassen, nur, um sie sagen zu hören: «Jim, ist irgend etwas passiert?» Und er würde antworten … ja, er würde antworten: «Du hast gewonnen, Mary.» Nein, nicht so, sondern: «Du hattest recht, Mary. Ich schick jetzt meine Bewerbung ans FBI ab. Und sobald ich den Hörer aufgehängt habe, setz ich mich in den Wagen und fahr direkt nach Crownpoint, ohne auch nur ein einziges Mal anzuhalten, es sei denn, die Highway-Polizei stoppt mich unterwegs wegen überhöhter Geschwindigkeit. Sieh zu, daß du die Koffer schon gepackt hast, bis ich da bin. Und sag deinem Rektor, er soll sich jemanden als Vertretung für dich suchen, und noch was, Mary …»

Ein weißer Ford hielt dicht hinter Chees Kombi. Zwei Männer saßen darin. Der auf dem Beifahrersitz stieg aus und ging rasch zum Managerbüro hinüber. Er war kleingewachsen, stämmig, durchtrainiert, ein Mann im mittleren Alter, mit einem runden, rosafarbenen Gesicht. Er trug graue Hosen und eine Jacke aus leichtem Leinen. Die Tür am Managerapartment wurde geöffnet, ehe er noch dort war. Das Gespräch, das er zu führen hatte, dauerte nicht lange. Er schaute zu Chee herüber, dann kam er quer über den Unkrautrasen auf ihn zu. Die Fahrertür des Fords schwang auf, ein Mann, der um einiges länger war, schob sich heraus, blieb einen Augenblick abwartend stehen und kam dann ebenfalls auf Gormans Apartment zu.

Der Kleine war noch nicht ganz da, da fing er schon zu reden an. «Die Managerin sagt mir, Sie wollen Gorman sprechen. Stimmt das?»

«Mehr oder weniger», antwortete Chee.

«Ist das Ihr Kombi?»

«Ja.»

«Sie kommen aus Arizona?»

«Nein», sagte Chee. Die Kennzeichen stammten noch aus seiner Zeit in Tuba City, vor seiner Versetzung nach Shiprock.

«Woher dann?»

«Aus New Mexico.»

Inzwischen war der Lange auch da. Fast ein Riese, knapp zwei Meter groß, schätzte Chee. Und viel jünger als der andere, so etwa fünfunddreißig. Er sah wie einer von diesen zähen Burschen aus, die so schnell nichts umwirft. Als die beiden auf ihn zugekommen waren, hatte Chee noch gedacht, es könnten FBI-Männer sein. Aber jetzt wußte er, daß sie nicht vom FBI kamen.

«Dann haben Sie aber ’n langen Weg hinter sich», sagte der Kleine.

«Neunhundert Meilen», gab ihm Chee recht. «Weiß einer von Ihnen zufällig, wo ich diesen Albert Gorman finden kann? Oder jemanden aus seiner Familie? Oder einen von seinen Freunden?»

«In welcher Beziehung stehen Sie denn zu Gorman?» wollte der Kleine wissen.

«Ich kenne ihn gar nicht», antwortete Chee und fragte zurück: «Warum interessiert Sie das?»

Unter der Leinenjacke konnte Chee ein Stück braunes Leder entdecken, das offenbar zum Gurtzeug eines Schulterholsters gehörte. Jedenfalls hätte er sich nicht vorstellen können, was es sonst sein sollte. Der Kleingewachsene machte keine Anstalten, Chees Frage zu beantworten. Er griff in die Jackentasche und holte ein Lederfutteral heraus. «Los Angeles Police Department», sagte er, ließ das Futteral aufklappen und gab kurz den Blick auf seine Dienstmarke und ein Foto frei. «Zeigen Sie mir Ihren Ausweis.»

Chee kramte seine Brieftasche heraus, öffnete sie, um die eigene Dienstmarke zu zeigen, und reichte sie dem Mann in der Leinenjacke.

«Navajo Tribal Police», las der vor. Er musterte Chee neugierig, dann sagte er noch einmal: «Sie haben einen langen Weg hinter sich.»

«Ja», sagte Chee und wiederholte: «Neunhundert Meilen. Können Sie mir jetzt was über Gorman erzählen? Wir haben da einen Fall mit einem Mädchen ...»

Weiter kam er nicht, weil der Lange in schallendes Gelächter ausbrach. Chee und der Kleingewachsene warteten ab, bis der Zwei-Meter-Mann sich wieder beruhigt hatte. «Mister», sagte der Lange schließlich, «Shaw kann Ihnen alles über Gorman erzählen. Darin ist er einsame Spitze, sozusagen ein Spezialist in Sachen Gorman. Gorman ist geradezu sein Hobby.»

Chee streckte dem Kleingewachsenen die Hand hin und nannte seinen Namen.

«Willie Shaw», sagte der Kleine und schüttelte Chee die Hand. «Das ist Detective Wells. Wenn Sie Zeit haben, sollten wir uns ein bißchen unterhalten. Wie wär's mit 'ner Tasse Kaffee?»

Auch Wells gab Chee die Hand, er tat es in der sanften, vorsichtigen Art, die man häufig bei Leuten von großem Wuchs antrifft. «Sieht so aus, als wäre Shaw auf dem Wege, endlich wieder normal zu werden», meinte er. «Wär gar nicht so schlecht, wenn aus dem Hobby wieder vernünftige Polizeiarbeit würde.»

«Ich bin sicher, daß Mr. Chee mich in seinem Wagen mitnimmt», sagte Shaw. «Wir treffen uns im *VIP*, unten auf dem Sunset.» Das war eigentlich für Wells bestimmt, aber der war schon unterwegs zum Ford. «Zuerst ...», sagte Shaw zu Chee, «zuerst möchte ich gern von Ihnen hören, warum sich die Navajopolizei für Albert Gorman interessiert.»

Chee schilderte das in großen Zügen. Er erwähnte, was ihm bei Gormans offensichtlich übereilter Bestattung merkwürdig vorgekommen war, wie rätselhaft Hosteen Begays Verschwinden war, welche Mühe sie damit hatten, Margaret Sosi zu finden, und was er von ihr über den Inhalt von Begays Brief erfahren hatte. Als sie im Kaffeeshop angekommen waren und in einer der Sitznischen Platz genommen hatten, war er mit seiner Schilderung schon am Ende. Shaw rührte den Zucker in seiner Tasse um. Er hatte noch ein paar Fragen zu stellen.

«Wenn ich das richtig verstanden habe, ist Lerner auf den Parkplatz gefahren, direkt auf Gorman zu, und hat ihn niedergeschossen. Gorman hat zurückgeschossen und ist abgehauen. Lerner liegt also tot auf dem Parkplatz. Und die von der Bundespolizei finden schließlich Gorman tot im Haus seines Onkels, er ist seinen Verletzungen erlegen. Ist das alles?»

«Nicht ganz», sagte Chee und fügte ein paar Details hinzu.

«Und – äh – hat nicht Albert auf dem Parkplatz mit einem alten Mann gesprochen?»

«Ja, er hat ihn um Auskunft gebeten», bestätigte Chee. Offenbar kannte Shaw den FBI-Bericht. Na gut, warum auch nicht?

Inzwischen war Wells angekommen. «Rutsch 'n bißchen», sagte er und setzte sich neben Shaw.

«Was haben die beiden miteinander geredet, Gorman und der alte Mann?» wollte Shaw wissen.

Das war genau die Frage, auf die es ankam, dachte Chee. Shaw gefiel ihm.

«Warum interessieren Sie sich eigentlich für Gorman?» fragte Chee zurück, wobei er sich bemühte, die Frage ganz harmlos klingen zu lassen. «Ich meine, ein Detective vom Los Angeles Police Department … ?»

«Genauer gesagt – vom Brandstiftungs-Dezernat», klärte Wells ihn auf. «Das ist 'ne gute Frage. Eines Tages wird unser Captain sie auch stellen, und zwar schon bald. Sergeant Shaw, wird er fragen, wie kommt das eigentlich, daß hier jeder nach Lust und Laune in Los Angeles Feuer legen kann, während Sie Ihre Zeit damit vertrödeln, hinter Autodieben herzujagen?»

Shaw ging nicht darauf ein. «Ich würde gerne rausfinden, warum Gorman nach New Mexico gefahren ist», sagte er. «Das würde mich mächtig interessieren.»

«Und Sie helfen mir dafür hier in Los Angeles weiter, damit ich die kleine Sosi finde?»

«Natürlich», versprach Shaw. «Aber ich muß rauskriegen, was dahintersteckt, daß die Navajos einen von ihren Leuten irgendwohin schicken, wo er rund tausend Meilen außerhalb von eurem Zuständigkeitsbereich ist. Dabei geht's doch bestimmt nicht nur um einen weggelaufenen Teenager?»

«Mich hat gar niemand losgeschickt», sagte Chee. «Ich hab mir freigenommen. Bin auf eigene Faust hier, wenn Sie so wollen. Das macht manches einfacher.»

Wells seufzte. «Gott verschone mich damit! Noch so einer von der Sorte. Gleich zwei, die ihren Privatkrieg führen wollen!»

Shaw deutete mit einer Bewegung seines runden, rosafarbenen Gesichts auf Wells. «Mein Freund glaubt fest daran, daß Polizisten ihre Nase nur in Dinge stecken sollten, die sie wirklich etwas angehen.»

«Zum Beispiel in Fälle, bei denen es um Brandstiftung geht», bestätigte Wells. «Genau jetzt sollten wir drüben in Culver sein und uns um den Brand in einem Warenhaus kümmern. Das ist mindestens genauso interessant wie eine Schießerei in New Mexico, und zufällig ist es auch das, wofür wir auf Kosten der Steuerzahler unser Gehalt bekommen.»

«Sie sind also auf eigene Faust hier?» wandte sich Shaw an Chee. «Ohne dienstlichen Auftrag? Steckt persönliches Interesse dahinter?»

«So kann man das nicht sagen», antwortete Chee. «Wir suchen, wenn auch aus unterschiedlichen Gründen, nach dem Mädchen und nach Old Man Begay. Und wenn ich mich außerhalb der Dienstzeit darum kümmere, gibt es weniger Komplikationen.» Shaw war anzusehen, daß er für diesen Standpunkt volles Verständnis hatte.

«Tja», machte er. «Das ist eben ein FBI-Fall.» Die abwartende Vorsicht war aus seinem Gesicht verschwunden, sie hatte einem Ausdruck freundschaftlicher Verbundenheit Platz gemacht. Und noch etwas las Chee in Shaws Gesicht. Jagdfieber?

«Wollten Sie mir nicht sagen, worüber Gorman sich damals auf dem Parkplatz unterhalten hat?» erinnerte Shaw.

Chee erzählte es ihm.

«Albert war auf der Suche nach Leroy?» Shaw hob die Augenbrauen. «Er hatte ein Foto von einem Wohnwagen bei sich?» Er zog ein ledergebundenes Notizbuch heraus, setzte die Brille auf und fing zu blättern an. «Joseph Joe», murmelte er. «Komisch, daß er den Bundesbeamten nichts davon erzählt hat.»

«Das hat er», stellte Chee richtig.

Shaw sah ihn aus großen Augen an.

«Er hat dem FBI-Mann alles erzählt, was ich Ihnen erzählt habe.»

Shaw brauchte eine Weile, bis er das verdaut hatte. «Aha», sagte er dann, «so ist das also.»

«Vielleicht interessiert es Sie auch», fuhr Chee fort, «daß das Foto gar nicht mehr da war, als der FBI-Agent dem toten Gorman die Taschen umgedreht hat.»

«Das wird ja immer merkwürdiger», meinte Shaw. «Wo ist es denn geblieben?»

«Zwei Möglichkeiten liegen auf der Hand. Entweder hat Gorman es weggeworfen, oder Old Man Begay hat es an sich genommen.»

Shaw blätterte in seinem Notizbuch. «Ich nehme an, Sie sehen auch noch eine dritte Möglichkeit, oder?» fragte er, ohne den Blick zu heben.

«Daß der FBI-Mann mit einem kleinen Taschenspielertrick nachgeholfen hat?»

Shaw schielte hoch. Sein Blick signalisierte Anerkennung und Zustimmung.

«Das halte ich für ausgeschlossen. Er hatte keine Gelegenheit dazu. Ich habe den Toten gefunden, und ich habe die ganze Zeit über dabeigestanden.»

«Haben Sie diesen Wohnwagen ausfindig gemacht? Albert meinte doch, er müßte in Shiprock stehen, und ich nehme an, das ist ein kleines Nest.»

«Wir haben ihn gefunden. Der Mann, der drin wohnt, behauptet, er hieße Grayson und kenne keinen Leroy Gorman.»

«Wissen Sie, wo Leroy Gorman steckt?» fragte Shaw.

«Ich dachte, darüber könnten Sie mir was erzählen.»

«Lassen Sie mich noch mal Ihre Legitimation sehen.»

Chee zog seine Ausweistasche heraus und gab sie Shaw. Der studierte den Inhalt, als wollte er ihn Wort für Wort auswendig lernen. «Muß mal eben telefonieren», sagte er dann, «bin gleich zurück.»

Chee schlürfte seinen Kaffee. Draußen vor den Fenstern lärmte der Großstadtverkehr, ein Ambulanzwagen raste mit Blaulicht vorbei. Wells spielte mit der Kaffeetasse, ließ sie scheppernd auf der Untertasse hin und her rutschen.

«Shaw ist schon in Ordnung», sagte er. «Hat an sich 'ne gute Karriere vor sich. Aber mit der Sache macht er sich völlig verrückt. Er verbohrt sich da in was ... bis er auf einmal Ärger am Hals hat.»

«Warum? Was geht ihm denn so an die Nieren?»

«Sein Freund wurde ermordet», antwortete Wells. «Oder sagen wir mal: er kam ums Leben.» Er trank seinen Kaffee aus und machte der Bedienung ein Zeichen, daß er noch mehr wollte. «Shaw denkt jedenfalls, sie hätten ihn ermordet und kämen ungestraft davon. Das macht ihn so verrückt.»

«Dann ist er also mit dem Untersuchungsergebnis unzufrieden?»

«Es gibt kein Untersuchungsergebnis», erwiderte Wells. Er wartete, bis die Bedienung ihm noch einmal eingeschenkt hatte. «Der Mann hatte eine Herzattacke. Natürliche Todesursache. Keine Anzeichen, daß jemand nachgeholfen hätte.»

«Oh.»

Wells starrte trübsinnig vor sich hin. «Ich arbeite seit vier

Jahren mit ihm zusammen, und ich kann Ihnen versichern, er hat was auf dem Kasten. Drei förmliche Belobigungen. Einen Besseren finden Sie so schnell nicht. Aber über die Sache mit Upchurch kommt er nicht weg.»

«Upchurch? War das der FBI-Agent?»

Wells schaute ihn überrascht an.

«Ich habe gehört, daß das FBI bei der Sache einen Mann verloren hat», erklärte ihm Chee. «Und die Art, wie sie den Fall angehen, sieht ganz danach aus, daß das kein Gerücht ist.»

«Sie werden die Sache noch ganz anders angehen, wenn sie rausfinden, daß Shaw ...» Er verschluckte den Rest. Shaw rutschte neben ihn.

Und dann begann Shaw zu erzählen, ohne lange Vorbemerkung. «Albert Gorman war ein Autodieb. Leroy auch. Die beiden sind Brüder, haben ihren Lebensunterhalt mit Autodiebstahl bestritten. Sie haben für einen Burschen gearbeitet, der sich McNair nennt. Alter Bekannter von uns, unten an den Docks von Santa Monica. Betreibt einen Import-Export-Handel. Importiert Kaffee, Kakao, Rohgummi und so, das meiste aus Südamerika, aber es sind, glaube ich, auch Einfuhren aus Afrika und Asien dabei. Als Export geht raus, was ihm unter die Finger kommt, einschließlich gestohlener Autos. Das ist sozusagen sein Spezialgebiet. Vorwiegend teure Schlitten, Ferrari, Mercedes, Caddies und so. Hauptsächlich nach Argentinien und Kolumbien, aber gelegentlich gehen auch Ladungen nach Manila ab. Je nachdem, was gerade geordert wird. Gorman und die anderen haben auf Provisionsbasis gearbeitet. Da wurden jedesmal bestimmte Modelle bestellt. Sagen wir mal – ein Mercedes 450 SL. Mit festem Termin – wann eben gerade das richtige Schiff im Hafen lag. Die haben sich einen Wagen ausgesucht, das vereinbarte Datum abgewartet, den Karren geklaut und sind sofort zum Hafen gefahren. Der war schon im Laderaum verstaut, bevor der Besitzer noch gemerkt hat, daß er weg war. War gekonnt gemacht.»

Shaw vergewisserte sich mit einem raschen Blick, ob Chee alles mitbekommen hätte. Chee nickte.

«Dann bekam ein FBI-Agent Wind davon. Sein Name … war … Kenneth …» Shaw versagte die Stimme, sein Adamsapfel fing zu hüpfen an. Wells guckte rasch weg und tat so, als beobachtete er den Verkehr draußen auf der Straße. Chee mußte an den Navajobrauch denken, den Namen eines Toten nicht auszusprechen. Auch für Shaw war es wohl so, daß der Name den Geist des Toten zurückrief.

Shaw schluckte schwer. «Sein Name war Kenneth Upchurch.» Er brauchte noch einen Augenblick. «Tut mir leid», sagte er entschuldigend, «aber er war ein guter Freund von mir. Nun, was ich sagen wollte: Upchurch nahm sich die Sache vor und leistete ganze Arbeit.»

Shaw hatte sich wieder gefangen, er konnte klar und sachlich fortfahren – wie einer, der von tausend früheren Gelegenheiten daran gewöhnt ist, die Fakten eines bestimmten Falles zu schildern, und jetzt im Grunde nichts anderes tut. «Als Upchurch die Sache vors Schwurgericht bringen wollte, stellte er fest, daß er einen Zeugen nach dem anderen verlor. Zuerst war da ein Maat, der über Bord fiel. Der Kapitän eines Schiffes kehrte von einer Fahrt nach Argentinien nicht zurück. Ein Dieb hatte auf einmal das Gedächtnis verloren. Ein anderer stand nicht mehr zu seiner früheren Aussage. Mit ein paar wenigen Anklagen kam Upchurch durch, aber die Top-Leute blieben ungeschoren.»

«Nicht mal für ’n Bußgeld hat’s bei denen gereicht», fügte Wells verbittert hinzu. «Na ja, McNair stammt aus Schottland, und die Schotten zahlen eben nicht gern.» Sein Galgenhumor konnte niemandem ein Lächeln entlocken.

«Das war vor neun Jahren», nahm Shaw den Faden wieder auf. «Nach kurzer Zeit ist die Firma McNair wieder ins Autogeschäft eingestiegen. Upchurch erfuhr davon, und es wurde auch behauptet, daß sie ihre schmutzigen Geschäfte jetzt mit Kokainhandel aus Kolumbien kombinierten. Zu mir hat er gesagt, beim erstenmal wäre nur deshalb alles schiefgelaufen, weil zu viele Leute von seinen Recherchen gewußt hätten. Diesmal wollte er sich nur auf sich selbst verlassen und absolutes Stillschweigen bewahren. Nun, wenn man so eine Sache ganz allein vorantreibt, braucht man viel Zeit. Da einen Zeugen festnageln – und dort einen, und dann erst mal alle auf Eis legen, bis die Sache reif ist. Er hat keinen in seine Untersuchungen eingeweiht, ausgenommen ein paar Leute im Büro des Bezirksstaatsanwalts und bei der Zollbehörde, eben die paar Ausnahmen, die sich nicht vermeiden ließen. So hat er die Geschichte angepackt. Hat jahrelang daran gearbeitet. Und dann hatte er die Sache endlich unter Dach und Fach. Mein Gott, man konnte ihm richtig anmerken, wie's ihn in den Fingern gejuckt hat.» Über Shaws rotes Gesicht lief ein Lächeln der Erinnerung. «Diesmal sah alles danach aus, daß die Top-Leute unweigerlich mit drinhingen. Upchurch hatte seine Zeugen soweit. George McNair ging's an den Kragen – und einem Burschen namens Robert Beno und einem von McNairs Söhnen … praktisch allen, die bei dem Geschäft den Rahm absahnen.»

Shaw holte mit einer großen, geschmeidigen Geste aus. «So glatt lief alles! Sieben Anklageschriften. Diesmal war die ganze Bagage dran.» Er grinste genüßlich. «Das war am Dienstag. Ein Überraschungscoup. Bis auf Beno wurden alle geschnappt, eingelocht, fürs Verbrecheralbum fotografiert … am Donnerstag war die Anklage schon durch. Ein paar von denen, zum Beispiel McNair und seinen Sohn, hat Upchurch persönlich festgenommen. Und er hat sich auch drum gekümmert, daß seinen Zeugen diesmal nichts passieren konnte. Das Schutzprogramm war sorgfältig ausgearbeitet. Sobald sie vor dem Geschworenengericht ausgesagt hatten, wollte er sie selber übernehmen und irgendwo in Sicherheit bringen. Dieses Mal ging er kein Risiko ein. Nicht mal bis zum Wochenende hat's gedauert, da war die ganze Aktion schon abgeschlossen.»

Shaw unterbrach sich, er atmete tief ein und aus.

«Am Wochenende, am Samstagabend, wollten wir seinen Erfolg feiern, Molly und Kenneth, meine Frau und ich. Wir hatten einen Tisch bestellt. An diesem Samstag war Kenneth auf dem Santa Monica Freeway unterwegs, ich weiß nicht, wo er hinwollte. Als er ungefähr in der Höhe von Culver City war, hat er plötzlich die Kontrolle über seinen Wagen verloren, einen Lieferwagen gestreift – und noch ein anderes Auto, und dann ist er bei einer Ausfahrt über die Kurve rausgeschossen.»

Das Schweigen dauerte nur einen Augenblick, aber der schien sich endlos zu dehnen.

«Sie haben ihn umgebracht», sagte Shaw.

Wells machte eine Bewegung, als ob er widersprechen wollte, beließ es aber bei einem Achselzucken.

«Wie haben sie ihn umgebracht?» fragte Chee. «Durch einen fingierten Autounfall?»

«Die Autopsie hat ergeben, daß er eine Herzattacke hatte», antwortete Shaw mit einem Seitenblick auf Wells. «Natürliche Todesursache.»

«Sauber hingebogen», vermutete Chee.

«Natürlich liegt der Verdacht nahe», warf Wells ein. «Das FBI wurde ja auch mißtrauisch. Ist doch klar, wenn's um jemanden geht, der gerade ein paar dicke Fische im Netz zappeln hat. Die sind da mächtig eingestiegen, haben sogar das Ergebnis der Autopsie noch mal überprüft, das weiß ich genau. Sie haben einen eigenen Arzt zugezogen. Aber das Ergebnis war gleich null. Herzattacke während der Fahrt auf dem Freeway. Und das war's dann.»

«Das FBI …», sagte Shaw. «Buchhalterseelen und Paragraphenreiter.»

«Die Mordkommission vom L. A. Police Department war auch beteiligt», erinnerte ihn Wells. «Das weißt du genau, und du kennst die Jungens so gut wie ich, sogar besser. Wenn's was zu finden gibt, dann finden die das auch. Aber sie haben nichts gefunden.»

«Na gut», sagte Shaw, «ich bleibe dabei: McNair hat ihn umgebracht, aus Rache. Geld spielt für ihn keine Rolle. Also hat er die Sache irgendwie so hingebogen, daß es wie 'ne Herzattacke aussah.»

Wells sah verärgert aus. Offensichtlich hatten sie die gleiche Diskussion schon oft geführt. «An den Bremsen war nichts. Keine Spuren von Rauschgift im Körper. Keine Einstiche in der Haut. Kein Anzeichen von Giftgas, nichts. Die Blutanalyse hat überhaupt nichts ergeben.»

«Der Wagen war doch nur noch Schrott, und der Körper war völlig zerschmettert», wandte Shaw ein.

Wells schüttelte den Kopf. «An so was sind die Pathologen gewöhnt. Sie …»

«Laß uns damit aufhören», unterbrach ihn Shaw. «Kenneth ist tot. Für mich war er der beste Freund, den ein Mann haben kann. Und darum nehm ich's nicht hin, daß der, der ihn umgebracht hat, einfach so davonkommt, als hätte er nur 'ne Fliege zerquetscht.»

«Was war das Motiv?» fragte Chee.

Shaw und Wells sahen ihn überrascht an.

«Sag ich doch: Rache», antwortete Shaw. «Er ist ihnen in die Quere gekommen, und da haben sie ihn aus dem Weg geräumt, bevor der Prozeß begann.»

«Gut, aber die Anklagebehörde wußte doch schon Bescheid. War denn Upchurch persönlich ein so wichtiger Zeuge?»

«Das glaube ich nicht», meinte Shaw. «Aber ohne ihn lief eben nichts. Er hatte die Fäden in der Hand, er wußte, welchen Zeugen er wann ranschleppen mußte. Ohne ihn hat der Staatsanwalt da nicht durchgeblickt. Darum ging's, denke ich.»

«Und die Zeugen sind alle in Sicherheit?»

«Bestimmt. Wenn's anders wär, hätt ich was davon gehört. Na ja, Sie wissen ja, wie das bei so einem Schutzprogramm läuft: alles ist so geheim, geheimer geht's gar nicht.»

«Albert Gorman hat das nichts genutzt», wandte Chee ein.

«Albert war keiner von den Zeugen», sagte Shaw. «Kenneth hat ihn nicht umdrehen können. Hat ihm nicht mal was anhängen können. Aber Leroy, den hatte er am Haken. Er hat ihn auf frischer Tat in einem gestohlenen Mercedes erwischt. Leroy hatte sein gesamtes Spezialwerkzeug dabei und sogar eine handgeschriebene Notiz über das bestellte Modell – und wann es bei welchem Dock abzuliefern war und so weiter. Genug für 'ne handfeste Anklage.»

«Also gehört Leroy zu den Zeugen, die durch das Schutzprogramm eine neue Identität bekommen haben?» fragte Chee.

«Vermutlich», meinte Shaw. «Oder sehen Sie das anders? Vor der Schwurgerichtsverhandlung war er jedenfalls aus der Stadt verschwunden. Wenn ich 'ne Vermutung äußern müßte, würde ich sagen, daß man ihm den Namen Grayson gegeben und ihn in einem Wohnwagen in der Navajo-Reservation untergebracht hat.»

«Warum hat man dann auf Albert geschossen?» Während Chee die Frage stellte, ahnte er schon die Antwort.

«Ich glaube, das war nicht geplant. Ich nehme an, sie wollten durch ihn nur die Spur zu Leroy finden, deshalb haben sie ihm Lerner hinterhergeschickt. Der sollte ihm auf den Fersen bleiben oder ihn zwingen, Leroys Versteck zu verraten. Und dann ist irgendwas schiefgelaufen, und da hat's geknallt.»

«Klingt einleuchtend», meinte Chee. «Wer ist dieser Lerner? Im FBI-Bericht steht nicht viel über ihn.»

«Wir haben ihn in den Akten», sagte Shaw. «Ein Gewohnheitsverbrecher. Hat bei so 'ner Hafenbande mitgemischt. Erpressungen. Und als Eintreiber für die Geldhaie. Dann hat er für einen in Vegas als Bodyguard gearbeitet, und ziemlich lange auch für McNair.»

«So eine Art Killer?» fragte Chee, obwohl ihm der Ausdruck selbst nicht gefiel. Er gehörte nicht zum routinemäßigen Vokabular der Tribal Police.

«Nicht direkt», sagte Shaw. «Upchurch hat mir erzählt, wenn sie einen für die brutale Tour brauchen, heuern sie einen Mann namens Vaggan an.»

«Komisch, daß sie den nicht losgeschickt haben.»

Shaw zuckte die Achseln. «War vielleicht zu aufwendig. Vaggan soll sehr teuer sein.»

«Aber gut», sagte Wells. «Und wie gut.»

13

Zeit zu vertrödeln war nicht Vaggans Art. Während er darauf wartete, daß es drei Uhr morgens würde und die Operation Leonard begann, las er noch einmal das Buch *The Navajo* und ließ dazu im Kassettenrecorder Wagner laufen. Er saß im Drehstuhl, hinten in seinem geschlossenen Lieferwagen, die Rollos an den Fenstern waren heruntergezogen. Das Kapitel, mit dem er sich beschäftigte, behandelte die Heilmethoden der Navajos und die zugehörigen Zeremonien. Die Buchseite wurde von einer batteriebetriebenen Klemmlampe beleuchtet, die Vaggan für 16 Dollar 95 zuzüglich Versandkosten beim *Survive-Magazine* bestellt hatte. Die Lampe lag immer im Handschuhfach bereit, falls er irgendwo herumsitzen und warten mußte – an dunklen Plätzen, an denen er was zu erledigen hatte und kein Aufsehen erregen wollte. In der Werbung hatte gestanden, das Ding sei die ideale Leselampe für den Gebrauch in düsteren Motelzimmern, auf Flugreisen und so weiter. Das Licht war genau auf die eine Seite begrenzt, die man gerade las, weiter reichte der Lichtkegel nicht. Falls jemand draußen herumschnüffelte, würde er nicht den kleinsten Schimmer bemerken. Nur das Umblättern der Seiten war ein bißchen umständlich.

Es war nicht sehr wahrscheinlich, daß sich überhaupt jemand draußen herumtrieb. Am frühen Nachmittag hatte der Santa Ana eingesetzt, jetzt wehte er ziemlich stürmisch. Außerdem hatte Vaggan den Platz sorgfältig ausgesucht: die halb verdeckte Parkfläche vor der viertürigen Garage, die zu einer Villa im Kolonialstil gehörte, und das Ganze lag in einer ruhigen Seitenstraße, die sich Vanderhoff Drive nannte. Die Villa gehörte einem älteren Ehepaar, von den Hausangestellten schlief nur eine Frau dort, die auch schon nicht mehr die Jüngste war. Das Licht erlosch früh am Abend. Die Parkfläche war ein idealer Ort für jemanden, der nicht von den Streifenwagen der Beverly Hills Police entdeckt werden wollte. Die fuhren nachts die Straßen ab und hatten es auf Typen abgesehen, die offensichtlich hier – in der Gegend, in der die Reichsten der Reichen wohnten – nach Einbruch der Dunkelheit nichts zu suchen hatten, wie zum Beispiel Vaggan.

Außerdem lag die Parkfläche so nahe bei Jay Leonards Haus, daß Vaggan sich ohne große Mühe dort umsehen konnte. Er hatte sich bereits gründlich dort umgesehen, und zwar eine Stunde vor Mitternacht, kurz nach Mitternacht und seitdem noch zweimal. Andererseits war der Ort weit genug von

Leonards Haus entfernt, daß Vaggan nicht auf Anhieb auffallen mußte, falls jemand dort zur Bewachung des Hauses eingesetzt war. Vaggan hatte diese Möglichkeit durchaus in Betracht gezogen, wie er überhaupt alle Möglichkeiten zu erwägen pflegte, wenn er einen Spezialauftrag übernahm. Es sah nicht danach aus. Leonard schien sich ganz auf sein dreifaches Sicherheitssystem zu verlassen. Er hatte einen Wachmann angeheuert, der bei ihm im Haus schlief. Er hatte eine ausgefeilte neue Alarmanlage einbauen lassen. Und er hielt zwei Wachhunde.

Der Gedanke an die Hunde störte Vaggan bei der Konzentration auf das, was er gerade las. Das Kapitel interessierte ihn allerdings nicht besonders, es behandelte die Verletzung von Tabus und den Gesang des Sieges über die Feinde, mit dem man sich in solchen Fällen gegen verhängnisvolle Folgen wappnen konnte. Die Hunde waren etwas, was er viel aufregender fand. Jedesmal, wenn er um Leonards Grundstück herumgestrichen war, hatte er sie sich genau angesehen (und sie ihn). Dobermänner, ein Pärchen. Der Spezialist für Wachhunde bei der Security-Gesellschaft hatte ihm versichert, daß solche Hunde darauf dressiert sind, nicht anzuschlagen. Vaggan hatte es allerdings vorgezogen, sich davon selber zu überzeugen. Hundegebell konnte er bei dem, was er vorhatte, überhaupt nicht gebrauchen, nicht einmal in einer Nacht wie dieser, wenn der Santa Ana wehte und mit seinem Heulen und Jaulen fast alle anderen Geräusche verschluckte. Leonard war ein Trinker, außerdem schnupfte er Koks. So konnte es leicht sein, daß er sowieso nicht ganz bei sich war. Aber es konnte auch sein, daß er ziemlich nervös reagierte. Und wenn nicht er, dann der Wachmann.

«Sie können Jay Leonard fragen», hatte der Hundespezialist gesagt. «Er hat seine jetzt schon über 'ne Woche. Nicht einmal haben die bisher angeschlagen. Wenn er wegen der Hunde Ärger mit den Nachbarn gekriegt hätte ... also, da hätte er Ihnen bestimmt nicht empfohlen, sich ausgerechnet an uns zu wenden.»

«Vielleicht gab's für die Hunde nichts zu bellen», hatte Vaggan eingewandt. «Aber was passiert, wenn einer am Zaun langgeht und hat 'nen Hund oder 'ne Katze an der Leine? Oder jemand will einfach zum Tor reinspazieren? Oder 'ne streunende Katze kommt rein?»

«Deswegen wird noch lange nicht gebellt», hatte der Mann gesagt. «Es gibt natürlich auch Wachhunde, die sind drauf dressiert, sofort anzuschlagen, wenn jemand auftaucht. Das bringt man ihnen schon bei, wenn sie noch Welpen sind. Aber andere Wachhunde, und zwar die Bluthunde, die sollen eben nicht bellen. In der Dressur lernen die: Wenn sie bellen, gibt's 'ne Strafe. Dauert nicht lange, dann bellen die überhaupt nicht mehr, ums Verrecken nicht. Sie können ein Paar von denen bei uns mieten.»

Vaggan hatte sich für Dezember vormerken lassen. Um die Zeit würde die Operation Leonard längst abgeschlossen sein. Er gab einen falschen Namen an, den er – samt der falschen Adresse – aus dem Telefonbuch hatte, und leistete 50 Dollar Anzahlung, damit der Mann auch wirklich glaubte, er hätte das Geschäft schon sicher in der Tasche, und nicht etwa auf die Idee kam, telefonisch bei Leonard zurückzufragen. Hier ging es ja immerhin um 120 000 Dollar, die Vaggans Auftraggeber von Leonard zu kriegen hatte, Zinsen und Vaggans Honorar fürs Eintreiben noch nicht mitgerechnet. Und diesmal würde Vaggan ein besonders fettes Honorar einstreichen, nicht nur die üblichen fünfzehn Prozent.

«Ich will einen Mordswirbel haben», hatte der Auftraggeber zu Vaggan gesagt. «Wissen Sie, was dieser dreckige kleine Bastard zu mir gesagt hat, dieser Leonard? Er hat mir glatt gesagt, ich sollte ihm nicht mit so 'm Scheiß daherkommen wie Kniescheibe zerschmettern und so was. Die Zeiten wären vorbei. Ich sollte ihn doch anzeigen. Aber mir wäre ja sicher bekannt, daß man Spielschulden nicht einklagen kann.»

Vaggan hatte nur still zugehört. Der Mann, der ihm den Auftrag geben sollte, war mächtig wütend.

«Ich hab ihm gesagt, daß ich meine speziellen Methoden habe, Außenstände einzutreiben, und er hat mir geantwortet, er scheißt auf meine Methoden. Sagt der mir einfach, wenn ich ihm auf die grobe Tour käme, würde ich im Kittchen landen.»

«Sie wollen also eine zerschmetterte Kniescheibe?»

«So was in der Art», hatte der Auftraggeber gesagt. «Was sich gerade so anbietet. Aber ich will, daß die Sache Staub aufwirbelt. Es gibt heute zu viele Schnorrer, die einfach die Achseln zucken und sagen, ich könnte sie ruhig verklagen. Was mit Leonard passiert, muß sich rumsprechen. Ich bin sicher, dann habe ich auf einmal nicht mehr so viel Ärger beim Eintreiben der Außenstände.»

«Spielt es eine Rolle, ob wir bei der Operation das Geld kriegen oder nicht?»

«Ich hab ja nicht gesagt, daß Sie ihn umbringen sollen. Wenn er tot ist, bin ich 120 000 Dollar plus Zinsen los. Ich nehme jedenfalls nicht an, daß er mich in seinem Testament bedacht hat.»

Darauf war Vaggan nicht weiter eingegangen. Er hatte, den Hörer am Ohr, in der Telefonzelle gelümmelt, beobachtet, wie drüben auf der anderen Straßenseite eine Frau versuchte, ihren Cadillac rückwärts in eine Parklücke vor dem Einkaufszentrum zu bugsieren, und im übrigen das Schweigen noch ein bißchen in der Luft hängen lassen, weil ja der Mann am anderen Ende nun irgendwann in die nächste, wesentlich interessantere Phase der Verhandlungen eintreten mußte.

«Vaggan», hatte der andere schließlich gesagt, «für eine ordentliche Publicitiy würde ich natürlich einen Bonus hinblättern.»

«Davon gehe ich aus. Was Sie von mir verlangen, ist eine Art Kriegserklärung an die Bullen. Leonard Feuer unterm Hintern zu machen ist eine Sache. Aber das so hinbiegen, daß es allgemein bekannt wird, ist geradezu eine Aufforderung, mich am Arsch zu kriegen. Und wenn ich meine Arbeit richtig mache, bin ich aus dem Geschäft als Geldeintreiber raus. Dann braucht jeder bloß noch daran zu erinnern, wie es Jay Leonard ergangen ist, und schon wird ihm ein Barscheck hingeschoben.»

«Was schwebt Ihnen vor?» hatte der Auftraggeber gefragt.

«Ich würde sagen – alles. Sie verlieren dann zwar das Geld, das Ihnen Leonard schuldet, aber bei allen anderen läuft es um so glatter. Alles, wenn ich ganze Arbeit leiste. Und damit meine ich, daß sie es in den Fernsehnachrichten bringen und in der *Times* drucken. Eine Mordsshow.»

Sie hatten eine Weile hin und her verhandelt, gefeilscht und Argumente ausgetauscht, und dann waren sie über den Preis einig gewesen. Das heißt, genaugenommen über verschiedene Preisabstufungen, abhängig davon, wie groß der Publicityrummel wurde und wie schnell Leonard zahlte. Sogar die niedrigste Summe reichte noch für die Realisierung von Vaggans Bauplänen: Er hatte vor, auf dem Hügel in der Nähe seines Hauses einen Betonbunker errichten zu lassen, einen Bunker, in dem er seine Vorräte lagern konnte. So gesehen waren die fünfzig Dollar, die er für die Wachhunde angezahlt hatte, gut angelegtes Geld.

Vaggan warf einen Blick auf die Uhr. Noch zwölf Minuten. Er legte das Buch weg. Der Wind rüttelte am Wagen, wiegte ihn in der Federung und wirbelte kleine Zweige und Äste dagegen – und was der stürmische Santa Ana sonst noch auf den gepflegten Rasenflächen von Beverly Hills aufgelesen hatte.

Obwohl die Lautsprecher vorsichtshalber leise gedreht waren, übertönte die Musik den Sturm: die Götterdämmerung, der gewaltige Höhepunkt aus Wagners Oper, eine Art von Musik, die Vaggan jedesmal von neuem berührte. Das Zwielicht der Götter, das Ende einer alten Ordnung, die sich selbst überlebt hatte, die Auferstehung in neuer Reinheit ... Blut, Tod, Feuer, Chaos, Ehre – und ein neuer Anfang. «Nietzsche hat es gedacht, Wagner hat es vertont», hätte sein Vater gesagt. «Und was sonst noch geschrieben und komponiert wurde, taugt für die Nigger.» Sein Vater ...

Er riß seine Gedanken gewaltsam davon los, schaute wieder auf die Uhr. Er würde ein bißchen früher losgehen. Er schlüpfte aus den Schuhen, nahm die hüfthohen Anglerstiefel aus dem Kasten und zog sie über die Beine. Einfach war das nicht, die Schiene an seinem linken Zeigefinger behinderte ihn. Vaggan verfluchte die Schiene, weil sie ihn ständig daran erinnerte, daß er einen Augenblick lang zu sorglos gewesen war. Aber der Finger verheilte gut, bald konnte er den Verband abnehmen. So lange mußte er einfach versuchen, nicht daran zu denken. «Denk an das, was dich stark macht», hatte der Commander immer gesagt. «Vergiß alles, was Schwäche ist.» Die Stiefel waren schwer, er hatte eine Menge Zeug in die Schäfte gestopft. Er zog die Gummistulpen bis zu den Hüften hoch und klemmte die Hosenträger daran fest. Die hohen Stiefel nahmen ihm jedoch nichts von seiner Geschmeidigkeit. Er hatte hart trainiert, durch Laufübungen und mit Gewichtheben. Er wog knapp über 100 Kilo, und von diesem Körpergewicht saß jedes Gramm da, wo es hingehörte.

Vaggan griff nach dem Pilotenkoffer, in dem er den größten Teil seiner Ausrüstung verstaut hatte, stieg aus und verschloß den Lieferwagen. Während er langsam den Bürgersteig entlangging, gewöhnte er sich bei jedem Schritt ein bißchen mehr an die schwerfälligen Stiefel. Vorn an der Ecke öffnete sich ihm ein weiter Blick auf Los Angeles, auf das Lichtermeer, das sogar jetzt – um drei Uhr morgens – dort unten flimmerte. Vaggan mußte an das lumineszierende Licht der Südsee denken – und dann an das giftgrüne Phosphorlicht zerfallender Substanzen. Ein Vergleich, der haargenau paßte. Er schlurfte auf den Gummisohlen dahin, achtete darauf, kein Geräusch zu machen und immer im Halbdunkel zu bleiben, und die ganze Zeit über schaute er hinunter auf das schlafende Los Angeles. Das letzte Aufglühen einer Zivilisation, an der schon der Zerfall nagte. Nicht mehr lange, und all das würde ausgelöscht und vom Feuer gereinigt sein. Schon bald, sehr bald. In dem Artikel, den er sich aus dem *Survival* ausgeschnitten hatte, hieß es, daß der Großraum von Los Angeles Zielgebiet für vierzehn sowjetische Gefechtsköpfe war, einschließlich LAX, Long Beach, des Stadtzentrums und aller umliegenden Militäranlagen und Industriegebiete. Gefechtsköpfe mit Wasserstoffbomben. Sie würden das Tal sauberfegen. Wenn alles vorbei war und die Strahlung aufgehört hatte, konnte er nachts auf diese Hügel steigen und hinunterschauen auf reine, stille Dunkelheit.

Die Hunde hörten ihn kommen. Vielleicht nahmen sie auch, obwohl es so windig war, seine Witterung auf. Sie warteten auf ihn am Zaun. Vaggan behielt die Tiere im Auge, während er aus den weiten Stiefelschäften eine Drahtschere und eine Rohrzange zog. Mit hochgestellten Ohren – angespannt, auf dem Sprung – verfolgten die Hunde jede seiner Bewegungen. Das kleinere Tier, die Hündin, fing leise zu knurren an, fletschte unter hochgezogenen Lefzen das Gebiß und kam mit einem Sprung dicht an den Zaun heran. Der Santa Ana hatte die Wolken und den Smog aufs Meer hinausgetrieben und dem Mondlicht Platz geschaffen; in seinem matten Schein schimmerten die weißen Zähne wie eine stumme Drohung. Vaggan streifte die schweren ledernen Schutzhandschuhe über und schnitt den ersten Draht durch. Nein, die Hunde würden nicht anschlagen, das wußte er inzwischen.

In diesem Punkt hatte er sich Gewißheit verschafft, als er zum zweitenmal hier war. In der Pappschachtel, die er damals bei sich hatte, saß eine Katze, ein großer Siamkater. 28 Dollar hatte Vaggan dafür im Tierheim in Culver City hingelegt, das waren die allgemeinen Gebühren und die Kosten für die Impfung und die Kastration. Die Hunde hatten den Zaun angesprungen und mit gespannter Erwartung zu ihm herübergestarrt. Der Kater hatte die Hunde natürlich gerochen und so heftig im Pappkarton zu zappeln und zu kratzen begonnen, daß Vaggan die Schachtel auf den Boden stellen und den Dekkel festhalten mußte, während er die Schnur durchschnitt. Dann hatte er die Schachtel über den Zaun geworfen.

Noch ehe sie auf den Boden fiel, war der Kater herausgesprungen. Nicht viel länger als eine Minute hatte das Ganze gedauert. Vaggan wollte sehen, ob die Dressur der Hunde sich auch im Rausch eines Angriffs bewährte. Und sie hatte sich bewährt. Ihr hechelnder Atem war das einzige Geräusch gewesen, während sie den Kater töteten. Er hatte übrigens bei der Gelegenheit noch ein paar interessante Dinge festgestellt. Die Hündin übernahm die Führung; erst nachdem sie zugeschlagen hatte, versetzte der Rüde dem Kater den tödlichen Biß. Das mußte ihnen angeboren sein, Vaggan hielt es für ausgeschlossen, daß man Tieren so etwas beibringen kann.

Sein Mitgefühl – eine Regung, die bei Vaggan nicht besonders ausgeprägt war – hatte dem Kater gegolten. Zwar war er von vornherein der Verlierer, und für Typen, die zum Verlierer geboren waren, hatte Vaggan im allgemeinen nichts übrig. Aber er mochte Katzen, er bewunderte ihren stolzen Eigensinn. Das war ein Charakterzug, den er auch in sich erkannte. In Gedanken verglich er sich oft mit einem Kater. In der Welt nach den Raketen und der radioaktiven Verseuchung würde er als menschliches Raubtier leben. Jeder, der die erste Woche überstand, mußte so leben. Katzen waren geborene Räuber, sie brauchten zum Überleben nichts als ihre eigene Kraft. Es lohnte sich, ihnen zuzuschauen und von ihnen zu lernen.

Vaggan hatte damit angefangen, von unten her den Zaun aufzubiegen und die Enden mit Draht festzubinden. Er wollte, sobald das Loch groß genug war, den Angriff der Hunde stehend erwarten. Noch rührten die Tiere sich nicht. Sie hatten ihn als Feind ausgemacht, und sie warteten mit bebenden Flanken darauf, daß endlich der Augenblick kam, in dem der Drahtzaun sie nicht mehr daran hinderte zu tun, was sie tun mußten.

Er war fertig. Der Zaun war durchgeschnitten, nur die Spanndrähte hielten ihn fest. Vaggan zog das Messer aus dem Stiefelschaft, klappte es auf und hielt es – die Klinge nach oben – wie einen Dolch in der linken Hand. Er kappte die Spanndrähte, hielt den Zaun noch einen Augenblick fest und hob, als er ihn schließlich losließ, mit der rechten Hand blitzschnell die Rohrzange auf. Die Hunde blieben lauernd stehen. Er beobachtete sie ein paar Sekunden lang, dann stieg er durch das Loch im Zaun und stand auf dem Rasen.

Der Rüde knurrte wütend und machte einen Sprung nach links. Die Hündin wich zwei, drei Schritte nach hinten aus, bevor sie mit gebleckten Zähnen zum Sprung ansetzte. Vaggan sah, wie das schwarze Bündel auf ihn zugeschossen kam. Wäre es nur ein Tier gewesen, hätte Vaggan den Angriff frontal aufgefangen, um so den tödlichen Hieb mit der Rohrzange mit voller Wucht führen zu können. Aber da war noch der Rüde, mit dessen Angriff er ebenfalls zu rechnen hatte. Während er zuschlug, wirbelte er nach rechts. Zwar konnte er den Schlag dadurch nicht so wuchtig führen, aber der Vorteil für ihn war, daß der Körper des Dobermann-Weibchens ihn vor dem Angriff des Rüden deckte. Die schwere Rohrzange landete auf dem Schädel der Hündin, genau zwischen den Augen. Stirnbein, Schädeldecke und Wirbelsäule brachen. Die Wucht des Ansprungs warf Vaggan gegen den Zaun, und in diesem Augenblick griff der Rüde an. Knurrend verbiß er sich in den Gummistiefeln. Durch das Körpergewicht des Dobermanns wurde Vaggan hin und her gerissen, er verlor die Balance. Der Schlag, den er führte, traf den Hund auf den Rücken. Vaggan hörte irgend etwas brechen. Er schlug wieder zu, diesmal gegen die Brust des Hundes. Der Dobermann wurde zurückgeschleudert, kippte auf die Seite, lag auf dem Rasen und strampelte, um wieder auf die Beine zu kommen, wollte wegkriechen. Vaggan ging hin und versetzte ihm den tödlichen Schlag. Die Hündin, stellte er fest, war schon tot.

Vaggan kniete neben dem toten Rüden, schaute zu Leonards Haus hinüber, lauschte. Kein Licht. Der Santa Ana schien sich eine kurze Ruhepause zu gönnen, als ob er mit ihm lauschen wollte. Dann heulte er wieder los, rüttelte und zauste das Gebüsch hinter Vaggan und peitschte die Eukalyptusbäume neben dem Swimmingpool. Vaggan ging zum Zaun zurück, beugte sich durch das Loch und schaute die Straße hinauf und hinunter. Niemand zu sehen, die einzige Bewegung war die der Bäume und Sträucher, die sich im Wind bogen.

Zuerst nahm er sich den Rüden vor. Er schleifte den Dobermann ins Gebüsch und hängte ihn mit dem Kopf nach unten in die Äste. Aus dem Aircase nahm er einen Eisbeutel, den er in einem Sanitärhaus erstanden hatte. Für dieses Modell hatte er sich entschieden, weil die Öffnung besonders groß war. Man konnte die Eiswürfel bequem einfüllen, aber ebenso einfach würde es sein, einen Schwall Blut aufzufangen. Er schraubte den Verschluß des Eisbeutels auf, setzte das Messer an und schnitt dem Dobermann die Kehle auf. Ungefähr einen halben Liter Blut fing er auf, dann verschloß er den Eisbeutel. Danach breitete er zwei Plastikplanen im Gras aus. Er säbelte beiden Hunden die Köpfe ab, dem Rüden zusätzlich die linke Vorderpfote. Die Köpfe und die Vorderpfote wickelte er in die eine Plane, die enthaupteten Hundekadaver in die andere. Als er damit fertig war, zog er die Schutzhandschuhe aus, die inzwischen von Blut trieften, und streifte statt dessen Chirurgenhandschuhe aus hauchdünnem Gummi über.

Er zog die Gummistiefel aus. Die Zähne des Dobermanns hatten sich in Kniehöhe in das dicke Material gegraben und es aufgerissen. Auch das Hosenbein, stellte er fest, war eingerissen, aber bis auf die Haut war der Biß nicht durchgedrungen. Handschuhe, Rohrzange und Messer verstaute er im Aircase. Er nahm die Schuhe heraus, zog sie an, kramte eine Rolle Klebeband hervor, eine handliche Pistole Kaliber .32, vier Handschellen aus Kunststoffasern, eine Dose mit Isolierspray und schließlich eine Flachzange und zwei schwere Klemmkrampen. Die Krampen waren normalerweise dafür bestimmt, die Ohren von Kühen zu markieren. Vaggan hatte sie in einem Laden für Veterinärbedarf in Encino gekauft. Er verstaute das alles in den Taschen seines Overalls und versteckte die Gummistiefel und die Plastikplanen mit ihrem blutigen Inhalt im Gebüsch. Wenn es möglich war, würde er das Zeug später abholen, wenn nicht, war es auch nicht schlimm, er hatte keine Fingerabdrücke hinterlassen. Aber das Ganze würde noch ein bißchen grausiger aussehen, wenn die toten Hunde nicht gefunden wurden, und nach Vaggans Geschmack konnte es gar nicht grausig genug aussehen. Je gräßlicher alles erschien, desto sicherer berichteten sie darüber auf der ersten Seite der *Los Angeles Times* und in den Morgennachrichten des Fernsehens.

Er schleppte sein Bündel quer über den Rasen. Die Hunde

waren aus dem Weg geschafft, jetzt mußte er sich die Alarmanlage vornehmen.

Über die Anlage, die hier eingebaut war, wußte er gut Bescheid. Bei seinem zweiten Erkundungsgang rund ums Haus hatte er an einem Fenster beim Seiteneingang einen Aufkleber der Bewachungsgesellschaft entdeckt. Mit Hilfe des Fernglases war es ihm möglich gewesen, den Namen der Gesellschaft festzustellen, danach brauchte er nur die Adresse im Telefonbuch herauszusuchen. Einen Nachmittag lang hatte er sich dort aufgehalten, sich als potentieller Kunde ausgegeben und genau erklären lassen, wie das System funktionierte. Jay Leonard, ein bekannter Talkmaster beim Fernsehen, gehörte zu den Größen in Los Angeles; wer ihn als Kunden hatte, war stolz darauf. Und so war Vaggan genauso vorgegangen wie bei dem Hundespezialisten, er hatte vorgegeben, einer von Leonards Freunden zu sein und von ihm gehört zu haben, wie zufrieden er mit seiner Alarmanlage wäre. Deshalb, so hatte Vaggan anklingen lassen, wolle er unter Umständen selber so eine haben. Der Verkäufer hatte ihm bereitwillig erklärt, wie das Ding funktionierte, und Vaggan hatte eine Anlage gekauft, wobei er behauptete, er wolle sie selber installieren.

Das Kontrollgerät der Alarmanlage war an der Innenmauer des offenen Carports angebracht, nicht weit von einer Elektroleitung und vom Telefonkabel entfernt. Das stimmte genau mit dem überein, was ihm der Verkäufer hinsichtlich der Anbringung geraten hatte. Es war mit einer Sicherung versehen, die – sobald jemand versuchte, den Draht zu kappen – im Haus Alarm auslöste und ein Alarmsignal auf der Polizeistation von Beverly Hills aktivierte. Vaggan zog die Sprühdose aus der Tasche, schüttelte sie kräftig und schob den Zerstäuber in den kleinen Lüftungsschacht, der seitlich im Metallkasten des Kontrollgeräts eingelassen war. Er drückte den Knopf und hörte, wie der Isolierschaum ausströmte. In der aufgedruckten Gebrauchsanleitung wurde empfohlen, dreißig Minuten zu warten, bis die Isoliermasse angetrocknet wäre. Vaggan hatte das überprüft und festgestellt, daß die Masse schon nach achtzehn Minuten vollständig angetrocknet war, so steif und fest, daß alle Relais und Schaltungen der Alarmanlage dadurch festgebacken waren. Trotzdem wartete er sicherheitshalber die vollen dreißig Minuten. Während der Zeit lehnte er sich an die Mauer und merkte, wie die innere Erregung, die der Kampf mit den Hunden in ihm ausgelöst hatte, allmählich abklang.

Er brauchte nicht lange darüber nachzudenken, was er als nächstes tun müßte, das hatte er längst sorgfältig geplant. Statt dessen dachte er über das Navajo-Projekt nach. Die Nachricht auf seinem Anrufbeantworter war kurz und bündig gewesen: «Mac anrufen». Mac stand für McNair, und das bedeutete, daß bei der Sache irgendwas angebrannt war. Für Vaggan kam das nicht überraschend, nach seiner Erfahrung mußte so eine Sache schieflaufen, denn sie war von Anfang an schlampig eingefädelt worden. Aber es war ja nicht sein Arsch, um den es hier ging. Er wußte nicht mal genau, worum es überhaupt ging. McNair und ein paar von seinen Leuten standen unter Anklage. Natürlich, was Autodiebstähle an der Westküste betraf, war McNair ganz groß im Geschäft, und in der Hierarchie stand er ziemlich weit oben. Wie Vaggan gehört hatte, war er auch ins Kokaingeschäft eingestiegen. Und er beschäftigte Koreaner, Indianer, Filipinos, Mexikaner und ähnliches Gesindel, das für ihn die Drecksarbeit erledigte. Nach Vaggans Meinung konnte das nicht gutgehen, solche Leute gehörten zum Abschaum. Irgendwann drehte einer von denen durch, wurde prompt geschnappt und fing dann an zu plaudern. Genauso war's gekommen, einer hatte gesungen und sich bereit erklärt, gegen McNair vor den Geschworenen auszusagen. Damit muß man rechnen, wenn man sich mit solchem Geschmeiß einläßt. Lauter geborene Verlierer. Alle, ausgenommen vielleicht die Navajos.

Die Navajos ... irgendwas an ihnen faszinierte Vaggan. Seitdem er diesem Job nachging, las er über sie, was ihm in die Finger kam. Sie waren – wie er – dazu geboren zu überleben. Der Grund lag, da gab es für ihn keinen Zweifel, in ihrer Lebensphilosophie, stets in Harmonie mit ihrer Umwelt zu leben und innerlich auf das gefaßt zu sein, was auf sie zukam. Das war vernünftig, er handelte genauso. Zum Sterben verurteilt waren die anderen, die einfach nicht wahrhaben wollten, daß die Raketen eines Tages kämen, und jeden Gedanken daran verdrängten. Er befand sich in Harmonie mit dieser unausweichlichen Wahrheit, er akzeptierte sie und war darauf vorbereitet. Also würde er überleben. Er nahm das hin – so wie er auch den Santa Ana hinnahm. Der Sturm störte ihn nicht. Im Gegenteil, er bewegte sich im Schutz dieses Sturmes. Er horchte mit grimmigem Vergnügen, wie es rauschte und immer wieder, sooft abgebrochene Zweige und aufgewirbelter Unrat irgendwo hängenblieben und herunterfielen, knisterte und raschelte. Ein schneller Blick auf die Uhr – der Isolierschaum mußte jetzt hart sein. Ein kurzes Antippen mit der Fingerspitze bestätigte es. Die letzte Phase begann. Der Wachmann.

Vaggan setzte den Glasschneider am Fenster an, zirkelte ein Stück aus der Scheibe heraus, langte nach innen und öffnete den Riegel. Rasch glitt er ins Haus, zog den Aircase hinter sich her und schloß das Fenster, damit das Heulen des Windes nicht hereindrang. Er blieb stehen, lauschte und gewöhnte seine Augen an das schwächere Licht. Er selbst hatte keinen Lärm gemacht, er konnte sich lautlos bewegen wie die Katzen, die er so bewunderte. Aber in dem Augenblick, als er das Fenster geöffnet hatte, mußte sich – wahrnehmbar für jeden, der zufällig wach war – durch den eindringenden Wind der Geräuschpegel verändert haben. Falls jemand dadurch aufgeschreckt worden war, wollte Vaggan es lieber gleich wissen. Also blieb er abwartend stehen. Er rührte sich nicht vom Fleck. Volle fünf Minuten opferte er dafür.

Rechts von ihm klickte etwas, dann setzte ein leises Summen ein. Der Thermostat hatte die Klimaanlage eingeschaltet. Von irgendwoher drang ein scharfer Geruch – vielleicht ein Putzmittel, und es roch nach Kaffee und Küchendunst. Über das leise Summen der Klimaanlage hinweg hörte er Musik. Aus einem Radio. Oder vom Tonband. Irgendwo in einem der Schlafzimmer. Und dann übertönte der Santa Ana wieder alles, hämmerte gegen die Fenster, ließ Zweige aufs Dach prasseln, jaulte ums Haus. Das Heulen ließ nach, die Musik war verstummt, eine männliche Stimme sagte irgend etwas, zu leise, als daß Vaggan es verstanden hätte, danach setzte die Musik wieder ein. Er lauschte angestrengt: Elton John, *Daniel.* Vaggan umhüllte mit einem Taschentuch die Taschenlampe und schaltete sie – den Lichtstrahl auf den Boden gerichtet – ein. Das Licht war schwach, aber Vaggans Augen hatten sich inzwischen an das Dunkel gewöhnt. Eine supermoderne Küche, die in einen geräumigen Wohnbereich überging.

Auf den Fliesen in der Küche machten die Kreppsohlen ein häßlich quietschendes Geräusch. Aber mit ein paar Schritten war Vaggan drüben auf dem schweren goldfarbenen Teppich, der jeden Laut verschluckte. Er blieb stehen, schaltete die Taschenlampe aus und lauschte wiederum. Die Musik war jetzt lauter, sie kam aus der Diele, von wo aus ein Korridor zu einem Seitenflügel des Hauses abzweigte, vermutlich zu den Schlafräumen. Er nahm das Taschentuch weg, steckte es ein und schaltete die Taschenlampe ein. Aus der Diele führte noch ein anderer Korridor nach links, offenbar bis zu einem Wintergarten, dahinter dehnte sich Dunkelheit. Vaggan nahm den Weg zum Schlaftrakt, dicker Teppichboden dämpfte seinen Schritt. An der ersten Tür blieb er stehen, preßte das Ohr ans Holz und horchte. Da nichts zu hören war, schaltete er die Lampe aus, drehte vorsichtig den Türknauf und stieß die Tür auf. Es roch nach Deodorant, nach Haarspray und Seife, die typischen Badezimmergerüche. Sekundenlang ließ er den Leuchtstab aufblitzen. Er hatte recht gehabt, ein Gästebad. Vaggan schloß die Tür und probierte es an der nächsten. Auch dort war alles ruhig, der Knauf ließ sich leicht drehen, die Tür öffnete sich. Ein kurzer Lichtstrahl auf den Boden. Ein leeres Bett. Ein Schlafzimmer, unbenutzt, sauber aufgeräumt. Beim Hinausgehen nahm er sich Zeit, den Türmechanismus zu überprüfen. Ein ganz gewöhnliches Schloß, wie normalerweise an Schlafzimmertüren. Draußen auf dem Korridor stellte er fest, daß er die Musik jetzt sehr nahe und deutlich hörte.

«Daniel», sang eine Stimme, *«my brother.»*

Vaggan preßte das Ohr an die nächste Tür. Wieder war nichts zu hören. Aber der Knauf ließ sich nicht drehen. Er versuchte es noch mal, um ganz sicher zu sein, daß die Tür verschlossen war. Er nahm eine Kreditkarte aus der Brieftasche und kniete sich auf den Teppichboden. Das Schloß war neu, leicht und geräuschlos glitt der Schnapper zurück. Vaggan stand auf, öffnete die Tür ein paar Zentimeter weit. Er steckte die Kreditkarte weg, zog den abgeschnittenen Nylonstrumpf aus der Tasche, streifte ihn über und brauchte einen Augenblick, bis die Schlitze exakt über den Augen saßen. Er atmete tief durch. Er fühlte dieselbe gelassene Konzentration wie vorhin draußen am Zaun, als er die Hunde vor sich gesehen hatte. Adrenalin. Stärke. Kraft. Er nahm die Zweiunddreißiger heraus, wog sie kurz in der Hand, ließ sie wieder in die Tasche gleiten. Er stieß die Tür auf. Mondlicht fiel durch die dünnen Vorhänge in den Raum, Vaggan konnte sich leicht orientieren.

Der Wachmann hatte seine Kleidung über einen Stuhl neben dem Bett gehängt, auch das Koppel mit dem Holster hing dort. Wenn die Hunde anschlagen oder die Alarmanlage ausgelöst wird, ist er mit einem Griff dran, dachte Vaggan. Ein umsichtiger Mann. Vaggan zog den Revolver des Wachmannes aus dem Holster und steckte ihn in die Jackentasche. Der Mann schlief in der Unterwäsche, auf die Seite gedreht, das Gesicht zur Wand. Er atmete flach.

Vaggan schaltete den Leuchtstab ein und richtete den Strahl auf den Mann. Er war jung, so um die Dreißig. Er hatte schwarzgelocktes Haar und trug einen Schnurrbart. Vaggan zog die Zweiunddreißiger, beugte sich vor und stupste den Mann an.

Schnaufend fuhr der Wachmann hoch.

«Keinen Laut!» sagte Vaggan. Er ließ den Lichtstrahl auf die Pistole fallen. «Kein Grund, daß du deinen Hals riskierst. So gut wirst du ja nicht bezahlt.»

Der Wachmann drehte sich auf den Rücken und starrte mit weit aufgerissenen Augen auf die Pistolenmündung. In seinen Pupillen spiegelte sich das gebündelte Licht.

«Was ist los?» fragte der Wachmann flüsternd. Er preßte sich zurück, schien in die Matratze kriechen zu wollen. «Wer ...»

«Du und ich, wir beide haben nichts miteinander», sagte Vaggan. «Aber ich muß mit Leonard reden. Darum muß ich dich fesseln.»

«Was ist los?» fragte der Wachmann noch einmal.

«Wenn du mir Schwierigkeiten machst, leg ich dich um», sagte Vaggan. «Ein Geräusch ... oder irgendeine Dummheit, und du bist tot. Wenn du vernünftig bist, passiert dir nichts. Du bleibst nur 'ne Weile gut verschnürt hier liegen, okay? Ich schau von Zeit zu Zeit mal rein, und wenn du versuchst freizukommen, leg ich dich um. Hast du das klar und deutlich verstanden?»

«Ja», flüsterte der Wachmann heiser. Seine Augen irrten zwischen der Pistolenmündung, dem Lichtkegel und dem Dunkel dahinter hin und her. Er wollte Vaggans Gesicht sehen.

«Dreh dich auf den Bauch», sagte Vaggan. «Hände auf den Rücken.»

Er zog zwei Paar Handschellen aus der Jackentasche. Mit dem einen Paar fesselte er dem Wachmann die Hände auf dem Rücken. Dann packte er den Mann an den Fußgelenken, zog ihn bis ans Fußende des Bettes, fesselte ihn an den Knöcheln und hakte die Handschellen am Bettpfosten fest.

Der Mann zitterte, seine Haut war schweißnaß. Vaggans Gesicht verzerrte sich vor Verachtung. Er wischte sich die Hände am Bettlaken ab. Dieser Mann würde nicht überleben, er verdiente es nicht. Wenn die Raketen kämen, würde er einer in der Masse der Feiglinge sein, die krochen und winselten und ausgelöscht wurden.

«Kopf hoch!» herrschte Vaggan ihn an. Mit dem Klebeband verschloß er ihm den Mund – dann ein paar schnelle Wickelbewegungen, der Kopf war verschnürt. «Ich werde ungefähr 'ne Stunde zu tun haben», sagte er. «So lange will ich kein Geräusch aus diesem Zimmer hören. Höre ich etwas, komme ich einfach rein und töte dich. So ...» Er preßte dem Wachmann die Pistolenmündung hinters Ohr. «Ein Schuß genügt.»

Der Mann atmete schnaufend durch die Nase. Er hielt die Augen geschlossen, versuchte den Kopf wegzudrehen – weg vom Druck der Pistolenmündung. Vaggan spürte tiefen Ekel in sich aufsteigen, er rieb die Handflächen an seinen Hosenbeinen trocken.

Als er wieder draußen auf dem Korridor war, blieb er eine Minute lang lauschend stehen. Hinter der Tür konnte er den Wachmann heftig atmen hören, es war fast wie ein Keuchen. Und von einer anderen Tür, drüben am Ende des Korridors, kam die Musik. Elton John war fertig, irgendein Weibsbild sang von verratener Liebe und Einsamkeit. Vaggan ging zu dieser Tür und preßte das Ohr dagegen. Das Lied war alles, was er hörte. Er versuchte es mit dem Türknauf. Verschlossen. Wieder zog er die Kreditkarte heraus, schob sie in den Schlitz, drückte den Schnapper zurück und öffnete die Tür einen Spalt weit. Sein Atem ging rascher, sein Puls schlug schneller, der Herzschlag hallte ihm in den Ohren wider. Rasch überzeugte er sich, daß die Pistole gespannt war. Dann stieß er die Tür auf.

Auch hier fiel das Mondlicht ins Zimmer. Der Schein war so intensiv, daß die dünnen Gardinen von innen her zu leuchten schienen. Das riesige, hell bezogene Bett lag mitten in der Lichtstraße des Mondes. Zwei Gestalten. Jay Leonard lag auf dem Rücken, die rechte Hand hing schlaff herunter, der linke Arm war übers Gesicht gelegt. Er trug nur das Oberteil des Pyjamas, von den Lenden an war er nackt, die Beine hatte er gespreizt. Neben ihm lag ein Mädchen. Viel jünger als er. Kaffeebraun. Das Mädchen hatte sich auf die Seite gedreht, von Leonard weg. Das schmeichelnde Mondlicht zeichnete einen weichen Schimmer auf die nackten Gesäßbacken. Vaggan roch Parfum, Schweiß, den Staub, den der Santa Ana überall hintrug, und den süßen Duft von Marihuana. Die Musik brach ab, der Radiosprecher quasselte irgendwas über Hundefutter. Das Radio war im Kopfende des Bettes eingelassen, Vaggan sah das schwache gelbe Licht der Leuchtskala schimmern. Es war ihm schleierhaft, wie jemand bei Radiomusik schlafen konnte.

Er tastete nach den Krampen, die er in der Tasche trug. Er konnte die scharfen, sägeförmig ausgezackten Zähne fühlen. Seine Finger glitten weiter bis zur Kneifklammer, die er drükken mußte, um sie ineinandergreifen zu lassen. Draußen in der Mondnacht heulte der Santa Ana. Vaggan schaute auf die Uhr.

Drei Uhr achtzehn. Drei Uhr zwanzig – hatte er sich vorgenommen. Also wartete er noch zwei Minuten.

«Leonard!» sagte er dann. «Wach auf! Ich komme, um das Geld zu holen.»

Als Vaggan zu seinem geschlossenen Lieferwagen zurückkam, war es kurz nach vier. Er verstaute die Ausrüstung und die Plastikplane mit den Tierkadavern hinten im Wagen, dann ließ er ihn lautlos bis zur Straße zurückrollen, erst dort startete er den Motor. In Gedanken hakte er noch einmal alles ab, um sicher zu sein, daß er nichts vergessen hatte. Als er mit Leonard fertig gewesen war, hatte er mit der Hundepfote und dem im Eisbeutel aufgefangenen Blut ein wildes Spurenmuster kreuz und quer über den Teppichboden im Wohnbereich und im Korridor des Schlaftraktes gezeichnet. Die Hundeköpfe hatte er nebeneinander auf den Kaminsims gelegt und mit dem restlichen Hundeblut übergossen. Dann hatte er die Notaufnahme des Hospitals angerufen und mitgeteilt, der TV-Talkmaster Jay Leonard sei auf dem Weg ins Krankenhaus, er brauche dringend Hilfe. Schließlich hatte er bei den Nachtredaktionen der *Times* und der drei regionalen TV-Stationen angerufen, wo man übrigens schon auf seinen Anruf wartete, denn er hatte ihn angekündigt: «ungefähr Viertel vor vier» werde er eine wichtige Nachricht durchgeben, hatte er die Nachrichtenredakteure vorher wissen lassen.

So konnte er sich jetzt auf seinen früheren Anruf beziehen. «Ich bin es wieder. Ich hatte Ihnen angekündigt, daß heute nacht einer prominenten Persönlichkeit unserer Stadt etwas zustoßen wird. Es handelt sich um Jay Leonard. Er ist zur Zeit unterwegs zur Notaufnahme im Krankenhaus, seine Freundin fährt ihn hin. In beiden Ohren trägt er eiserne Kneifkrampen, die eigentlich nicht für seine Ohrläppchen, sondern für die von

Kühen bestimmt waren. Er wird einen kleinen operativen Eingriff brauchen, um die Dinger wieder loszuwerden. Wenn Sie, wie ich Ihnen vorgeschlagen habe, ein Team losschicken, kriegen Sie 'ne gute Story.»

Und er erzählte ihnen noch ein bißchen was über den Anlaß des Zwischenfalls – über unbezahlte Spielschulden, und darüber, daß Leonard nicht daran geglaubt hatte, daß heutzutage noch jemandem die Kniescheibe gebrochen würde, daß er aber jetzt eines Besseren belehrt sei und seine Schulden bezahlen werde, mit Zins und Zinseszins.

Und er vergaß auch nicht zu erwähnen, daß Leonard das Haus verlassen habe, ohne die Lichter zu löschen und zuzuschließen, so daß sie – wenn sie sich beeilten und dort wären, bevor die Polizei Wind von der Geschichte bekäme – ein paar interessante Feststellungen machen könnten.

14

Urplötzlich war Chee hellwach, so ging es ihm gewöhnlich. Zuerst kam ihm alles fremd vor, das Bettzeug, die Gerüche, die Dunkelheit. Dann fand er sich wieder zurecht: Los Angeles, ein Zimmer im Motel 6, West Hollywood. Er schaute auf die Uhr. Noch nicht mal halb sechs. Der Sturm, der ihn mit seinem Heulen nachts ein paarmal aus dem Schlaf gerissen hatte, war abgeebbt. Chee reckte sich gähnend. Kein Grund, jetzt schon aufzustehen. Er war hergekommen, um über Gormans Adresse Begay und Margaret Billy Sosi zu finden, hatte aber damit keinen Erfolg gehabt. Jetzt blieb ihm nur noch die Chance, irgendwo eine Spur zu finden, die zu Gormans Familie oder wenigstens zum Turkey Clan führte. Er und Shaw hatten es beim Native America Center in Los Angeles versucht, aber auch da kein Glück gehabt. Die Indianerin, die dort zuständig war, stammte aus dem Osten: eine Seminole oder Cherokee oder Choctaw, vermutete Chee. Eine Navajo war sie jedenfalls nicht, das konnte er mit Sicherheit nach ihren Gesichtszügen beurteilen.

Und eine große Hilfe war sie auch nicht. Der Begriff ‹Clan› schien ihr ziemlich fremd zu sein. Schließlich hatte sie die Adressen von drei Navajofamilien herausgesucht, aber die hatten sich alle drei als Blindgänger erwiesen. Unter der ersten trafen sie eine Frau mittleren Alters an, die zum Standing Rock People gehörte und für den Salt Cedars Clan geboren war. Die zweite Adresse führte zu einer jüngeren Frau, einer Navajo aus den Clans Many Goats und Streams Come Together. Und bei der dritten Adresse stießen sie auf einen jungen Mann, der – so unglaublich das Chee vorkommen mochte – keine Ahnung hatte, zu welchem Clan er gehörte. Stunden um Stunden hatten sie sich durchs Verkehrsgewühl von Los Angeles gekämpft, bis hinaus zu den Außenbezirken, die sich endlos zu dehnen schienen. Es war Abend darüber geworden und schließlich Nacht, und das ganze Unternehmen hatte ihnen nicht mehr eingebracht als eine Liste mit Namen anderer Navajos, die möglicherweise jemanden kannten, der zu dem immer kleiner werdenden Kreis derer aus Ashie Begays immer kleiner werdendem Clan gehörten. Vielleicht kannten sie jemanden, verlassen durfte sich Chee nicht darauf.

Chee entschloß sich, doch aufzustehen. Die Dusche drehte er nicht voll auf, um die Gäste im Nachbarzimmer nicht schon so früh zu stören. Die Unterhosen und die Socken, die er gestern abend noch gewaschen hatte, waren immer noch feucht; hier an der Küste war eben – sogar in Nächten, in denen der trockene Santa Ana wehte – die Luftfeuchtigkeit viel höher als oben in den Bergen. Da saß er also in den klammen Unterhosen und streifte die feuchten Socken über, und während er sich damit abmühte, stellte er fest, daß sogar die leichte Brise, die vorhin beim Aufwachen noch geweht hatte, von völliger Windstille abgelöst worden war. Das bedeutete, daß das Tiefdruckgebiet sich landeinwärts verlagert hatte. Heute würden sie schönes Wetter bekommen, dachte er. Und daß er so etwas dachte, erinnerte ihn daran, wie sehr Mary Landon immer von seinen treffsicheren Wetterprognosen beeindruckt war – oder ... sie tat jedenfalls so, als wäre sie es.

«Genau so, wie der Durchschnittsbürger sich das vorstellt», hatte sie lächelnd zu ihm gesagt. «Der Eingeborene aus edlem Geblüt – durch und durch mit den Elementen vertraut.»

«Nach dem gesunden Menschenverstand kann man das nicht anders erwarten», hatte er geantwortet. «Farmer und Rancher und andere, die ihre Arbeit draußen tun – wie zum Beispiel auch Navajopolizisten – hören eben hin, wenn der Wetterbericht kommt. Wir schalten Kanal Vier ein und hören zu, was Bill Eisenhood über Windrichtung und Windstärke und den Luftdruck in Millibar erzählt.»

Nein, er wollte jetzt nicht an Mary Landon denken. Er ließ die Rollos hochschnappen und schaute hinaus ins graue Dämmerlicht des beginnenden Tages. Die Straße war noch wie leergefegt, nur dort unten an der Bushaltestelle stand eine dunkle Gestalt, ein Mann im blauen Overall. Reklameschilder reihten sich aneinander, die endlos lange, verfallene West Hollywood Street hinauf – Schilder, die anpriesen, was man alles für Geld bekommen konnte. Das also war Mary Landons Welt. Er erinnerte sich, was er gestern abend, als er mit Shaw unterwegs war, auf dem Sunset Boulevard beobachtet hatte. Die Nutten, die an den Straßenecken warteten, eng an die Hausmauern geschmiegt, weil der Wind ihnen zusetzte. Nutten gab es auch in Gallup, und an Feiertagen wimmelte es auf der Central Avenue in Albuquerque nur so von ihnen. Aber hier waren viele Straßenmädchen noch halbe Kinder. Verblüfft hatte er Shaw darauf angesprochen, und der hatte nur vor sich hin geknurrt: «Vor 'n paar Jahren hat das angefangen, vielleicht auch schon in den späten Sechzigern. Wir kommen nicht mehr dagegen an.» Das gehörte also auch zu Mary Landons Welt.

Nicht etwa, daß im Dinee Prostitution völlig unbekannt gewesen wäre. Bis zurück zu den Sagen aus den Urzeiten in der Unterwelt ließ sich das verfolgen. Auch in den traditionellen Regeln für die Heirat wurde die Liebe, die eine Frau gewährte, mit einem materiellen Gegenwert in Beziehung gebracht. Wenn ein Mann vor der Ehe mit einer Frau verkehrte, mußte er der Familie eine finanzielle Entschädigung zahlen. Tat er es nicht, wurde das wie eine Art Diebstahl angesehen. Aber Kinder – nein, das nicht. Und nie in so einer düsteren Trostlosigkeit, wie er sie gestern abend auf dem Sunset gesehen hatte.

Die dunkle Gestalt unten an der Bushaltestelle ließ eine Hand in der Gesäßtasche verschwinden und fing an, sich am Hintern zu kratzen. Während Chee das beobachtete, juckte es ihn an der gleichen Stelle. Also langte er hin und fing zu kratzen an. Und während er kratzte, wurde ihm bewußt, was für ein scheinheiliger Heuchler er doch war.

Auf der nackten Haut sind wir alle gleich, dachte er, in allem, was wirklich für uns wichtig ist, ganz egal, was ich mir sonst darauf einbilde, ein Navajo zu sein. Wir wollen essen, schlafen, Geschlechtsverkehr haben und Nachkommen zeugen, wir wollen es warm und trocken haben und in Sicherheit leben vor dem, was morgen kommen mag. Das sind die Dinge, die wirklich eine Rolle spielen. Also – woran halte ich mich innerlich fest?

«Worin besteht denn dein innerer Halt, Jim Chee?» hatte Mary Landon ihn gefragt. Sie hatte bei ihm im Wagen gesessen, gegen die Beifahrertür gelehnt, dicht bei ihm und trotzdem so weit weg wie der Horizont. «Was gibt dir eigentlich das Recht, dich so überlegen zu fühlen?» Sie saß im Dunkeln, alles was er von ihr erkennen konnte, war eine Handbreit Knie, auf die das Mondlicht fiel.

Und er hatte irgendwas vor sich hin geredet ... daß er sich gar nicht überlegen fühlte. Aber er hatte das nur gesagt, um sie zu beschwichtigen. Es ist schön, wenn man da lebt, wo es Telefonanschlüsse gibt. Aber es ist auch schön, da zu leben, wo man Weite um sich hat und wo die Verwandten in der Nähe sind. «Denk an die Schulen», hatte sie gesagt, «wir wollen doch, daß unsere Kinder eine gute Schulausbildung bekommen.» Und er hatte gefragt: «Was ist denn so schlecht an der Schule, an der du unterrichtest?» Und sie hatte geantwortet: «Du weißt genau, was schlecht daran ist ...»

Zum Frühstücken ging Chee ein Stück die Straße hinunter zu Dennys Frühstücksshop. Unterwegs verbannte er Mary Landon aus seinen Gedanken, indem er sich in das Problem flüchtete, vor das ihn Margaret Sosi stellte. Das Rätsel, das sie ihm aufgegeben und für das er noch keine Lösung gefunden hatte, machte ihm mächtig Appetit. Er bestellte Rinder-Stew.

Die Bedienung sah ihn aus müden Augen an und fragte, während sie die Bestellung notierte: «Gerade erst von der Arbeit gekommen, wie?»

«Nein, bei mir geht's erst los», antwortete Chee.

Sie stutzte. «Rinder-Stew zum Frühstück?»

Eine Mexikanerin, dachte Chee. Aber dann fiel ihm ein, daß Shaw gesagt hatte, in diesem Teil von Los Angeles gäbe es kaum Mexikaner. Also vielleicht eine Filipina? «An so was gewöhnt man sich», sagte er. «Ich bin nicht mit Eiern und Schinken groß geworden, und auch nicht mit Pfannkuchen.»

Auf einmal war so etwas wie Kumpanei und Verständnis in

ihren Augen. «Burritos!» schwärmte sie. «Oder durchgebackene Bohnen in Reis-Tortilla!» Sie lächelte.

Chee gab das Lächeln zurück. «Toast mit Hammelbraten … Zum Teufel mit den Angelsachsen und ihrem Eierkult McMuffin!» Und nach diesem Exkurs über Eßgewohnheiten kehrte er zu seiner ursprünglichen Vermutung über die Herkunft der jungen Frau zurück: Durchgebratene Bohnen, eingewickelt in eine Tortilla, aßen seines Wissens nur die Mexikaner, er bezweifelte, daß Filipinos unter der gleichen Geschmacksverirrung litten.

Er jedenfalls ließ sich wenig später sein Stew schmecken, obwohl der Koch mit dem Fleischanteil ein bißchen gegeizt hatte. Diese junge Frau war vielleicht eine Ausnahme, ging ihm durch den Kopf. Keine Filipina, doch eine Spanierin. Oder doch nicht? Wie auch immer, mit ihrer Neigung, Leute entsprechend ihren Eßgewohnheiten zu kategorisieren, tat sie genau das, was die meisten taten. In der dünnbesiedelten, fast menschenleeren großen Reservation hielt man es anders, man nahm jeden, der einem begegnete, als Individuum. Hier in Los Angeles dachte man in Kategorien, auch Shaw hatte sich das angewöhnt: die Leute waren Koreaner oder Filipinos oder irgend etwas anderes … man wußte von vornherein, was man von ihnen zu halten hatte.

So wie jeder ganz sicher wußte, daß Leute in Altersheimen eben senil sind. Kein Polizist würde seine Zeit damit vertrödeln, senile Leute auszufragen. Auf einmal hatte es Chee mit seinem Stew sehr eilig.

An der Tür zum *Silver Threads Rest Home* stand, daß die Besuchszeit auf zwei Stunden am Nachmittag festgelegt sei, von zwei bis vier. Jetzt war es noch nicht einmal acht Uhr morgens, stellte Chee mit einem Blick auf die Armbanduhr fest. Mit der Türklingel versuchte er es gar nicht erst. Er nahm den Seitenweg und schlenderte am Zaun entlang. Er war schon beim dritten Rundgang, da tauchten endlich die alten Leute auf, und kurz danach saßen sie wieder stumm und starr in ihrer Reihe, in den Rollstühlen festgeschnallt. Chee schlenderte weiter, er sah, wie ein pausbäckiger Jüngling in einem weißen Kittel erschien und einen fünften Rollstuhl vor sich her schob, in dem eine gebrechliche alte Frau saß. Nur von Mr. Berger in seinem Laufgestänge war noch nichts zu sehen. Chee setzte seinen Rundgang fort, wobei er feststellte, daß die Leute im Altersheim von der Veranda und von der angrenzenden Rasenfläche aus gut beobachten konnten, was sich in ihrer Nachbarschaft tat – zum Beispiel drüben im Apartmenthaus, in dem Albert Gorman gewohnt hatte. Noch eine Umrundung, und dann tauchte auf einmal Berger auf.

Gerade als Chee um die Ecke bog, auf den Weg, der ihn wieder zur Veranda zurückführte, bewegte sich der alte Mann schlurfend und stolpernd auf den Zaun zu, wie in kleinen Sprüngen: erst schob er das Laufgestänge nach vorn, dann stützte er sich darauf ab, schließlich zog er seine Beine nach. Chee blieb an der Stelle des Zaunes stehen, auf die Berger zuhielt, drehte sich aber um, während er wartete, weil er nicht wollte, daß der alte Mann sich bei seinen unbeholfenen Bemühungen beobachtet fühlte. Nicht lange, und er konnte hinter sich Bergers keuchenden Atem hören.

«Zur Hölle mit ihnen», japste Berger. Chee vermutete, daß er damit entweder das Personal im Altersheim meinte oder seine Beine, die nicht so wollten, wie er wollte. Erst als Chee hörte, daß Berger das Laufgestänge bis dicht an den Zaun herangebracht hatte und sich seufzend und brummelnd darunter zurechtrückte, drehte er sich um.

«Schön, Sie wiederzusehen, Mr. Berger», begrüßte er ihn. «Ich hatte schon befürchtet, daß ich bis zur Besuchszeit warten müßte.»

«Sie sind … um mich zu sehen?» Er kämpfte noch damit, den Satz vollständig zu formulieren, die Anstrengung trieb ihm die Röte ins Gesicht, seine Züge verzerrten sich. Aber die freudige Überraschung war auch so deutlich geworden.

«Ich wollte mich noch ein bißchen mit Ihnen über Gorman unterhalten», sagte Chee. «Ich erinnere mich, Sie erwähnten, daß er womöglich in Schwierigkeiten stecken könnte, und ich glaube, das ist wirklich der Fall. Also habe ich gedacht, Sie wüßten vielleicht ein wenig mehr darüber, was vorgefallen ist?» Er gab sich Mühe, das Ganze wie eine beiläufige Frage klingen zu lassen.

Berger öffnete die Lippen, sein Gesicht nahm einen gequälten Ausdruck an.

«Vielleicht waren seine Schwierigkeiten größer, als er selber gewußt hat? Jemand hat ihn von hier aus bis nach Shiprock verfolgt, das liegt in New Mexico, in der großen Navajo-Reservation. Dort haben sie eine Schießerei angefangen, Gorman und der andere. Gorman hat den Mann getötet. Dann ist er selber seinen Verletzungen erlegen.»

Berger starrte auf seine Hände, die das Metallgestänge umklammert hielten. Er schüttelte den Kopf.

«Irgend jemand wollte offenbar, daß Gorman umgebracht würde. Wir wissen nicht, warum», fuhr Chee fort. «Es scheint keinen Grund dafür zu geben. Hat Gorman Ihnen irgend etwas erzählt, was uns weiterhelfen könnte?»

Berger hob das blasse Gesicht, heftete die Augen auf Chee, atmete tief ein, schloß die Augen, konzentrierte sich.

«Ein Mann … gekommen», brachte er heraus.

Chee wartete.

Berger strengte sich vergeblich an. Resignierend gab er auf. «Scheiße», murmelte er.

«Vielleicht wäre es gut, wenn ich ein bißchen mit Fragen

nachhelfe? Ich sage mal, was mir so als Vermutung durch den Kopf geht. Wenn ich falsch liege, schütteln Sie den Kopf, dann versuche ich's mit einer anderen Vermutung. Einverstanden?»

Berger nickte.

«Ein Mann ist gekommen und hat Gorman hier beim Apartmenthaus besucht.»

Berger nickte.

«War das an dem Tag, bevor Gorman nach New Mexico gegangen ist?»

Berger nahm die Hände vom Laufgestänge, hielt sie vor sich und bewegte die Handflächen langsam aufeinander zu.

«Also noch später?» verstand Chee. «Abends – vor Gormans Abreise?»

Berger nickte.

«Haben Sie den Mann gesehen?»

Wieder nickte Berger. Er zeigte zu Gormans Apartment hinüber, dann deutete er durch Gesten an, daß es ein großgewachsener, breitschultriger Mann gewesen war.

«Ein großer Mann», sagte Chee. «Sehr groß?»

Berger bestätigte das.

«Wie alt?»

Berger hatte Mühe mit der Antwort. Chee hielt ihm zehn Finger hoch, ließ die Hände sinken, signalisierte noch einmal zehn, wartete fragend. Dreißig, deutete Berger an, und nach kurzem Zögern gab er noch zehn zu.

«Also ungefähr vierzig», hatte Chee verstanden. «Auch ein Navajo?»

Berger verneinte und zeigte auf seine Haare.

«Weiß? Sie meinen sicher: blond?»

Berger nickte.

«Also, ein großer, blonder Mann ist kurz vor Gormans Abreise nach New Mexico hier gewesen», faßte Chee zusammen. Lerner, dachte er, war weder groß noch blond. «Haben Sie ihn vorher schon mal gesehen?»

Ja, Berger hatte ihn schon gesehen.

«Öfter?»

Berger hielt zwei Finger hoch.

«Die beiden haben sich unterhalten?» Inzwischen fragte sich Chee allerdings schon, ob das Ganze überhaupt Sinn hätte. Was konnte Berger schon groß wissen?

Berger hatte die Hände vom Laufgestänge genommen. Mit krampfartig zuckenden Fingern begann er eine Pantomime. Zwei Männer standen sich gegenüber, deuteten die Finger an. Erst redete der eine, ließ der wackelnde linke Zeigefinger ahnen, dann der andere. Danach bewegten sich die Hände aufeinander zu, die Finger standen senkrecht nebeneinander, verschoben sich nach links. Berger unterbrach sein stummes Spiel, er kämpfte mit einem Wort, das ihm einfach nicht über die Lippen wollte. «Auto», brachte er schließlich heraus.

«Nach ihrem Gespräch sind sie gemeinsam zu einem Auto gegangen. Hat der Wagen dem Blonden gehört?»

Berger nickte erleichtert. Seine Hände fingen wieder zu wandern an, blieben stehen, und plötzlich griff die rechte Hand die linke an, packte sie und bog sie nach hinten. Berger sah Chee gespannt an, er wartete auf die Frage.

Chee runzelte die Stirn. «Der Blonde hat Gorman angegriffen?»

Nein, deutete Berger an.

«Also umgekehrt, Gorman den Blonden?»

Ja, bestätigte Bergers Miene. Aufgeregt rang er nach Worten.

Chee stellte die Frage, die ihm auf den Lippen lag, vorläufig nicht. «Interessant», sagte er lächelnd und wartete geduldig. Berger brauchte Zeit. Auf einmal hatte Chee eine Idee. Er zeigte auf Bergers rechte Hand. «Das ist der Blonde», sagte er, «und die linke Hand ist Gorman. Okay?»

Berger packte die rechte Hand mit der linken und führte einen stummen Kampf vor. Er hörte auf, überlegte einen Augenblick, deutete an, daß eine Tür geöffnet wurde. Sein Blick richtete sich fragend auf Chee.

«Einer von den beiden hat die Autotür geöffnet. Der Blonde?»

Berger bestätigte das. Er hielt die linke Hand mit der rechten fest, ließ sie los und begann eine neue Szene seiner Pantomime: heftig wurde eine Tür zugeschlagen. Und dann umklammerte Berger einen Finger, deutete mit schmerzverzerrtem Gesicht an, daß der linke Zeigefinger verletzt war.

«Gorman hat dem Blonden den Finger in der Tür eingequetscht, wie?» fragte Chee. Berger nickte; man merkte ihm an, wie demütigend ihm – einem Mann, der stets auf persönliche Würde geachtet hatte – dieses Wechselspiel aus Gesten und deren Deutung vorkam. «Das deutet darauf hin, daß Gorman nicht freiwillig mit zum Wagen gegangen ist, nicht wahr? Sie haben das alles von hier aus beobachtet?» Chee schmunzelte. «Ich nehme an, Sie haben sich ziemlich verblüfft gefragt, was da eigentlich los war?»

«Genau.» Das brachte Berger klar und deutlich heraus. «Dann … Gorman … gerannt.» Er zeigte über den Zaun weg ins Ungewisse, eine Geste, die hieß, daß Gorman verschwunden war.

«Und der Blonde?»

«Saß da. So ungefähr eine Min …» Ein Wort, mit dem Berger wieder nicht zurechtkam.

«Und dann fuhr er vermutlich weg?»

Berger nickte.

«Können Sie sich irgendeinen Reim darauf machen?»

Berger nickte heftig. Einen Augenblick sahen sie sich in ratlosem Schweigen an.

«Könnten Sie mir Ihre Vermutung vielleicht aufschreiben?»

Berger hob die Hände, zeigte, wie stark sie zitterten. Nur für Sekunden brachte er das Zittern unter Kontrolle, dann war es wieder da.

«Na gut, wir finden schon einen Weg», meinte Chee.

«Ist gekommen», sagte Berger und zeigte auf den Weg neben dem Zaun, «hat's erzählt.»

«Gorman? Hat er auch über seine Schwierigkeiten gesprochen?»

Berger versuchte zu reden. Er mühte sich ab. Dann gab er auf, schlug ohnmächtig auf das Laufgestänge ein.

«Wovon hat Gorman gelebt?»

«Autos geklaut», sagte Berger.

Chee war verblüfft. Warum sollte Gorman das Berger gegenüber zugegeben haben? Andererseits – warum nicht? Auf einmal erschien ihm Gorman in einem anderen Licht: einer, der einsam ist und irgendwo an einem Zaun einen trifft, der genauso einsam ist... Das ließ natürlich auch Bergers Bedeutung in dieser Geschichte ganz anders erscheinen. Da stand er – bleich, hager, gebrechlich, und in seinen blauen Augen spiegelte sich die ungeheure Anstrengung wider, als er nach Worten rang.

Chee wartete. In diesem Augenblick kam die Frau, die ihm gestern erzählt hatte, ihr Sohn werde sie besuchen, über den harten, halb vertrockneten Rasen zu ihnen herübergefahren. Als Chee aufblickte, riß sie den Rollstuhl zu ihm herum. «Er wird kommen», sagte sie. Aber sie sagte es einfach ins Leere.

Chee wandte sich wieder Berger zu. «Gorman hat Autos gestohlen. Und sein Auftraggeber – der Mann, der ihn bezahlt hat – ist unter Anklage gestellt worden. Könnte es sein, daß Gorman nach New Mexico geflohen ist ... und daß jemand ihn dorthin verfolgt und auf ihn geschossen hat, weil Gorman die Absicht hatte, als Zeuge gegen seinen Auftraggeber auszusagen? Könnte es sein, daß dieser Mann im Hintergrund …»

Berger schüttelte heftig den Kopf.

«Nein, glauben Sie das nicht?»

Bergers Gesten waren eindeutig. Nein, das glaubte er nicht.

«Dann hat er Ihnen also irgendwas erzählt?»

Berger bestätigte das, gestikulierte wild, wollte etwas sagen. Aber alles, was er schließlich herausbrachte, war: «Nicht gehen.» Sein Mund zuckte, er wollte noch mehr sagen, doch er schaffte es nicht. Wieder nur resignierendes Murmeln. «Scheiße.»

«Nicht gehen?» wiederholte Chee erstaunt. Das verstand er nicht.

Berger rang immer noch nach Worten. Er zuckte die Achseln, sackte in sich zusammen, schien beschämt.

«Er hat ihm ein Bild gezeigt.» Ganz unverhofft mischte die Frau im Rollstuhl sich ein. Aber während sie das sagte, schaute sie durch den Zaun ins Leere. Chee war nicht sicher, ob ihre Bemerkung irgend etwas mit der Geschichte zu tun hatte, die Berger ihm erzählen wollte. Da sah er den alten Mann heftig nicken.

«Gorman hat Mr. Berger ein Bild gezeigt?» vergewisserte er sich.

«Der Indianer hat dem Mann, mit dem Sie reden, ein Bild gezeigt», sagte die Frau und deutete auf Berger. «Sah aus wie eine Postkarte.»

«Aha», machte Chee. Wieder dieses Foto. Spielte es wirklich eine so große Rolle in dieser Sache? Daß die Frau auf einmal aus ihrer Apathie erwacht war, überraschte ihn nicht. In ihrem Zustand wechselten sich Klarheit und Verwirrung rasch ab. Chee war in einer Großfamilie aufgewachsen, mitten unter den

Alten. Er hatte erlebt, wie sie weise wurden – dann krank und gebrechlich, und wie sie schließlich gestorben waren. Die letzten Phasen im Leben eines Menschen waren für ihn kein größeres Mysterium als die allerersten.

«Das Bild …», sagte Berger. «Sein Bruder …»

«War auf dem Bild ein Aluminium-Wohnwagen zu sehen? Und ein Mann, der beim Wohnwagen stand?»

Ja, so war es.

«Und Gorman hat gesagt, es käme von seinem Bruder?»

Berger nickte wieder.

«Ich verstehe bloß nicht, was Sie mit ‹nicht gehen› gemeint haben. Gorman ist doch tatsächlich weggegangen. Meinen Sie, daß er es ursprünglich nicht wollte und sich dann anders entschieden hat?»

Berger verneinte das entschieden. Mit zitternden Händen nahm er wieder das Rollenspiel auf, bei dem er Gorman und den Blonden darstellte. Der Zeigefinger an der Gorman-Hand nickte heftig, der an der Hand des Blonden deutete ein Kopfschütteln an.

«Ich verstehe», sagte Chee. «Gorman wollte weggehen, aber der Blonde hat es ihm verboten?» Ein Blick auf Berger bestätigte ihm, daß seine Vermutung richtig war. «Als Gorman zur Abreise entschlossen war, hat der Blonde versucht, ihn aufzuhalten, es kam zu einem Kampf, und Gorman ist dann doch weggefahren. Liege ich damit richtig?»

Berger reagierte unentschlossen, ganz schien ihm die Interpretation nicht zu gefallen. Er deutete auf die Digitalanzeige seiner Armbanduhr.

«Es hat etwas mit der Zeit zu tun?» rätselte Chee.

Bergers Zeigefinger tippte auf die Leuchtziffern der Stundenanzeige. Dann ließ er den Finger kreisen, gegen die Richtung des Uhrzeigers.

«Das heißt … früher?» fragte Chee.

Berger nickte.

«Sie meinen: das geschah schon früher? Diese Sache, daß Gorman abreisen wollte und der Blonde dagegen war?»

Bergers Nicken wurde heftiger.

«Vor dem Kampf? Vor dem Abend, an dem Gorman dem Blonden den Zeigefinger eingequetscht hat? Am Tag davor? Zwei Tage davor?»

Berger nickte unablässig. Zwei Tage davor, das war also richtig. «Und Gorman hat Ihnen das erzählt?»

«Ja», sagte Berger.

«Wissen Sie, warum Gorman wegfahren wollte?»

«War besorgt», sagte Berger. Er wollte noch mehr hinzufügen, aber es gelang ihm nicht. Achselzuckend gab er den Versuch auf.

Der pausbäckige Jüngling, den Chee schon vorhin beobachtet hatte, kam über den Rasen zu ihnen herübergeschlendert. Er tat ganz harmlos, pfiff leise vor sich hin. Aber die Frau im Rollstuhl ahnte wohl, was er im Sinn hatte. Sie riß den Rollstuhl herum und fuhr dem Pausbäckigen – so schnell sie konnte – davon. «Alte Hexe!» schimpfte der junge Mann und setzte hinter ihr her.

«Wissen Sie, was auf der Postkarte gestanden hat? Ich meine, auf diesem Bild, das wie eine Postkarte aussah?»

Nein, das wußte Berger nicht.

«Sah es denn wirklich wie eine Postkarte aus?»

Berger verstand die Frage offensichtlich nicht.

«War eine Briefmarke drauf?»

Berger dachte nach, schloß die Augen. Steile Falten erschienen auf seiner Stirn. Dann zuckte er die Achseln.

«Die Frau im Rollstuhl scheint immer genau zu verfolgen, was sich hier in der Umgebung abspielt», meinte Chee. «Ob wohl jemand gestern ein Navajomädchen beobachtet hat, das bei Gormans Apartment war? Ein Teenager, ziemlich klein und schmächtig. Hat einen blauen Navy-Parka angehabt. Haben Sie was gesehen?»

Nein, Berger hatte nichts beobachtet. Er schaute hinter der Frau her, die über den Rasen sauste, immer noch von dem pausbäckigen Jüngling verfolgt. «Die ist schlau», sagte er. «Manchmal.»

Chee lächelte. «So wie eine Tante von mir. Das heißt, eigentlich war es eine Großtante. Manchmal hatte sie alles vergessen, aber wenn sie sich an etwas erinnerte, dann konnte man sich fest darauf verlassen. Gestern schien unsere Freundin da drüben sich an gar nichts zu erinnern.»

«Die Aufregung», sagte Berger. Er wollte das näher erklären, vergeblich. Enttäuscht starrte er auf den Boden. Als er die Augen wieder hob, sah er selbst aufgeregt aus. Er hatte eine Idee.

«Krieg», sagte er und hielt zwei Finger hoch.

«Der Zweite Weltkrieg?» vermutete Chee.

«Der Sohn», fuhr Berger fort, mehr gelang ihm nicht.

«Er war im Krieg dabei», hatte Chee verstanden.

Berger nickte. «Navy.»

«Und er ist gefallen?» fragte Chee.

Bergers Handbewegung wischte das weg. «Großes Tier, reich», sagte er. Die Anstrengung zehrte an seinen Kräften, sein Mund zuckte, er lief rot an. Hilflos hämmerte er aufs Laufgestänge.

Der Pausbäckige hatte die Frau inzwischen eingeholt, er schob ihren Rollstuhl zur Veranda hinüber. Sie war bleich, hielt die Augen geschlossen, schien in ihr Geschick ergeben. So war das also, dachte Chee. Ihr Sohn war reich und einflußreich. Warum hatte Berger das erwähnt? Ihr Sohn war Kriegsteilnehmer gewesen, in der Navy … und nun war er ein reicher

Mann … und das Ganze hatte irgend etwas damit zu tun, daß die Frau gestern so aufgeregt gewesen war.

Auf einmal verstand er. «He! Gestern morgen hat sie einen von der Navy gesehen, nicht wahr?»

Berger nickte, erleichtert, daß Chee ihn endlich verstand.

«Vielleicht war's einer von der Navy», sinnierte Chee. «Aber vielleicht war's auch Margaret Sosi in ihrem blauen Parka? Wie heißt die Frau?»

Diesmal schaffte es Berger auf Anhieb. «Ellis.»

«Mrs. Ellis, haben Sie gestern bei den Apartments einen Matrosen gesehen?» rief Chee zu ihr hinüber.

«Ich hab ihn gesehen», rief Mrs. Ellis zurück.

«Er sah wie Ihr Sohn aus, nicht wahr? In einem blauen Parka?»

«Ich habe keinen Sohn», gab sie zur Antwort.

15

Der Mann, den McNair Henry nannte, brachte Vaggan ein Kristallglas mit Wasser. «Ohne Eis, bitte», hatte Vaggan verlangt, aber der Mann, der Henry hieß, hatte entweder nicht zugehört oder sich nicht darum gekümmert. Seine Miene drückte ohnehin aus, daß es ihm gegen den Strich ging, für Vaggan loszulaufen und ein Glas Wasser zu holen. Er sah plump aus, einer von diesen schwammigen Typen mit weicher Stimme und verschlagenem Blick, außerdem wirkte er ziemlich hochnäsig. Vaggan stellte das Glas auf den Beistelltisch. Die beiden Eiswürfel hatte er zwar bemerkt, aber er tat so, als sähe er gar nicht hin.

«Sie haben mich warten lassen», sagte McNair. «Ich habe Sie gestern morgen angerufen und ausdrücklich gesagt, daß es eilig ist.» Er öffnete eine Dose aus schwarzem Onyx, nahm eine Zigarette heraus, stauchte sie gegen den Daumennagel. «Ich mag es nicht, wenn Leute, die für mich arbeiten, mich warten lassen.»

Vaggan fühlte sich gut in Form. Nachdem er die Sache mit Leonard hinter sich gebracht hatte, war er noch vor Morgengrauen zu Hause angekommen, hatte geduscht, seine Entspannungsübungen gemacht und sechs Stunden lang geschlafen. Danach hatte er noch ein bißchen Gymnastik getrieben, sich das Frühstück aus Weizenkeimen, Luzernensprößlingen und Käse zubereitet, den Fernseher eingeschaltet und die Mittagsnachrichten gesehen. NBC brachte die Leonard-Sache als Aufmacher. Man sah, wie Leonard in die Notaufnahme gestürmt kam und rasch weggebracht wurde, eines seiner blutenden Ohren war deutlich zu erkennen. Vaggan hatte auf den ABC-Kanal umgeschaltet und gerade noch seine eigene Stimme gehört – das Ende einer Bandaufnahme des Telefongesprächs, in dem er erklärte, daß es um unbezahlte Schulden ging. Mehr konnte Vaggans Auftraggeber kaum verlangen. Perfekte Arbeit. Er hatte den Apparat ausgeschaltet, bei McNair angerufen und dem Mann, der sich dort meldete (wahrscheinlich war es Henry), aufgetragen, McNair zu sagen, daß er mittags um zwei da wäre.

Um diese Zeit gab es nicht viel Verkehr. Also brauchte Vaggan sich nicht zu beeilen, er konnte noch ein bißchen in den neuesten Ausgaben von *Survival* und *Soldier of Fortune* blättern. Einen Artikel über Heilkräuter, die an der Pazifikküste heimisch waren, hatte er ausgeschnitten und die Anzeige einer Firma, die sich *Freedom Arsenal* nannte, angestrichen. Man bot dort für eintausendsiebenhundertfünfundneunzig Dollar ein FN-LAR-Sturmgewehr an. Eine FN hatte er sich neulich in einem Geschäft in Pasadena angesehen, es war das Modell, das bei der Fabrique Nationale in Belgien für Fallschirmjäger-Verbände in der NATO hergestellt wurde. Die Waffe hatte ihm schon damals gefallen, aber dort verlangte man zweitausenddreihundert

Dollar dafür, zuzüglich Steuern. Mit dem Geld, das er bei der Leonard-Sache verdiente, wäre das kein Problem für ihn gewesen. Aber er hatte andere Pläne mit dem Geld, der Betonbunker sollte endlich fertig werden, und er wollte eine Anlage für Sonnenenergie einbauen und seine Munitionsvorräte aufstocken. Andererseits winkten ihm natürlich auch noch Einnahmen von McNair. Er hatte allen Grund, sich wohl zu fühlen.

Um eins war er dann losgefahren, wobei er für die Strecke raus nach Flinthills durchaus noch Pufferzeit eingerechnet hatte. Dort hatte sich die Familie McNair einen von den Hügeln gekauft und ein Anwesen errichtet, weitläufig genug, um die Kinder und sogar die Kindeskinder dort aufzuziehen. Und nun saß er in McNairs Büro (oder im Studio oder in der Bibliothek oder wie man derlei Räume in solchen Häusern zu nennen pflegte), und ihm gegenüber, hinter dem Schreibtisch, thronte McNair persönlich. McNair – das war einer von den wenigen Menschen, die ihn interessierten.

«Ich lasse meine Auftraggeber nie warten», sagte Vaggan. «Vielleicht hat Henry vergessen, Ihnen was auszurichten?» Er schaute über die Schulter zurück und musterte den Mann neben der Tür. «Henry, komm mal her!»

Henry guckte verdutzt, warf McNair einen fragenden Blick zu, bequemte sich aber dann zu kommen.

Vaggan fischte die beiden Eiswürfel aus dem Glas und streckte sie Henry hin. «Hier, Freundchen, die kannst du behalten. Ich habe gesagt: ohne Eis.»

Henry lief rot an. Er nahm die Eiswürfel und ging steifbeinig aus dem Zimmer.

Vaggan zog das Taschentuch heraus und trocknete sich die Finger ab. «Ist heute gar nicht so einfach, ordentliches Personal zu kriegen.»

McNair fand es beachtlich, wie gelassen Vaggan die Sache

geregelt und Henry ohne ein scharfes Wort dazu gebracht hatte, widerspruchslos zu parieren. Er nickte grinsend.

«Henry!» rief er.

Der Mann erschien an der Tür.

«Bitte, bring Mr. Vaggan ein Glas Wasser.»

«Ja, Sir», sagte Henry.

«Also, was gibt's zu tun?» erkundigte sich Vaggan.

«Es geht wieder um diese Navajo-Geschichte», sagte McNair. Er hatte ein grobschlächtiges, knochiges Gesicht, blaß und mit Leberflecken übersät, wie man das häufig bei Männern findet, wenn sie älter werden. Die Farbe der Augen war undefinierbar, irgendwie grünlich. Augen, die tief unter buschigen grauen Brauen lagen. Im Augenblick sah das Gesicht sehr ärgerlich aus. «Die Gorman-Sache macht uns immer mehr Schwierigkeiten. Es gibt da eine junge Frau namens ...» McNair schaute im Notizbuch nach, das vor ihm auf dem Schreibtisch lag. «... namens Margaret Sosi, die ist plötzlich in L. A. aufgetaucht. Sie kommt aus Shiprock und hat ein Foto von Leroy Gorman dabei. Man hat sie bei Alberts Wohnung in West Hollywood gesehen. Ich möchte, daß Sie die Frau finden.»

«Einfach nur finden?» erkundigte sich Vaggan.

McNairs Grimasse sollte wohl ein Grinsen sein, jedenfalls zeigte er eine weiße, regelmäßige Zahnreihe. Henrys Zähne waren nicht so schön gleichmäßig – eine Feststellung, an die Vaggan die Überlegung knüpfte, Zähne seien offensichtlich eines der wenigen Merkmale, an denen man in Amerika erkennen kann, ob jemand Geld besitzt oder ein armer Hund ist. Reiche Leute konnten sich eben einen guten Zahnarzt leisten.

«Was mit ihr passiert, nachdem Sie sie gefunden haben, ist mir egal. Ich will damit nichts zu tun haben. Ich will nur, daß sie uns keinen Ärger mehr macht.» McNair zündete die Zigarette mit einem silbernen Feuerzeug an, das neben der Onyxdose lag. «Aber darauf lege ich Wert. Sie soll nicht plaudern, nirgendwo und zu niemandem.»

Er pustete ein Wölkchen Zigarettenrauch vor sich hin.

«Und ich will das Foto haben. Ich möchte, daß Sie es mir persönlich aushändigen. Die Sache muß ein Ende haben.»

Vaggan sagte nichts. An der Wand hinter McNair hing eine große Karte von Schottland, auf Pergament gedruckt. Die Ränder waren mit kleinen Vierecken verschieden gemusterter Tuche geschmückt. Vaggan vermutete, daß es sich um die Muster handelte, an denen man schottische Clans erkennen kann. Daneben ein Dudelsack – und auf der anderen Seite ein schwerer Waffengurt mit einem Schwert. Ein Claymore, dachte Vaggan. Hießen die schottischen Breitschwerter nicht so? Unter der Wandkarte hingen Fotos. Leute im Kilt, andere in Jagdkleidung. Ein Foto – mit einer quer über den unteren Rand geschriebenen Widmung – zeigte Queen Elizabeth II.

«Hier ist eine Beschreibung des Mädchens.» McNair hielt ihm ein Blatt hin, auf dem etwas mit Schreibmaschine geschrieben stand.

«Wenn Sie wollen, daß ich sie noch dieses Jahr finde, dann kann ich nur hoffen, daß Sie noch ein bißchen mehr über sie haben», sagte Vaggan.

«Ich habe eine Adresse.»

«Adressen sind immer gut.»

«Falls sie noch dort ist», meinte McNair. «Immerhin sind schon mehr als vierundzwanzig Stunden vergangen, seit ich Sie angerufen habe.»

«Vielleicht haben wir Glück», sagte Vaggan. «Jedenfalls ist das der Ort, an dem ich ihre Spur aufnehmen muß.»

McNair gab das gefaltete Blatt Papier mit der Adresse noch nicht her. Er ließ die Kante ein paarmal auf den Schreibtisch tippen und sah Vaggan lauernd an.

«Wie wollen Sie es machen?»

«Die junge Frau finden?»

«Sie töten.»

Henry hatte ein frisches Glas Wasser gebracht und war wieder gegangen. Diesmal war kein Eis drin. Vaggan kostete, und über den Glasrand hinweg erwiderte er McNairs Blick. Unwillkürlich mußte er an Tonbandgeräte denken. Aber er konnte sich nicht vorstellen, welchen Vorteil McNair davon gehabt hätte, das Gespräch mitzuschneiden. Trotzdem, die Frage war komisch. Vaggans Antwort bestand nur in einem Achselzucken. Er stellte das Glas ab. Dieser McNair war schon ein außergewöhnlicher Mann. Den Job fand er weniger bemerkenswert. Solche Dinge mußte man kaltblütig erledigen. Der Gedanke, irgendeinen dreckigen kleinen Spaß damit zu verbinden, war absurd.

«Ich dachte nur, Sie hätten vielleicht eine Methode, die Sie besonders gern anwenden», sagte McNair. Er gab sich Mühe, gleichgültig auszusehen, aber tief in seinen grünlichen Augen lauerte Gier.

So etwas muß ganz kaltblütig erledigt werden, hämmerte Vaggan sich ein. Sonst wird die Sache unkalkulierbar, es gibt Komplikationen und unnötige Risiken. Brauchte er diesen Job überhaupt? Wollte er eigentlich noch einmal für McNair arbeiten?

«Ich an Ihrer Stelle hätte eine Methode, die ich besonders gern anwenden würde», bohrte McNair weiter.

Vaggan zuckte noch einmal die Achseln, trank einen Schluck und stellte fest, daß das Wasser inzwischen schal schmeckte. Draußen dehnte sich McNairs Rasen bis zum Pazifik, durch das Wasserglas betrachtet, schimmerte er wie grüner Samt.

«Ich frage mich, wie Sie da rauskommen wollen», sagte Vaggan. «In der *L. A. Times* habe ich gelesen, daß elf Anklagen gegen Sie laufen. Die Zeugen belasten Sie persönlich. Und es sieht so aus, als wäre alles wasserdicht. Warum lassen Sie nicht die Kaution verfallen, verscheuern den Kram …» Seine weit ausholende Geste umfaßte das ganze Zimmer. «… und hauen einfach ab?» Er nippte am Wasserglas. «Es müßte ja nicht für immer sein. Ein bißchen was Bares irgendwohin überweisen, falsche Papiere besorgen und wegfliegen. Das ist doch einfach. Gar kein Problem. Und kein Risiko.»

Er hatte McNair die ganze Zeit über im Blick behalten. Was er in dem grobknochigen Gesicht lesen konnte, entsprach genau seiner Erwartung: einen Augenblick lang Erstaunen, dann Ablehnung.

«Ich bin unschuldig», behauptete McNair.

«Nicht mehr, sobald die Jury Sie für schuldig erklärt hat», antwortete Vaggan. «Dann wird das Gericht die Kaution ganz schön hochschrauben. Und dann ist alles ein bißchen schwieriger und teurer geworden.»

«Ich bin noch nie schuldig gesprochen worden. Kein McNair ist je im Gefängnis gewesen, und keiner wird je dort landen.» Er stand auf, ging ans Fenster, stand dort und starrte, die Hand auf eine Bronzeskulptur gestützt. «Außerdem, wenn man einfach abhaut, kann man nichts von alldem mitnehmen.»

Er schien die Skulptur zu meinen. Und alles, was der Blick aus dem Fenster einfing. Oder vielleicht den Dudelsack. Oder das Gefühl, ein McNair zu sein. Vaggan konnte das verstehen. Er gehörte zu denen, die Maßstäbe setzen. Einer von den Männern mit harten Bandagen. Ein interessanter Mann, dachte Vaggan. Die McNairs, das waren die, mit denen er es in der Zeit nach den Raketen zu tun hatte. Er verstand den alten Mann jetzt besser. Die Gier in seinen Augen – die hatte etwas mit Grausamkeit zu tun und mit dem Verlangen, Macht über andere auszuüben. Grausamkeit fand Vaggan abstoßend. Eine unsachliche Emotion, die ihm fremd war. Aber das Verlangen, sich andere Menschen zu unterwerfen, das konnte Vaggan verstehen.

McNair wandte ihm immer noch den Rücken zu, schaute zum Fenster hinaus. «Ich habe das Gefühl, Sie wollen den Job nicht annehmen. Sonst würden Sie mir kaum so unverschämte persönliche Fragen stellen. Also, wie nun, wollen Sie die Sache für mich erledigen?»

«Ich kümmere mich darum», sagte Vaggan. Er stand auf, nahm dem alten Mann den maschinegeschriebenen Vermerk aus der Hand, faltete das Blatt auf und las die Adresse. Von der Straße, die da genannt war, hatte er noch nie gehört. Er würde sie auf dem Stadtplan heraussuchen, dann bis zur Dunkelheit warten und die Sache erledigen.

16

Jim Chee hatte sich immer für einen ausgezeichneten Fahrer gehalten, aber jetzt fühlte er sich gar nicht wohl hinter dem Lenkrad. Die Autofahrer in Los Angeles schienen einen sechsten Sinn dafür entwickelt zu haben, was gerade noch gutgehen konnte, und außerdem glaubten sie offenbar unerschütterlich an die eigene Unsterblichkeit. Chees Empfindungen schwankten zwischen beklommener Bewunderung und stoischer Resignation. Bis jetzt hatte das Glück ihn nicht im Stich gelassen, vielleicht blieb es ihm wenigstens heute nachmittag noch treu. Die Stadt wollte kein Ende nehmen, und wo sie schließlich doch aufhörte, begannen übergangslos die Vorstädte – ein Dschungel der Zivilisation, durch den er seinen Kombi lenken mußte. Eine Weile konnte er immerhin noch verfolgen, wo er sich ungefähr befand, in welche Richtung er abgebogen war und auf welchem Freeway er gerade fuhr. Aber schließlich hatte er den Überblick verloren, er konzentrierte sich ganz auf die grobe Übersichtskarte, in die ihm Shaw die Strecke eingezeichnet hatte; Hauptsache, er verpaßte keine Abzweigung. Allmählich kam er aus dem Weichbild der Stadt heraus, die Landschaft ringsum wurde hügeliger, die Bebauung wies immer mehr Lücken auf, erste Anzeichen einer Wüstenlandschaft wurden sichtbar: Hügel, auf denen Trockenheit und Erosion ihre Spuren eingegraben hatten, Kakteen – das einzige Grün im wasserarmen Land. Die glanzlose Kehrseite der glitzernden Großstadt. Den Weg zurück zum Motel hätte Chee nicht mehr ohne weiteres gefunden, aber ein paar Orientierungspunkte blieben ihm. Da drüben, tief über dem südwestlichen Horizont, stand die Sonne. Im Osten, hinter den kahlen Berghängen, begann die Wüste. Hinter ihm, irgendwo jenseits der Smogglocke, unter der die Stadt zugedeckt lag, mußte der klare blaue Pazifik sein. Das genügte für den Augenblick, genauer brauchte er es nicht zu wissen.

Die Ausfahrt unmittelbar vor ihm, das mußte die sein, die er – wie Shaw ihm eingeschärft hatte – auf keinen Fall verpassen durfte. Vorsichtig wechselte er nach rechts hinüber bis auf die Ausfahrtspur. Er steuerte eine Tankstelle an und ließ den Wagen ausrollen. Unkraut wucherte aus der aufgebrochenen Asphaltdecke, ein dickbäuchiger Mann in einer Latzhose lungerte hinter der Kasse und sah schläfrig zu ihm herüber. Chee breitete den Stadtplan auf dem Lenkrad aus und überzeugte sich, daß er richtig abgebogen war. Jaripa Street, das mußte stimmen. Jetzt brauchte er nur noch die Jacaranda zu suchen, die hier irgendwo kreuzte und zu der Adresse führte, die Shaw zu guter Letzt bei Gormans Vermieterin in Erfahrung gebracht hatte.

Chee dachte an das Gespräch mit der Managerin zurück. Das heißt, eigentlich waren es zwei Gespräche gewesen, aber das erste hatte nicht lange gedauert. Er hatte geklingelt – ein zweites Mal und immer wieder, bis die Managerin endlich geöffnet und ihn stumm durch die spaltweit geöffnete Tür angestarrt hatte.

Sie hatte sich noch einmal seinen Dienstausweis zeigen lassen, war aber anscheinend nicht sonderlich beeindruckt von der Legitimation. Nein, hatte sie gesagt, jemanden wie Margaret Billy Sosi hätte sie nicht gesehen. Worauf Chee geantwortet hatte, er habe Zeugen, daß das Mädchen hier gewesen wäre.

«Dann lügen die Zeugen», hatte die Frau ihn abgefertigt und ihm die Tür vor der Nase zugeknallt.

Im Police Department hatten sie fast eine Stunde gebraucht, Shaw ausfindig zu machen, dann war alles sehr schnell gegangen. Schon zwanzig Minuten später fuhr Shaw in einer unauffälligen weißen Limousine vor. Und sein Gespräch mit der Vermieterin war wesentlich ergiebiger.

Dieses zweite Gespräch führten sie im Haus, in einem unordentlichen Zimmer, das halb Wohnraum, halb Büro zu sein schien. Für Chee war es recht lehrreich, wie Shaw die Sache anpackte.

«Dieser Mann hat hier was zu erledigen», sagte Shaw und zeigte mit dem Daumen auf Chee. «Er kommt von der Indianerpolizei, ist in L. A. nicht zuständig. Mir ist egal, was Sie ihm erzählt haben. Vielleicht haben Sie ihn zur Hölle gewünscht – von mir aus. Aber jetzt bin ich da.»

Er zückte seinen Ausweis und hielt ihn der Frau unter die Nase. «Wir haben schon miteinander zu tun gehabt, Mrs. Day. Sie haben mich angerufen, als dieser Typ hier aufgetaucht ist, der Sie über Gorman ausfragen wollte. Das entsprach genau meinen Anweisungen, ich rechne Ihnen das hoch an. Jetzt suche ich dieses Mädchen, Margaret Sosi. Sie war gestern hier. Was hat sie zu Ihnen gesagt?»

Chee beobachtete aufmerksam das Gesicht der Vermieterin. Eine verschlossene, feindselige Miene. Hatte sie Angst? Jedenfalls ist sie auf der Hut, dachte Chee.

«Hier taucht dauernd irgendwelches Gesindel auf und läutet

mich raus.» Ihr Blick huschte zu Chee herüber. «Niemand kann verlangen, daß ich mich an jeden einzelnen erinnere.»

«Doch», widersprach Shaw, «ich verlange das.» Seine Augen nagelten Mrs. Day fest. «Wir werden die Kleine finden, und ich werde sie fragen, ob sie mit Ihnen gesprochen hat.»

Die Managerin sagte nichts.

«Falls ja, hetze ich Ihnen die Feuerpolizei auf den Hals. Alarmmelder, Notausgänge, Müllanlage … Kennen Sie die feuerpolizeilichen Vorschriften für Miethäuser?»

Mrs. Day machte ein bockiges Gesicht.

«Falls wir das Mädchen mit durchgeschnittener Kehle finden … Und nach allem, was wir wissen, könnte das leicht der Fall sein … Ich sage Ihnen, wenn Sie uns nicht geholfen haben, sind Sie wegen Beihilfe zum Mord dran. Ich glaub zwar nicht, daß wir mit der Anklage durchkommen, aber Sie haben erst mal einen Haufen Scherereien, und zwar mit Ihrem Brötchengeber, mit der Lauferei zum Rechtsanwalt und mit den Geschworenen. Außerdem …»

«Sie hat nach Gorman gesucht», sagte Mrs. Day.

«Das wissen wir», winkte Shaw ab. «Was hat sie gesagt?»

«Nicht viel. Ich hab ihr gesagt, daß er nicht da ist.»

«Und weiter?» wollte Shaw wissen. Das Telefon unterbrach ihn.

Mrs. Days fragender Blick pendelte zwischen Shaw und dem Wandtelefon hin und her.

Shaw nickte.

Sie nahm den Hörer ab, meldete sich, hörte zu, beschied den Anrufer mit einem ‹nein› und versprach zurückzurufen. Sie notierte eine Nummer auf dem Wandkalender neben dem Telefon. «Ich weiß nicht. ’ne Viertelstunde vielleicht», sagte sie schließlich und hängte ein.

«Was hat sie sonst noch gesagt?» griff Shaw den Faden auf.

«Sie suchte einen alten Mann. Den Namen weiß ich nicht mehr. Ihren Großvater. Wollte wissen, ob er da gewesen wäre und nach Gorman gefragt hätte.»

«War er da?» fragte Shaw.

«Ich hab ihn jedenfalls nicht gesehen. Und dann hat sie noch gefragt, ob es 'ne andere Adresse gäbe, bei der sie Gorman suchen könnte. Ich hab ihr gesagt, was ich wußte, und sie ist gegangen.»

«Was wußten Sie denn?»

«Die nächsten Angehörigen», antwortete Mrs. Day. «Ich laß mir von den Mietern 'ne kleine Karte ausfüllen.» Sie kramte in einem Blechkasten auf dem Schreibtisch und gab Shaw eine Karteikarte. «Ist nur, damit ich mich an irgendwen halten kann, wenn aus einem Apartment was verschwindet.»

Shaw machte sich Notizen.

«Jacaranda Street? Lese ich das richtig?»

Mrs. Day nickte.

«Nie gehört. Und der Name lautet Bentwoman Tsossie? Kann das stimmen?»

«So hat er's mir gesagt», bestätigte Mrs. Day. «Wer kennt sich bei den Indianern schon aus?»

Während Shaw ihr die Karte zurückgab, sah sich Chee den Wandkalender an. Oktober – einunddreißig Kästchen, und im heutigen, also unter dem 23. Oktober, hatte sie gerade eben eine Telefonnummer notiert. Der 22. Oktober war leer – wie die meisten Kästchen. Nur in wenigen standen ein paar kurze Notizen, jedesmal mit einer Telefonnummer. Unter dem 3. Oktober stand der Name ‹Gorman›, darunter eine Nummer. Und ein Pfeil wies auf eine zweite Nummer, die am Rand des Kalenders notiert war. Die zweite Nummer kannte Chee. Sie stand auch auf einem Zettel in seiner Brieftasche. Es war Shaws Telefonnummer. Und die andere Nummer – wer meldete sich dort?

Erst jetzt, als er zwischen sprießendem Unkraut weit draußen an der heruntergekommenen Tankstelle parkte, wurde Chee bewußt, daß da etwas nicht stimmte. Das Datum war falsch. Viel zu früh.

Neben der Tankstelle gab es eine Telefonzelle. Chee öffnete die Wagentür und wollte schon aussteigen. Dann zögerte er, dachte noch einmal über alles nach. Gormans Name war in dem Kästchen für den 3. Oktober eingetragen. Daß Shaw ihr gesagt hatte, sie solle Gorman im Auge behalten ... das war mindestens eine Woche später gewesen. Erst dann konnte sie die Nummer von Shaws Dienststelle auf den Kalenderrand gekritzelt und mit einem Pfeil markiert haben. Jemand anderes mußte ihr eine Woche vorher seine eigene Nummer gegeben haben – nämlich die Nummer, die sie unter Gormans Namen vermerkt hatte. War Shaws Aufforderung, ein Auge auf Gormans Apartment zu haben, vielleicht gar nicht der erste Auftrag dieser Art gewesen? Wie lautete diese andere Telefonnummer doch gleich? Es war für Chee nicht schwierig, sich die Ziffern ins Gedächtnis zurückzurufen, er fand nicht einmal, daß es etwas Besonderes wäre. So etwas hatte er von Kindesbeinen an geübt, es war ein Teil seiner Ausbildung zum *yataalii*. Diesmal stieg er wirklich aus.

Er rief im Brandstiftungs-Dezernat an, vielleicht konnte man ihm dort Shaws Privatnummer geben. Aber Shaw meldete sich selbst.

«Mhm, sagt mir nichts», machte Shaw. «Den beiden ersten Ziffern nach ist es eine Nummer aus der Innenstadt. Haben Sie schon mal probiert, wer sich dort meldet?»

«Nein, ich wollte erst mit Ihnen sprechen. Es ist schon nach fünf. Wahrscheinlich ist niemand mehr da.»

«Wer weiß», meinte Shaw. «Bleiben Sie dran, ich probier's mal über die andere Leitung.»

Ein kurzes Klicken. Chee wartete. Durch die schmutzigen Scheiben der Telefonzelle betrachtete er die Gegend. Die meisten Grundstücke waren unbebaut, Unkrautwiesen. Die wenigen Häuser sahen heruntergekommen aus. Von irgendwoher hinter den Hügeln kam schmutziggrauer Rauch, wahrscheinlich brannte das Unterholz. ‹Arme-Leute-Gegend› hatte Shaw das Wohnviertel genannt. Hier war die Endstation für alle, die irgendwo Schiffbruch erlitten hatten. Und Shaw hatte ihm auch gesagt, er solle bloß nicht damit rechnen, daß die Straßenzüge wirklich so verliefen, wie sie im Stadtplan eingezeichnet waren.

«Wenn ich hier wegkönnte, würde ich am liebsten mitfahren», hatte Shaw gesagt. «Die Gegend da draußen ... da kann einer leicht untertauchen, wenn er's drauf anlegt. Und genauso leicht kann man jemanden verschwinden lassen. Jede Woche wird da eine Leiche gefunden. Einfach irgendwo ins Gebüsch geworfen. Zufällig entdeckt sie dann jemand. Ein halb verfaulter Schlafsack mit einem Gerippe drin ... Oder irgendwo ragt ein Bein aus dem Schlick ...»

Wieder ein Klicken im Telefonhörer. «Es handelt sich um einen telefonischen Auftragsdienst», teilte Shaw mit. «Und dort weiß natürlich wieder mal kein Mensch außer dem Chef Bescheid, und der ist nicht da. Wenn ich dort was rauskriegen will, muß ich schon persönlich hinfahren und denen meine Dienstmarke unter die Nase halten. Bleiben Sie noch mal dran, ich ruf die Vermieterin an.»

Die Telefonzelle roch miefig. Doch als Chee die Tür aufstieß, um frische Luft hereinzulassen, schlug ihm auch der heiße Dunst entgegen, der von der Asphaltdecke aufstieg. Rauchgeruch mischte sich dazwischen – von den grauen Schwaden, die über den Hügelkamm heranwehten. Und noch etwas lag in der Luft, schwach und nur hin und wieder wahrnehmbar: ein Gifthauch Chemie – der üble Atem der Stadt. Letzte Nacht hatte der Santa Ana den Smog weit hinaus auf den Pazifik getrieben, aber inzwischen waren Stunden vergangen, und die Stadt verbreitete ihren Pestgestank unablässig. Der Mann hinter der Kasse beobachtete Chee mit unverhohlener Neugier. Und Chee mußte wieder an Mary Landon denken. Jetzt stand sie wohl gerade in ihrer kleinen Lehrerwohnung und machte sich etwas zu essen. Er sah sie vor sich, so wie er sie oft gesehen hatte, wenn er in seinem Lieblingssessel in ihrem winzigen Wohnzimmer saß und sie beobachtete, während sie am Küchenbord arbeitete – das Haar hochgesteckt, schlank, geschäftig und gerade wieder einmal dabei, unablässig auf ihn einzureden, während sie Gemüse putzte oder Kartoffeln schälte.

Chee schloß die Augen, lehnte den Kopf gegen den kühlen Metallrahmen der Telefonzelle, sah das Bild vor seinem geistigen Auge, und es war ihm, als wäre er wirklich dort. Es war ihm, als könnte er riechen, was sie Gutes kochte. Er freute sich auf das Essen mit ihr. Sie würde ihm gegenübersitzen, mit ihren Knien seine Knie berühren, versuchen herauszufinden, ob es ihm auch schmeckte und was er besonders mochte. Sie würde …

Ein Klicken. «Sind Sie noch da?» Shaw wartete gar nicht erst auf Chees Antwort. «Mrs. Day sagt, irgend so ein Typ hätte sie angerufen und ihr hundert Dollar versprochen, sie brauchte nur die Augen offenzuhalten und ihm alles zu berichten, was sich bei Gormans Apartment täte. Und jedesmal, wenn sie wieder was Interessantes zu berichten hätte, bekäme sie noch einmal hundert Dollar – per Post.»

«Worum ging's ihm denn?»

«Zum Beispiel, ob er Besuch bekäme. Oder Reisevorbereitungen träfe. Alles, was ihr halbwegs interessant erschien.»

«Hat sie sich einen Hunderter verdient?»

«Nur einmal, sagt sie. Als Gorman nach Shiprock gefahren ist.»

«Glauben Sie ihr?»

«Im Grunde nicht», sagte Shaw. «Aber das könnte stimmen. Soviel wir wissen, ist ja sonst nichts Aufregendes passiert.»

«Das ist wahr», gab ihm Chee recht.

«Rufen Sie mich an, wenn Sie das Mädchen aufgabeln», bat Shaw und gab ihm seine Privatnummer.

Der Tankwart beschrieb Chee den Weg, seine weit ausholenden Gesten waren wesentlich eindrucksvoller als die spärliche Information: Chee brauchte nur die Jaripa nach Norden zu fahren, dann stieß er automatisch auf die Jacaranda. «Der Stadtplan ist überholt», sagte er. «Ungefähr 'ne Meile von hier fängt die Jacaranda an, führt in die Hügel rauf. War mal als Zufahrt für irgendein Bauprojekt gedacht. Aber dann hat die Stadt sich nicht um die Versorgungsanschlüsse gekümmert, und die ganze Sache ist in die Hose gegangen. Wer da Geld reingesteckt hat, kann's in den Wind schreiben.»

«Ich suche die Hausnummer dreizehn-zwo-sieben-eins», sagte Chee. «Klingt, als ob das ziemlich weit draußen läge.»

«Weiß der Himmel», meinte der Tankwart, «hier in der Gegend gibt's alle möglichen Straßennamen und Hausnummern, bloß keine Häuser, die dazugehören.»

«Aber es gibt Leute, die so weit draußen wohnen, nicht wahr?» hakte Chee nach.

«Gibt es», bestätigte der Tankwart. «Pennbrüder, die sonst irgendwo unter 'ner Brücke schlafen. Na ja, wenn man unter 'ner Brücke pennt, kommt wenigstens keiner und will einem das Ding für teures Geld aufschwätzen.» Er lachte und wartete offensichtlich darauf, daß Chee die Bemerkung auch witzig fände.

Aber Chee war mit seinen Gedanken ganz woanders. Der

Bursche, der Mrs. Day dafür bezahlt hatte, Albert Gorman im Auge zu behalten – dieser Bursche kannte die Adresse bestimmt auch, da war Chee ziemlich sicher.

17

Die Sonne, die sich allmählich zum westlichen Horizont neigte, zauberte aus dem gelbgrauen Smog Farbschichten von seltsamer Schönheit. Grau mit pinkfarbenem Schimmer ging in ausgebleichtes Hellrot über – zarte Pastellfarben, ganz anders als der grelle Sonnenuntergang im Hochland der Wüste. Schon während der Fahrt war Chee der Unterschied bewußt geworden: Auch hier fuhr er durch eine Wüstenlandschaft, aber hier im Tiefland, wo die Winter nicht so bitter kalt waren wie in der großen Reservation, war die Vegetation viel üppiger.

Als der Sonnenuntergang begann, fand Chee die Hausnummer dreizehn-zwo-sieben-eins in der Jacaranda Street. Kurz vorher hatte er noch geglaubt, er werde die Adresse nie finden, Gorman habe sie wohl einfach nur zusammenphantasiert, damit Mrs. Day etwas in ihrer Karteikarte eintragen konnte. Morgen – hatte er gedacht, morgen werde ich lange ausschlafen und nach Shiprock zurückfahren und meine Fühler nach St. Catherine und Two Gray Hills und dahin und dorthin ausstrecken, damit man mir sofort Bescheid sagt, falls Margaret Sosi zurückkommt. Er würde über Crownpoint fahren und mit Mary Landon reden. Und nachdem sie jetzt in Ruhe darüber nachgedacht hatte, würde Mary Landon zu dem Schluß gekommen sein, daß es eben doch am besten wäre, wenn ihre Kinder im Dinee und als Teil des Volkes aufwüchsen. Das heißt – vielleicht auch nicht. Wahrscheinlich nicht. Ziemlich sicher nicht. Und was dann? Was würde er dann tun?

Chee war nach Norden gefahren. An der Abzweigung der Jacaranda ragte eine riesige Reklametafel auf, unten auf einen Steinwall gestützt und oben gekrönt von einem Schriftzug aus aufgeklebten, ehemals roten Holzlettern: J C R ND EST TES. Chee brauchte eine Weile, bis er begriff, daß jemand sämtliche A aus JACARANDA ESTATES geklaut hatte. Komisch, wer mochte ausgerechnet die A gebraucht haben? Unter dem verschandelten Schriftzug war ein Bebauungsplan zu sehen. Eine große Grünfläche im Zentrum wurde als Golfplatz ausgewiesen, ziemlich in der Mitte ein verschwommener blauer Fleck, das sollte der Trout Lake sein. Ein Einkaufszentrum war eingezeichnet, eine Post, eine Schule, ein Country Club. Nichts auf diesem Plan hatte auch nur die geringste Ähnlichkeit mit den trostlosen Hügeln, die Chee ringsum sah. Trotzdem studierte er das Straßennetz, in dem als Hauptstraße die Jacaranda eingetragen war, sie schlängelte sich nach Südosten. Chee schöpfte Hoffnung.

Die Hoffnung dauerte nicht lange. Die brüchige, von Unkraut durchwucherte Asphaltdecke der Jacaranda ging nach ein paar hundert Metern in Split über, dann in eine planierte Spur und schließlich in eine Holperstrecke mit tief ausgefahrenen Furchen und tückischen Löchern. Überall zweigten Straßen ab – eigentlich nur Andeutungen von Abzweigungen: Spuren, die irgendwann vor Jahren ein Bulldozer ins Erdreich gezogen hatte. Immerhin, es gab Straßenschilder – Holztafeln, schief und verzogen, mit Straßennamen (Jelso, Jane, Jenkins, Jardin, Jellico), kaum noch zu entziffern, so verwittert war die Schrift. Am Eingang zur Jane Street gruppierte sich ein halbes Dutzend verfallener Wohnwagen um einen rostigen Wassertank. Wo die Jenkins abzweigte, sah er ein Betonfundament, bei der Jellico-Einmündung ragte ein hölzernes Hausskelett auf, für die Türstöcke und die Fensterrahmen hatte offenbar jemand Verwendung gehabt. Sonst gähnte überall nur Leere, bei der Judy, July, Jerri und Jennifer gab es nichts zu sehen als Kreosotsträucher, ein paar Steinhaufen und Kakteen. Hinter der Jennifer hatte sich ein Wasserlauf quer durch die Jacaranda gegraben.

Chee wendete, fuhr ein Stück zurück, wendete abermals, fuhr wieder die Jacaranda hinauf und fand alles unverändert trostlos. Aber plötzlich entdeckte er, daß hinter einem Hügelkamm doch noch Behausungen lagen. Ein verbeulter Wohnwagen, auf Schlackensteinen aufgebockt, und dahinter eine Holzbaracke, bei der die Hälfte des Dachs mit Schindeln gedeckt war, halb verkohlte Holzscheite lagen herum. Vor dem Wohnwagen waren drei uralte Autos und ein Schulbus abgestellt. Ein Mann um die Vierzig werkelte am Bus herum, er hatte eins der Vorderräder abgenommen, offenbar machte er sich an den Bremsbelägen zu schaffen. Er trug kein Hemd, über die Stirn hatte er ein blaues Tuch gewickelt. Chee hielt an und öffnete das Wagenfenster.

«Dreizehn-zwo-sieben-eins Jacaranda», rief er, «wissen Sie, wo das ist?»

Der Mann sah blinzelnd hoch, wischte sich den Schweiß von den Augenbrauen.

«Sin' das Indianer?» fragte er zurück. Er hatte eine unangenehm grelle, fast kreischende Stimme. «So 'ne alte Frau und so?»

«Könnte stimmen», sagte Chee. «Sie heißt Tsossie oder so.»

«Den Namen kenn ich nicht. Aber sie wohnt da drüben.» Er zeigte den Weg hinunter.

Hinter dem nächsten Kamm war ein Haus zu erkennen. Es war eigentlich mehr ein Verschlag, an dem wohl im Laufe der Jahre eine Reihe von Eigentümern herumgebastelt hatte, jeder jeweils mit noch weniger Interesse, weniger Geld und weniger Hoffnung als der Vorgänger. Die Vorderfront war noch sauber aus roten Backsteinen hochgezogen. An den Seitenwänden hatte sich der nächste Besitzer schon mit Schlackensteinen versucht. Und irgendwann war jemand auf die Idee gekommen, das schadhafte Dach mit Asphaltschindeln zu reparieren. Ein Holzschuppen mit einem Wellblechdach war dazugekommen, seitlich angebaut, und dahinter zeugte ein Gerippe aus Holzlatten von weiteren Bauplänen, die allerdings noch nicht weit gediehen waren: kein Fußboden, keine Wände, kein Dach. Nach all dem Gerümpel zu schließen, das der Wind hereingeweht hatte, stand das Holzgerippe schon seit Jahren so herum, aus den Plänen wurde wohl nichts mehr.

Hinter diesem Haus waren die rostigen Überbleibsel von drei Fahrzeugen dicht nebeneinander aufgereiht: ein Lieferwagen, eine Dodge-Limousine, bei der Motorhaube und Motor fehlten, und – so ausgeplündert, daß die Identifizierung schwierig war – ein Kleinlaster mit offener Ladefläche. Neben dem Haus stand ein alter Chevy, das Fenster an der Fahrerseite war mit Klebeband geflickt.

Chee parkte neben dem Lastwagen vor dem Haus, drückte zweimal die Hupe und wartete.

Fast fünf Minuten verstrichen. Die Eingangstür wurde einen Spalt weit geöffnet, ein Gesicht lugte heraus – eine Frau. Chee stieg aus und ging langsam auf das Haus zu.

Die Frau war alt, grau durchsetztes Haar rahmte ihr rundes, plumpes Gesicht. Sie war offensichtlich eine Navajo. Also stellte sich Chee in der Navajosprache vor, nannte den Clan seiner Mutter, den seines Vaters, führte auch – aus beiden Linien – ein paar Tanten und Onkel auf, die durch ihre Mitwirkung bei Zeremonien und im öffentlichen Leben so bekannt waren, daß die alte Frau vielleicht von ihnen gehört hatte.

Sie hörte aufmerksam zu, nickte, als er fertig war, und wies einladend aufs Haus.

«Ich bin dem Turkey Clan zugeboren», sagte sie. «Meine Mutter ist Bentwoman Tsossie vom Turkey Clan, und mein Vater war Jefferson Tom aus dem Salt Dinee.» Sie hatte eine rauchige Altfrauenstimme. Chee erfuhr den Rest ihrer Clan-Genealogie, sie nannte die Verwandten und erwähnte Querverbindungen zu anderen Clans. Es wurde eine Litanei von Namen, bis sie ihre große Familie samt den Vorfahren durchgegangen war. Ein paar Namen kannte Chee: eine Frau, die im Stammesrat gedient hatte, lange bevor er geboren war, und einen Mann, der – auch schon vor langer, langer Zeit – Stammesrichter gewesen war. Als sie mit den Förmlichkeiten fertig waren, sie ihm eine Flasche Pepsi-Cola aus dem Kühlschrank angeboten, er dankend angenommen, den ersten Schluck getrunken hatte und überdies – wie es sich gehörte – eine kleine Spanne Zeit verstrichen war, stellte er die Flasche neben sich auf den Boden und begann zu reden.

«Meine Großmutter, ich komme aus Shiprock in der Hoffnung, daß ich eine junge Frau aus deinem Clan finde. Sie nennt sich Margaret Billy Sosi.» Chee wartete einen Atemzug lang, bevor er fortfuhr: «Ich hoffe, du kannst mir helfen, sie zu finden.»

«Das Mädchen ist nicht hier», erwiderte Bentwomans Tochter. «Warum suchst du nach ihm?»

«Ich arbeite für das Dinee», antwortete Chee, «ich gehöre zur Navajo Tribal Police. Wir hoffen, einen Mann aus dem Turkey Clan zu finden, der Hosteen Ashie Begay genannt wird. Er ist Margaret Billy Sosis Großvater. Sie sucht auch nach ihm.» Chee bemerkte die skeptische Miene der Frau. Wahrscheinlich sah er – ohne Uniform, in Bluejeans und mit einem schon ziemlich verknitterten, buntkarierten Hemd – nicht wie einer von der Navajopolizei aus. Bei den Navajos legte man Wert auf ein ordentliches Äußeres, Chee wußte das, bei ihm selbst war das sogar besonders ausgeprägt. Aber er hatte eben für die Reise nur die Zahnbürste, Shorts und ein Paar Socken zum Wechseln eingepackt. Jetzt sah er aus wie einer, der die letzten beiden Nächte im Gefängnis verbracht hatte. Er zog seinen Dienstausweis heraus.

Bentwomans Tochter schaute ihn immer noch skeptisch an. Zu spät fiel Chee die Möglichkeit ein, daß ihre Skepsis nicht mit dem derangierten Aussehen, sondern mit dem Status als Polizeibeamter zusammenhängen könnte. Bei den Navajos war es genauso wie in anderen Gesellschaften: Das Verhältnis zwischen dem Dinee und seiner Polizei war nicht überall spannungsfrei.

«Du solltest mit Bentwoman reden», schlug die alte Frau vor.

Chee sagte nichts. Bentwoman? Als er gesehen hatte, wie alt die Tochter war, hatte er vermutet, Bentwoman wäre schon tot. Er verstand sich nicht gut darauf, das Alter eines Menschen zu schätzen, bei Frauen schon gar nicht. Aber sie mußte achtzig sein, vielleicht noch älter.

Bentwomans Tochter wartete, ihre runzeligen Hände irgendwo in den Weiten ihres Rocks vergraben.

«Wenn sie mit mir reden will – ja, das wäre gut», sagte Chee.

«Mal sehen», meinte Bentwomans Tochter, stemmte sich schwerfällig aus dem Stuhl hoch und verschwand humpelnd hinter dem dicken Teppich, der die Tür zu den hinteren Räumen verdeckte.

Chee sah sich um. Der Teppich schien sehr alt zu sein, er war in Schwarz und Grau gehalten, dem Muster nach stammte er aus dem Gebiet des Coyote Cañon. Der Raum war spärlich möbliert. Das abgewetzte, schon mehrfach geflickte Sofa, auf dem er saß, ein Schaukelstuhl und ein Teewagen mit Plastiküberzug. Ihm gegenüber an der Wand hing ein Kalender, das Farbfoto zeigte die herbstlich goldenen Baumwollfelder im Cañon de Chelly. Es war der Reklamekalender eines Beerdigungsinstituts, das Kalenderblatt stammte vom August, und zwar von dem vor sieben Jahren. Zwei Kisten mit Pepsi-Cola-Flaschen waren an der Wand gestapelt, daneben drei große Benzinkanister, die vermutlich Wasser enthielten. Auf dem Tisch stand eine rußgeschwärzte Kerosinlampe. Wer immer für diese Behausung verantwortlich sein mochte, für Wasser-, Gas- und Stromanschlüsse oder gar für eine Telefonleitung hatte er nicht gesorgt.

Chee hörte, wie Bentwomans Tochter – laut und sehr geduldig, denn offenbar war ihr Gegenüber halb taub – sagte, da sei jemand draußen, der «Ashie Begays Enkelin» sprechen wollte. Also ist sie hier gewesen, dachte Chee, so gut wie sicher. Und dann wurde der Teppich beiseite geschoben, ein Rollstuhl tauchte auf.

Die Frau, die darin saß, war blind, das sah Chee sofort. Ihre Augen standen weit offen und suchten nach ihm, aber der Grüne Star, der so viele alte Leute heimsucht, lag wie ein Schleier über den Pupillen. Blind, halb taub und unvorstellbar alt. Das Haar war ein weißes Flaumbüschel, das Gesicht mit dem zahnlosen Mund hatte sich in ein Geflecht aus Falten und Runzeln verwandelt. Das also war Bentwoman.

Chee stand auf und stellte sich noch einmal vor, wobei er darauf achtete, langsam und sehr laut zu reden und ja keine der traditionellen Höflichkeitsregeln zu mißachten, die seine Mutter ihn gelehrt hatte. Als er das hinter sich gebracht hatte, wartete er auf Bentwomans Antwort. Vergeblich.

«Habe ich deutlich genug gesprochen, meine Großmutter?» erkundigte er sich.

Das Nicken der alten Frau war eine flüchtige, kaum wahrnehmbare Bewegung.

«Dann will ich dir sagen, warum ich hergekommen bin», fuhr Chee fort. Er erzählte Bentwoman alles von Anfang an –

von Ashie Begays Hogan und was er dort festgestellt hatte, von Margaret Billy Sosi, der er später dort begegnet war – und was sie ihm erzählt und was er versäumt hatte, sie zu fragen.

Bentwoman saß reglos im Rollstuhl. Sie muß eingeschlafen sein, dachte Chee, das wird langwierig. Bentwomans Tochter stand hinter dem Rollstuhl, sie seufzte.

«Das Mädchen muß nach Hause gehen», sagte Bentwoman. Sie sprach Navajo, ihre Stimme war brüchig, fast nur ein Hauch. «Hier gibt's nichts als Ärger für sie. Sie muß heimgehen zu ihrer Familie. Dort muß sie leben, im *dinetah.*»

«Ich werde sie zu ihren Leuten zurückbringen», versprach Chee. «Hilfst du mir, daß ich sie finde?»

«Warte hier», sagte Bentwoman. «Sie wird kommen.»

Chee sah Bentwomans Tochter durchdringend an.

«Sie ist mit dem Bus losgefahren», bequemte sich Bentwomans Tochter endlich zu sagen. «Schon bei Sonnenaufgang. Wollte in die Stadt. Bis zur Dunkelheit wäre sie zurück, hat sie gesagt.»

«Es wird schon dunkel», sagte Chee. Aber auf Margaret Sosi war eben nicht immer Verlaß, das wußte er. Irgend etwas an dieser Sache gefiel ihm nicht. Die Telefonnummer auf Mrs. Days Kalender ging ihm nicht aus dem Kopf.

«Ist schon jemand anderes hier gewesen? Jemand, der auch nach dem Mädchen gefragt hat?» wollte er wissen.

Bentwomans Tochter schüttelte den Kopf.

«Wann erwartest du sie zurück?»

«Der Bus kommt jede Stunde», antwortete Bentwoman. «Er hält unten bei dem Holzschild. Jede Stunde, bis Mitternacht.»

«Ungefähr wann?» fragte Chee.

«Zwanzig Minuten nach jeder vollen Stunde», sagte Bentwomans Tochter. «Vorausgesetzt, er ist pünktlich.»

Chee sah auf die Uhr. Siebzehn Uhr fünfunddreißig. Zweieinhalb Meilen bis zur Bushaltestelle, schätzte er. In einer Viertelstunde … oder in zwanzig Minuten mußte sie da sein. Wenn sie sich beeilte. Wenn der Bus pünktlich gewesen war. Und wenn …

Bentwoman räusperte sich. «Sie sollte wirklich heimgehen», sagte sie, «heim zu ihrer Familie. Sie sucht Ashie Begay, meinen Enkel. Ashie Begay ist tot.»

Sie sagte das, als wäre es eine feststehende Tatsache. Und sie sagte es ganz ruhig.

Bentwomans Tochter seufzte wieder, sah Chee an und erklärte ihm: «Er war mein Neffe.»

«Ashie Begay ist tot?» fragte Chee.

«Er ist tot», wiederholte Bentwoman.

«Hat Margaret Sosi dir das gesagt?»

«Das Mädchen denkt, er wäre noch am Leben», antwortete Bentwoman. «Ich habe es ihr gesagt, aber sie glaubt nur, was sie glauben will. So sind die jungen Leute eben.»

Chee öffnete den Mund, schloß ihn wieder … wie sollte er seine Frage formulieren?

«Als ich jung war, habe ich auch nur geglaubt, was ich glauben wollte», sagte die alte Frau. «Aber man lernt dazu.»

«Großmutter, woher weißt du, daß Ashie Begay tot ist?» fragte Chee.

«Aus allem, was du mir erzählt hast. Und aus dem, was das Mädchen mir erzählt hat», antwortete sie.

«Aber ich halte es durchaus für möglich, daß er noch lebt», wandte Chee ein. «Und das Mädchen glaubt sogar fest daran.»

Bentwoman hielt die Augen geschlossen. Jetzt schläft sie wirklich, dachte Chee. Oder sie ist tot. Sie hat so viele Schals und Schultertücher umhängen, daß ich nicht sehen kann, ob sie atmet. Aber anscheinend sammelte Bentwoman nur neue Kraft, weil sie ihm etwas erklären wollte.

«Ashie Begay hat Tewa-Blut in sich», begann sie. «Seine Großmutter stammt aus Jerez. In einem strengen Winter ist der Salt Clan aufgebrochen, der aufgehenden Sonne entgegen über den Turquoise Mountain. Schafe wollten sie holen, aber schließlich brachten sie ein paar Rinder aus Jerez mit. Ein paar von denen haben sie für Getreide und Pferde wieder eingetauscht. Aber Ashie Begays Großmutter wurde einem der Männer aus dem Salt Clan zur Frau gegeben, und das Kind, das sie gebar, war Ashie Begays Mutter. So fließt also in Ashie Begays Adern Blut aus dem Volk Who Call the Clouds. Tewa-Blut – und Blut aus dem Salt Clan. Und sein Vater hat in den Turkey Clan geheiratet. Und seine Mutter stammt väterlicherseits aus dem Clan Standing Rocks. Und wenn du all das bedenkst und zu deuten weißt, dann verstehst du, warum ich weiß, daß Ashie Begay tot ist.»

Bentwomans Atem ging schwer. Brach sie deshalb ab, oder wollte sie Chee Gelegenheit geben, etwas dazu zu sagen? Es gab nichts, was er sagen konnte. Was sie ihm erzählt hatte, half ihm nicht weiter. Er verstand nicht, wieso Ashie Begay tot sein mußte.

Bentwoman atmete tief ein, ordnete ihre Schultertücher und fing an, über Ashie Begays Abstammung zu sprechen – über seine Vorfahren und deren Anlagen und Eigenschaften. Hinter ihr stand ihre Tochter, scheinbar geduldig, aber man sah ihr an, daß sie ihren eigenen Gedanken nachhing. Chee warf einen Blick auf die Uhr. Wenn der Bus pünktlich gewesen und wenn Margaret Sosi mitgekommen war und sich unterwegs nicht zuviel Zeit gelassen hatte, konnte sie nicht mehr weit sein.

«Also fließt in Ashie Begay, meinem Enkel, dasselbe Blut wie in meinen Adern», sagte Bentwoman. «All das Blut seiner Vorfahren kommt zusammen und formt einen Mann in ganz besonderer Weise. Formt ihn so, daß er niemals zugelassen hätte, den jungen Gorman in seinem Hogan sterben zu lassen. Er hätte besonnen gehandelt. Die Tewas sind immer besonnen gewesen – und auch die aus dem Salt Clan. Er hätte den jungen Gorman aus dem Hogan geschleppt, damit er draußen im Freien sterben konnte. Dann wäre der Hogan nicht vom Übel des bösen *chindi* verdorben worden.»

Bentwoman hatte lange gebraucht, um das alles zu sagen. Sie hatte immer wieder Pausen eingelegt. Jetzt atmete sie schwer.

«Aber die Hoganwand war aufgebrochen, die Nordwand. Und der Rauchfang war verstopft», gab Chee zu bedenken. «Und alles war leer geräumt.»

«Wirklich alles?» fragte Bentwoman. «Ist gar nichts drin geblieben?»

«Nur nutzloser Kram», antwortete Chee.

«Hast du es dir selber angesehen?» fragte Bentwoman.

«Es war ein Totenhogan, ich bin nicht reingegangen», sagte Chee.

Bentwoman rang nach Atem. Sie keuchte. Ihre blinden Augen hefteten sich auf Chee, als ob sie ihn sehen könnten. «Also hat sich nur ein *belacani* drin umgesehen?»

«Ja», bestätigte Chee, «ein weißer Polizist.» Es war ihm klar, was Bentwoman ihm nahelegen wollte.

Eine Weile saß sie stumm, die Augen wieder geschlossen. Chee merkte, wie sich draußen vor den Fenstern das Licht veränderte. Der Sonnenuntergang färbte den Himmel rötlich. Es wurde zusehends dunkler. Margaret Sosi würde nicht mehr bei Tageslicht heimkommen. Die Telefonnummer auf Mrs. Days Kalender fiel ihm wieder ein. Alles in ihm drängte danach, Margaret entgegenzugehen. Er würde sie auf den Kopf zu fragen, was auf der Postkarte gestanden hatte. Diesmal ging er kein Risiko ein.

«Wenn Ashie Begay wirklich noch lebt, werde ich es eines

Tages erfahren», sagte Bentwoman. «Jemand in der Familie wird es herausbringen und mich wissen lassen. Wenn er dagegen tot ist ... der Gedanke ist es nicht, was mich bedrückt. Mich bedrückt, daß dieses Kind fest daran glaubt, er sei noch am Leben. Sie wird nicht aufhören, nach ihm zu suchen.» Bentwoman rang nach Atem, ihre blinden Augen suchten Chee. «Aber sie sollte sich um andere Dinge kümmern, nicht um einen toten alten Mann.»

«Ja, Großmutter, du hast recht», sagte Chee.

«Glaubst du, daß Ashie Begay noch lebt?»

«Vielleicht», antwortete Chee. «Vielleicht auch nicht.»

«Wenn jemand ihn getötet hat ... war es einer aus unserem Volk oder ein *belacani*?»

«Ein Weißer», sagte Chee. «Ich glaube, es ist ein Weißer gewesen.»

«Dann war es ein weißer Mann, der Gorman bestattet hat. Und du sagst, ein weißer Mann hätte den Hogan aufgebrochen?»

«Wenn Ashie Begay wirklich tot ist, dann muß es so gewesen sein.»

«Ich kann mir nicht vorstellen, daß ein *belacani* alles richtig gemacht hat», meinte Bentwoman.

«Nein», sagte Chee. Und er mußte an Albert Gormans ungewaschenes Haar denken.

«Jemand sollte sich Gewißheit verschaffen», meinte Bentwoman. «Es muß sein, damit das Kind endlich sicher sein kann, daß sein Großvater tot ist. Damit das Kind endlich Ruhe findet.»

«Ja», sagte Chee. Aber wer außer ihm hätte das tun können? Und wenn er es tat, dann hieß das, daß er in den Totenhogan gehen – daß er durch das Loch in der Nordwand eindringen und den Schritt in die Finsternis wagen mußte.

Bentwoman hielt ihre leeren Augen auf ihn gerichtet. Sie wartete auf seine Antwort. Chee schluckte. «Großmutter», versprach er, «ich werde hingehen und alles tun, was in meinen Kräften steht.»

18

Chee fuhr sehr langsam. Unter einem Himmel, der wie Kupfer glühte, senkte sich die Dunkelheit aufs Land. Mit Sonnenuntergängen kannte Chee sich wahrhaftig aus. Wie viele farbenprächtige Wolkengebirge und flammende Horizonte hatte er auf dem Colorado-Hochland schon beobachtet – in jeder Jahreszeit ein wenig anders, immer wieder neu und überraschend. Aber so einen Sonnenuntergang, bei dem das letzte Licht des Tages durch Schichten aus Dunst über dem Meer und verschmolzenen chemischen Abgasen zu taumeln schien, hatte er noch nie gesehen. Dinge, die grau oder fahlbraun oder allenfalls dunkelblau sein mußten, erschienen wie mit Goldhauch besprüht. Das Licht vermittelte die Illusion eines warmen Sommerabends und das Gefühl, in einem fremden Land zu sein. Die Vogelstimmen, die Chee von irgendwoher hörte … waren das wirklich Vögel, die dort sangen, oder kamen die Laute aus irgendwelchen geheimnisvollen Tiefen? Würde er, wenn er über den Hügelkamm fuhr, tatsächlich die Reklametafel der Jacaranda Estates vor sich sehen oder irgend etwas ganz Überraschendes?

Oben auf dem Kamm lenkte Chee seinen Kombi nach rechts, auf das unbebaute Gelände neben dem Fahrweg, und stellte den Motor ab. Eine zierliche, kleine Gestalt kam zu Fuß die Straße herauf. Er nahm das Fernglas. Genau wie er vermutet hatte: Es war Margaret Billy Sosi. Müde sah sie aus. Weiter unten auf der Straße fuhr ein Wagen, leicht auszumachen an den Scheinwerfern. Irgendwo hinter den Hügeln mußte der Freeway sein, durchs offene Wagenfenster hörte Chee das gleichmäßige Rauschen des Verkehrs.

Da war noch ein Wagen unterwegs, er fuhr – nur mit den Parkleuchten – bis zur Reklametafel, hielt kurz, stieß zurück und bog auf die Straße ein, die ins Bebauungsgebiet führte. Chee beobachtete ihn einen Augenblick, dann richtete er das Fernglas wieder auf das Mädchen. Heute trug Margaret Sosi nicht den Navy-Parka. In Jeans und einem weißen Shirt kam sie ihm noch zierlicher vor, noch schmächtiger. Ob sie bereit war, mit in die Reservation zurückzukommen? Vielleicht weigerte sie sich, dann mußte Bentwoman ihr zureden. Aber zuerst wollte er ihr die Fragen stellen, zu denen er oben bei Begays Hogan nicht mehr gekommen war, und sich anhören, was sie darauf zu antworten hatte. Vielleicht waren dann alle Rätsel gelöst.

Der Wagen, der die staubige Fahrspur hochkam, war ein Lieferwagen, dunkelbraun oder dunkelgrün. Die Lichter wurden eingeschaltet, strahlten das Mädchen von hinten an. Margaret wich zur Seite aus. Der Lieferwagen fuhr bis auf ihre Höhe, hielt an. Der Fahrer lehnte sich aus dem Fenster und redete auf Margaret ein. Dann stieg er aus. Ein großgewachsener Mann, eins neunzig oder sogar noch größer, blond, kräftig gebaut. Er stand neben Margaret, zeigte ihr etwas, was er in der Hand hielt. Sie sah winzig neben ihm aus. Durch das Fernglas erkannte Chee, daß der Mann eine Brieftasche in der Hand hielt. In der rechten Hand. An der linken, die locker herunterhing, schimmerte irgend etwas weiß. Ein Verband.

Chee legte das Fernglas weg. Ihm fiel ein, was Mr. Berger mit seiner Pantomime dargestellt hatte. Ein Blonder, der zu Albert Gorman gekommen war und dessen Finger in der Wagentür eingequetscht wurde. Und dann fiel ihm seine Pistole ein, aber die lag in der Nachttischschublade in Shiprock. Er schaltete die Zündung ein und lenkte den Kombi den Hügel hinunter.

19

Vaggan hatte, schon als er auf den brüchigen Asphalt der Jacaranda Street einbog, den Kombi oben auf dem Hügelkamm gesehen. Ärgerlich. Wenn jemand drin saß, gab es einen Zeugen. Aber nicht zu ändern. Es blieb ihm nichts anderes übrig, er mußte sein Vorgehen danach ausrichten. Zuerst kam es darauf an, sich Sicherheit darüber zu verschaffen, daß das Mädchen, das da vorn die Straße hinaufschlurfte, wirklich Margaret Billy Sosi war. Stimmte das, dann hatte er Glück gehabt. Hier konnte er sie viel leichter auflesen als bei der Adresse, die ihm McNair gegeben hatte. Wer weiß, wer sich dort alles herumtrieb. Hier dagegen sah es ganz harmlos aus, wenn eine junge Frau zu ihm in den Lieferwagen stieg. Niemand würde Verdacht schöpfen. Daß der Kombi dort oben parkte – wie gesagt, das war ärgerlich, mehr nicht. So hatte er das eben noch gesehen. Aber jetzt war der Kombi losgefahren und kam den Hügel herunter, direkt auf ihn zu.

Vaggan hatte seinen Lieferwagen so zum Stehen gebracht, daß er das Mädchen direkt von hinten ansprechen konnte, er brauchte sich nur aus dem Fenster zu lehnen. «Miss Sosi!» hatte er gesagt, deutlich und sehr bestimmt. Sie war stehengeblieben, hatte sich umgedreht und ihn angestarrt, unsicher und verwirrt.

«Ich bin Officer Davis vom Sheriffbüro Los Angeles County», hatte er gesagt und ihr das Ledermäppchen hingehalten, in dem die gefälschte Legitimation steckte; er hatte das Ding immer bei sich, man konnte nie wissen, wann man so etwas brauchte. «Ich muß mit Ihnen reden.»

«Worüber?» hatte Margaret Billy gefragt. «Geht's um meinen Großvater?»

«Ja», hatte Vaggan geantwortet und – nachdem er nun sicher war, daß sie stehenbleiben und ihm nicht davonrennen würde – die Fahrertür geöffnet. Er war zu ihr hingegangen. «Es geht um Ihren Großvater, ich muß Sie zu ihm bringen.»

Er hatte ihr noch einmal das Mäppchen mit dem Dienstausweis hingehalten und, als sie draufschaute, nach ihrem Arm gegriffen. So ein dünnes Ärmchen, fast nur ein Knochen … nein, mit der Kleinen würde er überhaupt keine Probleme haben, davon war Vaggan überzeugt. Sie versuchte auch gar nicht erst, sich loszureißen.

«Wo ist er?» fragte sie. Ihre Augen suchten Vaggans Blick. «Geht es ihm gut?»

«Er ist im Krankenhaus», antwortete Vaggan. «Kommen Sie mit.»

In diesem Augenblick hörte er den Kombi, der mit heulendem Motor in halsbrecherischer Fahrt den Hügel hinunterjagte. Der Wagen kam von der Fahrbahn ab, streifte einen riesigen Kaktus, schlingerte wieder auf die Fahrbahn zurück und rollte direkt auf sie zu.

«Verdammter Hundesohn!» schrie Vaggan und war mit einem Sprung an der Tür seines Lieferwagens. Dann überlegte er es sich anders. Es blieb keine Zeit mehr, den Wagen zur Seite zu fahren. Statt dessen riß er das Mädchen von der Fahrbahn weg.

«Was ist mit dem denn los?» fragte sie.

Vaggan gab keine Antwort. Er langte unter die Jacke, holte die Pistole raus, spannte sie und versteckte sie hinter seinem Rücken.

Eben hatte der Motor des Kombis noch aufgeheult, jetzt erstarb er. Wild schlingernd rollte er aus, die Fahrertür stand schon halb offen. Und der Mann hinter dem Lenkrad lehnte sich weit heraus, so weit, daß ihm der Hut herunterfiel.

«*Ya-ta-hey!*» schrie der Bursche und gab sich – so weit rausgebeugt, daß er jeden Moment stürzen mußte – auf einmal einen Ruck und fischte den Hut von der Straße. Noch einmal dieser wilde Schrei: «*Ya-ta-hey!*»

«Ich glaube, der ist betrunken», sagte das Mädchen.

«Ja», bestätigte Vaggan. Er entspannte sich. Der Mann setzte seinen Hut – einen breitkrempigen Cowboyhut – wieder auf und redete irgendwas auf Vaggan ein. In Navajo. Dazu grinste er breit, unterbrach sich, lachte albern, wiederholte alles noch einmal.

«Was hat er gesagt?» fragte Vaggan, während er den Betrunkenen im Auge behielt. Er war noch ziemlich jung, Anfang Dreißig, schätzte Vaggan. Er hielt sich ein bißchen krumm, das Hemd hing ihm aus den Jeans, ein Hosenbein war aus dem staubigen Stiefel gerutscht. Aus dem Mundwinkel lief ein wenig Speichel.

Das Mädchen starrte Vaggan eine Weile an, dann sagte es: «Er hat Schwierigkeiten mit seinem Wagen. Der läßt sich nicht mehr geradeaus lenken. Er fragt, ob Sie ihm helfen können.» Die Art, wie sie ihn anguckte, kam Vaggan merkwürdig vor.

«Er soll sich verziehen, sagen Sie ihm das», winkte Vaggan ab. Er schob die Pistole unter den Gürtel. Und plötzlich spürte er wieder das Kopfweh. Die letzte Nacht war ziemlich anstrengend gewesen, er hatte nicht genug Schlaf gekriegt und würde noch ein paar Stunden brauchen, bis er wieder voll auf der Höhe war.

Nach dem Gespräch mit McNair hatte Vaggan den Stadtplan von Los Angeles studiert, den Jacaranda Drive aber nicht gefunden. Erst durch einen Anruf beim Straßenverkehrsamt hatte er herausgefunden, wo er lag. Wenn Vaggan irgendwo einen Auftrag zu erledigen hatte, pflegte er in der Dämmerung dort aufzutauchen und die Szenerie in Augenschein zu nehmen. Es mußte noch gerade hell genug sein, damit er sich orientieren konnte, aber nicht mehr so taghell, daß Zeugen, die ihn womöglich beobachteten, hinterher eindeutige Aussagen machen konnten. Am liebsten wäre er vorher mal die Gegend abgefahren und hätte sich an Ort und Stelle umgesehen. Diesmal begnügte er sich mit einem groben Überblick und wartete im übrigen, bis es vollends dunkel wurde. Der Jacaranda Drive lag zu einsam. Er wollte nicht riskieren, daß sich irgend jemand später erinnerte, Vaggan dort zweimal gesehen zu haben, das erste Mal noch in der Dämmerung.

Vaggan hatte das Autoradio aus der Halterung genommen, neben sich auf die Stützmauer gestellt, auf der er saß und seine zweite Tasse Kaffee trank, und einen Sender eingestellt, der fortlaufend Nachrichten brachte. Das Radio war – wie alle Geräte, die Vaggan benutzte – für Batteriebetrieb eingerichtet. Bei jener künftigen Entwicklung, mit der Vaggan rechnete, mußten die Radiobatterien eine Lebensdauer von ungefähr drei Wochen haben, und zwar ab dem Tag, der der Anfang vom Ende war. Wenn die Bomben und die verheerende Wirkung der nuklearen Druckwelle das Elektrizitätsnetz zerstört hatten, war man auf andere Energiequellen angewiesen. Denn die Rundfunkstationen würden innerhalb weniger Stunden ihren Betrieb wiederaufnehmen – mit panischem Gestammel, mit törichten Anweisungen für die Zivilverteidigung und mit verzweifelten Hilferufen. Nach ein paar Wochen, schätzte Vaggan, würden die Stationen verstummen, dann brauchte man keine Radios mehr. Für diese kurze, aber überaus wichtige Zeitspanne bewahrte Vaggan vier Silikonbatterien im Kühlschrank auf, das mußte reichen.

Die Lokalnachrichten brachten die Sache als Aufmacher, Vaggan schlürfte seinen Kaffee und hörte aufmerksam zu.

«Die Polizei meldet ein bizarres Verbrechen in Beverly Hills, bei dem der bekannte Fernseh-Talkmaster Jay Leonard verstümmelt wurde. Ein Unbekannter ist nachts in Leonards Villa eingedrungen und hat ihm schwere Eisenkrampen durch beide Ohren getrieben. Wie die Polizei mitteilt, hat der Täter nach dem Überfall die Redaktionen örtlicher Zeitungen und Fernsehstationen telefonisch davon unterrichtet, daß Leonard auf dem Wege zur Notaufnahme im Beverly Hills Hospital sei. Leonard soll es den Umständen entsprechend gutgehen, für ein Interview wollte er sich jedoch nicht zur Verfügung stellen. Hören Sie nun ein Gespräch mit Detective Lieutenant Allen Bizett vom LAP-Department ...»

Bizett hatte nur sehr wenig zu sagen. Mit rauher Stimme berichtete er, Leonard habe ausgesagt, er kenne das Motiv für den Überfall nicht, er habe lediglich eine anonyme telefonische Drohung erhalten und deshalb einen Wachmann angeheuert. Der Täter, fuhr Bizett fort, habe den Wachmann überwältigt und zuvor zwei Wachhunde getötet. Er beschrieb den Täter als «großgewachsenen Mann von asiatischem Aussehen».

Der Radiosprecher ging zur nächsten Meldung über und berichtete von der bisher erfolglosen Suche nach einem bewaffneten Räuber, der gestern bei einem Überfall auf ein Geschäft in der Innenstadt einen Kunden getötet und einen Angestellten verletzt habe. Dann wurden die Nachrichten durch eine Verkehrsmeldung unterbrochen, es ging um einen Stau auf dem San Diego Freeway nach einem Lastwagenunfall.

Na gut, die Meldung war nur kurz gewesen, aber fürs erste genügte das, und in den Nachmittagszeitungen und im Abendprogramm des Fernsehens würden sie mehr bringen. Da war ja noch die Sache mit den Hundeköpfen und den unauffindbaren Kadavern und die anderen kleinen Schweinereien, die er eingebaut hatte, ganz zu schweigen von seinen Anrufen, aus denen das Motiv für den Überfall deutlich wurde. Alles in allem reichte das für den versprochenen Bonus; Vaggan hatte auch nie daran gezweifelt, daß er sich den verdienen würde.

Er trank den Kaffee aus, überlegte, ob er noch einen einschenken sollte, ließ es aber. Kaffee zu trinken war die einzige Gewohnheit, mit der er von den Regeln seines Vaters abwich. Während des ersten Jahres in West Point hatte er sich das angewöhnt und sich eingeredet, es sei gut gegen seine Nervosität. Trotzdem beschlich ihn sogar jetzt noch Unbehagen, sooft er Kaffee trank – jetzt noch, zwanzig Jahre nachdem er zum zweitenmal die Stimme des Commanders gehört hatte. «Eine Verweichlichung», hatte der Commander am Frühstückstisch gesagt. «Sind ja noch Kinder, sagen die Leute und tun so, als wäre das eine Entschuldigung. Aber das ist keine Entschuldigung. In Sparta haben sie aus Kindern Männer gemacht, wenn sie acht Jahre alt waren. Haben sie von den Weibern getrennt. Und ihnen beigebracht, Schmerz zu ertragen. Und Kälte. Und Hunger. Haben ihnen alles ausgetrieben, was weich macht. Wir dagegen fördern das.»

Vaggan sah ihn deutlich vor sich: seinen Vater, korrekt, in tadelloser Uniform, mit kurzgeschnittenem blondem Haar und gestutztem Schnurrbart, die Ordensspange auf der Brust. Seine blauen Augen ruhten auf Vaggan. Er war stolz auf seinen Sohn. Er wollte einen ganzen Kerl aus ihm machen. Wie immer, wenn Vaggan darüber nachdachte, führten ihn seine Erinnerungen nach West Point, obwohl er sich gerade an diesen Ort nicht erinnern wollte. West Point ... wie sie ihn schließlich doch erwischt hatten ... und Roser, Kadettenoffizier Roser. Vaggan dachte noch einmal darüber nach. Es war nur ein kurzer Blick zurück, eine nachträgliche Prüfung, ob er bisher irgend etwas falsch gesehen hätte. Nein. Er sah es, wie er es immer gesehen hatte. Die Entscheidung, Roser zu töten, bevor er Meldung machen konnte, war richtig gewesen. Und auch die Wahl der Waffe. Der Schlag mit dem Baseballschläger hätte tödlich sein und alle Spuren verwischen müssen. Auf rätselhafte Weise war Roser dann doch mit dem Leben davongekommen. Daß man ihn rausgeworfen hatte, war nicht weiter wichtig. West Point mit seinen endlosen Tiraden über die alten, unvergänglichen Wahrheiten, die – wenn sie je Wahrheiten gewesen waren – bestimmt keine Gültigkeit mehr hatten, West Point hatte ihn sowieso enttäuscht. Aber der Bericht war an den Commander gegangen. Und der Commander hatte ihm ein Telegramm geschickt:

«Für mich bist du tot. Wie diese Frau.»

Diese Frau ... Vaggan hatte sie nie kennengelernt. Sie hatte ihn geboren. Von ihr mußte er die Körpergröße geerbt haben, denn der Commander war klein. Aber in seinen Erinnerungen, selbst in denen aus frühesten Kindertagen, tauchte sie nicht auf. Der Commander hatte nie von ihr gesprochen. Und ihn nach ihr zu fragen – unvorstellbar.

Der Nachrichtensprecher brachte irgend etwas über Berlin. Das war etwas, wofür Vaggan sich immer interessierte. Der Commander war davon überzeugt gewesen, daß alles wegen Berlin anfangen würde, und Vaggan hatte nie daran gezweifelt. Aber diese Meldung war unwichtig, es ging um ein Vertrauensvotum im Bundestag. Und genauso unwichtig waren die übrigen Nachrichten. Heute würde die Lawine noch nicht ins Rollen kommen. Also hatte er seinen Kaffee ausgetrunken, noch einmal einen Blick auf die Hügel geworfen, die vor ihm lagen, und sich vorgenommen, erst später nach der Abzweigung der Jacaranda zu suchen.

Und nun stand er hier, vor ihm dieser betrunkene Indianer, der ihn albern angrinste und sich einfach keinen Deut um die Aufforderung scherte, endlich zu verschwinden.

«Hau ab!» wiederholte Vaggan. «Oder ich buchte dich für den Rest der Nacht ein!»

Der Indianer sagte irgend etwas in der Navajosprache und

lachte. Er ging um Vaggans Lieferwagen herum, öffnete die Beifahrertür und stieg ein.

«Du Mistkerl!» schnauzte Vaggan ihn an. Diesen Indianer mußte er offensichtlich härter anfassen. Das würde Zeit kosten und womöglich Aufmerksamkeit erregen. Aber mit einem bißchen Glück genügte es, wenn er ihn an den Füßen rauszerrte und ihn kurz vermöbelte, dann konnte er mit dem Mädchen verschwinden. Es war fast dunkel, das machte die Sache einfacher. Er spurtete um den Lieferwagen herum, riß unterwegs schon die Pistole heraus.

Es war zu spät, um noch zu reagieren und sich wegzuducken. Nur Bruchteile von Sekunden blieben ihm. Er sah noch, wie der Indianer sich aus der Tür heraus auf ihn stürzte und die Taschenlampe schwang. Dann explodierte der Schmerz in seinem Kopf. Es reichte nur noch zu einer Reflexbewegung, er konnte gerade noch den Kopf zur Seite drehen, so daß ihn der Schlag nicht voll traf. Die Taschenlampe – vier Batterien in einem schweren Plastikgehäuse – schlug ihm gegen den Oberkiefer, er taumelte, wurde gegen den Lieferwagen geschleudert, konnte einen Augenblick lang nichts sehen, verlor sogar kurz das Bewußtsein. Dann lag er auf dem Boden, der Indianer über ihm. Vaggan reagierte mit wütender Gewalt, bevor der Indianer zum zweitenmal zuschlagen konnte. Er packte den Mann am Ellbogen, drückte den Körper, der auf ihm lag, zur Seite. Der Schlag ging daneben.

Danach war der Kampf so gut wie entschieden. Vaggan stieg jeden Morgen – noch vor der ersten Gymnastik und lange vor dem Frühstück – auf die Waage. Heute morgen hatte er 102 Kilo gewogen, anderthalb Kilo mehr als das selbstgesetzte Limit. Und alles war Knochen, Muskel und Knorpel, eisern trainiert und in Kondition gehalten durch eine Lebensweise, die der Commander ihm schon in frühester Jugend anerzogen hatte. Vaggans Erinnerung reichte zurück bis in die Zeit, als er zum letztenmal geweint hatte. Er hatte Kniebeugen machen müssen, während der Commander vor ihm stand und kommandierte: «... und elf – und zwölf – und dreizehn – und vierzehn ...» Halb bewußtlos vor Müdigkeit hatte er den Schmerz in den Muskeln gespürt und die Tränen nicht zurückhalten können. «Was nicht weh tut, bringt auch nichts», hatte der Commander immer gesagt. Von da an hatte er gelernt, seine Tränen unter Kontrolle zu halten, und nie wieder geweint.

Auch jetzt kam kein Laut über seine Lippen. Der Indianer war schnell und für seine Größe sehr stark. Und er war bestimmt nicht betrunken. Schon nach dem Schlag mit der Taschenlampe war Vaggan klargeworden, daß er sich in diesem Punkt geirrt hatte. Aber der Indianer war jünger als Vaggan und bestimmt dreißig Kilo leichter, außerdem fehlte ihm Vaggans Erfahrung. Vaggan brauchte nur Sekunden einer kurzen Anstrengung, dann lag der Indianer unter ihm auf dem Boden. Vaggan hielt ihn eisern fest. Die Taschenlampe preßte sich gegen seine Knie. Vaggan warf die Pistole weg. Die Taschenlampe, dachte er, damit geht es besser. Zweimal schlug er mit der Handkante gegen die Schläfe des Indianers. Dann, als der Mann bewußtlos war, griff er nach der Lampe, holte aus und schlug zu.

«Lassen Sie das Ding fallen!» befahl eine Stimme. Margaret Billy Sosi stand hinter ihm. Sie hielt seine Pistole mit beiden Händen umklammert, die Mündung auf seinen Kopf gerichtet. Vaggan ließ die Taschenlampe fallen, sie landete auf dem Brustkorb des Indianers.

«Runter von ihm!» befahl das Mädchen. Vaggan musterte Margaret. Würde sie wirklich schießen? Wahrscheinlich nicht. Er konnte ihr die Waffe wegnehmen, aber das dauerte ein bißchen. Er stand auf und fingerte nach der Wunde am Kinn. «Er hat auf mich eingeschlagen», sagte er. «Sei vernünftig, gib mir die Pistole, bevor das Ding noch losgeht.»

Das Mädchen wich zwei Schritte zurück und hielt die Pistole auf seinen Bauch gerichtet. «Er hat mir gesagt, wer Sie wirklich sind. Sie sind kein Polizist.»

«Doch», beteuerte er, «ich bin Polizist. Hör zu, wenn du ...»

«Heben Sie ihn auf», unterbrach sie ihn, während sie ihm unverwandt in die Augen sah. «Legen Sie ihn in Ihren Wagen, wir werden ihn ins Krankenhaus bringen.»

«Zuerst will ich meine Waffe wiederhaben», sagte Vaggan und kam einen Schritt näher.

«Ich töte Sie», drohte das Mädchen.

«Nein, Mädchen, das wirst du nicht tun», sagte Vaggan lachend, kam noch einen Schritt näher und streckte die Hand aus.

Das Geschoß streifte dicht an ihm vorbei, er spürte die Hitze auf dem Gesicht. Es schlug im Lieferwagen ein, der singende Ton war fast so laut wie der Mündungsknall.

Vaggan blieb stehen und hob die Hände.

«Der nächste trifft», sagte das Mädchen. «Legen Sie ihn in Ihren Wagen.»

Vaggan beugte sich hinunter, schlang dem Indianer einen Arm unter die Schultern, den anderen unter die Knie, hob ihn hoch und bettete ihn auf den Beifahrersitz. Das Mädchen schlüpfte hinter ihm vorbei. Er sah sie hinten im Wagen sitzen, sie hatte die Pistole immer noch auf ihn gerichtet. Und so fuhren sie los.

20

Chee hörte draußen auf dem Flur Shaws laute Stimme.

Vor einer dreiviertel Stunde war er aufgewacht. Es hatte ihn einige Zeit gekostet, die Schwester zu überreden, bei Shaws Büro anzurufen und Bescheid sagen zu lassen, daß er im Krankenhaus lag. Warum er hier lag und in welchem Zustand, hatte er lieber noch nicht erklären lassen. Obwohl das Warum sich eigentlich leicht beantworten ließ. Der Kopf war mit Bandagen umwickelt, die Beule saß dicht über dem linken Auge. Auch der rechte Unterkiefer hatte etwas abgekriegt, der Schmerz pochte unablässig. Irgendwo innen, unter dem Brustkorb, tat es höllisch weh. Dazu eine Prellung an der linken Hüfte, ein paar Hautabschürfungen und eine geschwollene Nase. Was ihn anfangs erschreckt hatte: daß er sich überhaupt nicht erinnern konnte, wie es zu diesem ganzen Mißgeschick gekommen war. Nichts, totale Leere. Dann fiel ihm ein, daß Verletzte, insbesondere Leute mit Kopfverletzungen, häufig an Gedächtnisschwund leiden, zum Glück nur kurze Zeit. Ein Arzt in Flagstaff hatte ihm das mal erklärt, und zwar auf eine Art, die für Mediziner typisch war: «Die Ursachen des Phänomens sind uns unbekannt, aber wir wissen, daß es nicht lange anhält.» Und ganz allmählich konnte Chee sich wieder an die Ereignisse erinnern, wenn er sich Mühe gab. Er gab sich allerdings nicht sonderlich Mühe, die Kopfschmerzen waren einfach zu stark. Offenbar hatte der große Blonde ihn grün und blau geschlagen. Das genügte fürs erste als Erklärung.

Vorhin, als er zum erstenmal aufgewacht war, hatte Chee versucht aufzustehen. Rasender Kopfschmerz hinter der Stirn und Wellen von Übelkeit hatten ihm schnell klargemacht, daß das ein Fehler war. Was immer es zu erledigen gab (und er konnte sich eben nicht erinnern, was das war), er befand sich bestimmt nicht in der Verfassung, irgend etwas zu unternehmen. Darum hatte er Shaw benachrichtigen lassen. Und nun stand Shaw neben seinem Bett und schaute fragend auf ihn herunter.

«Wo Sie sind, wissen wir also», sagte Shaw. «Und wo ist sie?»

«Wer?» machte Chee. Alles schien hinter dichtem Nebel zu liegen.

«Die kleine Sosi, wegen der sind Sie doch hier», erklärte ihm Shaw. «Wer war der Mann, den sie bei sich hatte? Was hat sie Ihnen gesagt?»

Chee hatte selber eine Menge Fragen, aber der Versuch, sie zu formulieren, brachte ihm nichts als heftige Kopfschmerzen ein. «Besser, Sie erzählen mir, was los war», bat er. «Fangen Sie hinten an. Wie bin ich hergekommen?»

Shaw schob den Vorhang vor dem anderen Bett zur Seite, er wollte ganz sicher sein, daß da niemand lag und zuhören konnte. Dann setzte er sich. «Soweit ich bis jetzt in Erfahrung gebracht habe, ist gestern abend, kurz nach acht, ein Wagen vor der Notaufnahme vorgefahren.» Er holte sein Notizbuch heraus und las aus den Eintragungen vor: «Acht Uhr zehn sind Sie eingeliefert worden. Von einem Mädchen, knapp unter Zwanzig. Sehr schlank. Dunkle Hautfarbe. Möglicherweise Indianerin oder Araberin. Der Fahrer des Wagens war ein großer blonder Mann, er ist weggefahren, während das Mädchen Sie eingeliefert hat. Ach ja ... und die Aufnahmepapiere hat das Mädchen mit dem Namen Margaret Billy Sosi unterschrieben.» Shaw steckte das Notizbuch wieder ein. «Was haben Sie rausgefunden? Und wie geht's Ihnen übrigens?»

«Großartig», antwortete Chee. «Und zur ersten Frage: gar nichts.»

Er erzählte Shaw, was passiert war – bis zu dem Augenblick, als er dem Blonden den Schlag mit der Taschenlampe versetzt hatte. Danach lag alles im Nebel.

Shaw hatte ihn unverwandt angesehen und ihm schweigend zugehört, ohne eine Miene zu verziehen. «Beschreiben Sie den Lieferwagen», sagte er schließlich.

Chee tat es.

«Die Waffe haben Sie genau gesehen, da gibt's keinen Zweifel?»

«Nicht den geringsten. Außerdem hatte er noch ein ganzes Waffenlager hinten im Wagen. Ich hab nur einen kurzen Blick drauf werfen können, aber da lagen zwei Schnellfeuergewehre, eine Schrotflinte und ein Scharfschützengewehr mit aufgesetztem Zielfernrohr, eine Menge von dem Zeug.»

«Mhm», machte Shaw, «hört sich interessant an.»

«Und eine Metallkiste stand noch da, weiß der Himmel, was da drin war.»

«Das Mädchen hat angenommen, er wäre Polizist?»

Chee nickte, bereute es aber gleich, als der Schmerz in seinem Kopf zu pochen anfing.

Shaw ließ sich einen tiefen Atemzug Zeit, bevor er fragte: «Haben Sie sonst noch was zu bieten?»

«Kopfschmerzen hab ich, das ist alles.»

«Gut, ich werd mal telefonieren.» Shaw stand auf «Ich schick jemanden raus zur Jacaranda, mal sehen, daß er diese Sosi findet.» An der Tür drehte er sich noch einmal um. «Schade, daß Sie nicht fester zugeschlagen haben.»

Chee verzichtete auf einen Kommentar. Noch lag alles hinter einem Schleier verborgen, aber so viel wurde ihm allmählich klar: Das Mädchen hatte den Blonden dazu gebracht, ihn zum Krankenhaus zu fahren. Wie, zum Teufel, hatte sie das angestellt? Eine Frage, auf die er keine Antwort wußte.

Shaw kam zurück. «Okay, sie werden das Mädchen finden.»

«Das bezweifle ich.»

«Abwarten», sagte Shaw. Er starrte Chee an, sein Gesicht war ein einziges Fragezeichen. «Was steckt eigentlich hinter der ganzen Geschichte? Haben Sie das rausgebracht?»

«Nein», antwortete Chee.

«Ich kenne den Mann mit dem Lieferwagen. Eric Vaggan. Von dem Burschen habe ich Ihnen schon erzählt, das ist der, der für McNair arbeitet. Jedenfalls wiederholt gearbeitet hat.

Und auch für andere, nehme ich an. Ist so 'ne Art Vollstrekker.»

Chee sagte nichts. Er wünschte sich, Shaw würde gehen.

«Das Mädchen hat irgendwas mit dieser McNair-Sache zu tun», fuhr Shaw fort. «Anders kann ich mir das alles nicht erklären. Warum sollte Vaggan sonst hinter ihr hersein?» Er schien darauf zu warten, daß Chee eine Erklärung wußte.

«Warum schnappen Sie ihn nicht und fragen ihn selber?»

«So gut wissen wir leider nicht über ihn Bescheid», sagte Shaw. «Wir haben nichts gegen ihn in den Akten. Keine Adresse. Es gibt ein paar mitgeschnittene Telefongespräche, ein paar Zeugen, deren Beschreibung auf ihn passen könnte, und so weiter... nichts Konkretes. Sie sagen, er wollte die Sosi im Wagen mitnehmen?»

«Er hat sich als Polizist ausgegeben, das hat sie mir gesagt.»

«Das muß doch einen Grund haben. Welchen?»

Chee schloß die Augen. Der Schmerz ließ nicht nach.

«Jetzt hilft nur noch eins, wir müssen mit Farmer Kontakt aufnehmen», sagte Shaw nachdenklich.

«Farmer?»

«Von der Staatsanwaltschaft. Er bearbeitet den Fall McNair. Vielleicht weiß er was. Wann kommen Sie hier raus?»

«Keine Ahnung», sagte Chee.

«Dann werde ich mich drum kümmern», entschied Shaw. «Und zwar jetzt gleich.»

Spätnachmittags rief Shaw an. Inzwischen hatte eine Schwester Chee etwas zu essen gebracht, und dann war ein Arzt gekommen, hatte den Verband abgenommen, sich die Wunde angesehen und vor sich hin gemurmelt, das käme davon, wenn man mit dem Kopf durch die Wand wollte – eine Bemerkung, bei der die Schwester zu kichern anfing. Chee hatte gefragt, wann er wieder rauskäme, und der Doktor hatte geantwortet, es sei eine Gehirnerschütterung und man müsse noch einen Tag abwarten, um zu sehen, wie sich alles entwickelte. Chee hatte den Eindruck, es ginge ihm schon wieder ganz gut. Seit dem Essen fühlte er sich besser, es flimmerte ihm nicht mehr vor den Augen, die Kopfschmerzen waren nicht mehr so schlimm, er spürte sie nur noch zeitweise. Als dann später eine Angestellte aus der Verwaltung bei ihm erschien und wissen wollte, wer für die Kosten aufkäme, stellte Chee mit Befriedigung fest, daß sein Gedächtnis wieder einwandfrei funktionierte. Die Krankenversicherung, die Höhe des Krankenhaus-Tagegeldes und sogar die acht Ziffern der Versicherungsnummer – das ratterte er nur so herunter. Das war übrigens der Augenblick, als das Telefon neben seinem Bett läutete. Beim Versuch, den Hörer abzunehmen, merkte er, wie sehr die Hüfte schmerzte. Das war's eigentlich, was ihm am meisten zusetzte.

Shaw war nicht sehr erfolgreich gewesen.

«Wieder mal typisch», berichtete er, «Farmer ist schon lange nicht mehr da. Ist raus aus'm Staatsdienst, arbeitet jetzt für ein Rechtsanwaltbüro in San Francisco. Der Mann, der den Fall neuerdings bearbeitet, hat noch nicht mal die Akten gelesen.»

Chee schnaubte ungläubig vor sich hin.

«Was soll auch die ganze Hast?» fuhr Shaw zynisch fort. «Es dauert sowieso noch 'n paar Monate, bis McNair vor Gericht kommt, und dann findet bestimmt jemand einen Vorwand, um die Sache zu verschleppen. Also hab ich bei dem neuen Mann im Büro gesessen und geduldig gewartet, bis er endlich mit den Akten fertig war, und dann hat er mich angeguckt und gefragt: ‹Na schön, und was wollen Sie eigentlich?› Als ob ich ihn, verdammt noch mal, um einen persönlichen Gefallen gebeten hätte!»

Chee grunzte verständnisvoll.

«Dann habe ich ihm die Sache mit Margaret Sosi und so weiter erzählt. Er hat mir höflich zugehört, aber in Wirklichkeit hätte er mich am liebsten rausgeworfen.»

«Haben Sie ihm was über Leroy Gorman erzählt? Und über Grayson? Und über den Wohnwagen?»

«Hab ich ihm alles erzählt», antwortete Shaw.

«Und was hat er dazu gesagt?»

«Er hat sich noch mal die Akten vorgenommen, und dann hat er das Thema gewechselt.»

«Was halten Sie davon?»

«Nun …», machte Shaw gedehnt, «ich denke, daß der Name Grayson bei ihm in den Akten auftaucht, und zwar als einer von den Kronzeugen. Und daß es sich um Leroy Gorman handelt.»

«Ja», meinte Chee, «was anderes kann ich mir nicht vorstellen.»

«War reine Zeitverschwendung», schimpfte Shaw. «So weit waren wir mit unseren Vermutungen auch schon.» Einen Augenblick war es still. Shaw war eine Idee gekommen. Er seufzte. «Also … ich glaube, so dumm, wie er getan hat, war der Mann gar nicht. Mindestens weiß er nun, daß die Burschen hinter Gorman her sind. Vielleicht läßt er ihn jetzt bewachen. Oder er bringt ihn woanders unter, irgendwo, wo's ihm sicherer erscheint.»

Chee äußerte sich nicht dazu, er hatte nicht genug Erfahrung damit, wie die Staatsanwaltschaft in solchen Fällen vorging.

«Ich glaube, ich werd mal zusehen, daß ich diesem Vaggan was anhängen kann», fuhr Shaw fort. «Vielleicht kriege ich raus, wo er wohnt, und kann ihn wegen irgendwas festnehmen. Ich möchte gern, daß Sie Anzeige gegen ihn erstatten. Ich will ihn mir schnappen und sehen, ob ich was aus ihm rausbringe. Und was haben Sie vor?»

«Tja, ich glaube, ich werde weiterhin versuchen, Margaret Sosi zu finden. Es sei denn, Sie hätten sie schon gefunden?»

«Nein», sagte Shaw, «sie ist noch mal in die Jacaranda zurückgekommen, hat ihr Zeug gepackt und ist verschwunden. Jedenfalls hat uns das die alte Frau erzählt. Und das Mädchen war tatsächlich nicht da.» Und dann fragte Shaw: «Wo wollen Sie denn nach ihr suchen?»

Chees Kopf schmerzte wieder.

«Dauert zu lange, das zu erklären», antwortete er.

21

Am Nachmittag rief er Mary Landon an. Er erzählte ihr, was passiert war, und versprach, daß er zu ihr käme, sobald sie ihn aus dem Krankenhaus rausließen, vielleicht schon morgen. Nach dem Telefongespräch fühlte er sich viel besser. Mary war ziemlich aufgeregt gewesen – zuerst erschrocken, dann ärgerlich, daß ihm so was passieren mußte, und schließlich besorgt. Sie wollte sich Urlaub nehmen und sofort herkommen. Nein, hatte er gesagt, bis sie in Los Angeles sein könnte, wäre er vielleicht schon auf dem Weg nach Shiprock. Sie wollte trotzdem kommen, und er hatte einige Mühe, ihr das auszureden. Sie konnte sowieso nichts für ihn tun. Und dann hatten sie über etwas anderes geredet – über alles mögliche, bloß um ihr eigentliches Problem waren sie herumgeschlichen wie die Katze um den heißen Brei. Es war wieder wie in der schönen Zeit ganz am Anfang ihrer Beziehung gewesen. Als die Schwester reingekommen war und Chee gesagt hatte, daß er jetzt Schluß machen müßte, hatte Mary Landon gesagt: «Ich liebe dich, Jim», und er hatte, obwohl die Schwester dabeistand und zuhören konnte, gesagt: «Ich liebe dich auch, Mary.»

Er liebte sie wirklich. Und – was ihm manchmal noch wichtiger erschien – er mochte sie so, wie sie war. Er bewunderte sie, er war gern mit ihr zusammen, es war schön, ihre Stimme zu hören, ihr Lachen, ihre Berührung zu spüren, zu wissen, daß sie ihn verstand. Und während er das dachte, mußte er anscheinend, ohne es recht zu merken, eine Entscheidung getroffen haben, denn auf einmal stand sein Entschluß fest. Er durfte sie nicht verlieren. Um gar keinen Zweifel mehr aufkommen zu lassen, zählte er sich alles auf, was ihm an seinem Beruf nicht gefiel, am Leben in der Reservation, an den Lebensformen der Navajos. Er zog Vergleiche: dieses Krankenzimmer und der ärmliche Hogan seiner Großmutter ... das Gefühl der Sicherheit, wenn man ein Scheckheft bei sich hat, und das Leben eines Schafzüchters – dieses endlose, nervenzehrende Warten auf Regen, von dem alles Wohl und Wehe abhängt und der nicht fallen will ... der Komfort, den man als Mitglied der weißen Gesellschaft genießt, und die Arbeitslosigkeit, die Armut in seinem Volk. Seltsamerweise führten ihn diese Gedanken plötzlich zum Altersheim *Silver Threads* – zu Mr. Berger, zu Mrs. Ellis, die auf den Besuch ihres Sohnes wartete, und dann zu den beiden alten Frauen in der Jacaranda Street, zu Bentwoman Tsossie und ihrer Tochter.

Tatsächlich dauerte es noch drei Tage, bevor er das Krankenhaus verlassen durfte. Am nächsten Tag machte ihm das heftige, unablässige Kopfweh wieder zu schaffen, also wurde er noch einmal geröntgt. Die Ärzte fanden ihre erste Diagnose bestätigt: Gehirnerschütterung. Nachmittags rief Mary an, wieder brauchte er alle Überredungskunst, um sie davon abzuhalten, daß sie einfach alles stehen- und liegenließ und herkam. Am letzten Tag im Krankenhaus fühlte er sich großartig, aber die Ärzte mußten angeblich noch irgendwelche Untersuchungen auswerten. Shaw schaute rein, nur, um zu berichten, daß es nichts zu berichten gab. Vaggan war wie vom Erdboden verschluckt. Er stand im Verdacht, daß er etwas mit einem brutalen Überfall auf eins der großen Tiere beim Fernsehen zu tun hätte. Der Personenbeschreibung nach konnte er es gewesen sein, und auch, daß es um Schulden aus illegalen Wettgeschäften ging, paßte zu Vaggans Metier. Aber einen stichhaltigen Beweis gab es nicht, leider auch keine Augenzeugen, der Überfallene und seine Freundin sagten aus, der Täter habe eine Strumpfmaske getragen. Shaw, der müde und niedergeschlagen aussah, legte ihm die *Los Angeles Times* aufs Bett, damit Chee den ausführlichen Bericht lesen konnte.

Müde und niedergeschlagen, so fühlte Chee sich auch, als er am nächsten Tag nach Hause fuhr. Er war bedrückt, nervös, unzufrieden, verwirrt – meilenweit weg von der Verfassung, die man in der Navajosprache *hozro* nennt. *Hozro,* das bedeutet, daß jemand in Harmonie mit seiner Umwelt lebt, zufrieden mit dem, was der Tag ihm bringt, ohne nagenden Ärger und ohne heimliche Ängste. Chee mußte an die Ausbildung zum *yataalii* denken, zum Medizinmann, dessen Aufgabe es gewesen wäre, anderen Navajos zu helfen, daß sie in *hozro* leben konnten. Aber er hatte sich dieser Ausbildung entzogen, er beherrschte die Kunst nicht, andere zur Selbstheilung anzuleiten.

Er fuhr auf der Interstate 40 nach Osten, er fuhr zu schnell, er hatte schlechte Laune, er war mit sich selbst nicht im reinen. Seine Gedanken kreisten um Mary Landon. Er dachte, er hätte das Problem gelöst. Aber nun kam es ihm so ungelöst wie eh und je vor. Und als er sich schließlich davon losriß, mußte er an die Postkarte denken – auch so eine Sache, mit der er nicht zu Rande kam. Eine Postkarte, bei der es anscheinend keinen Absender gab, die zuerst bei Albert Gorman und dann bei

Ashie Begay gelandet und danach spurlos verschwunden war. Es sei denn, Margaret Sosi hätte sie.

Beim Flagstaff-Motel machte Chee halt. Draußen war die Wetterkarte angeschlagen, mit dem Stand von zehn Uhr vormittags. Sie zeigte eine Hochdruckzone über dem nördlichen Teil von Utah, das ließ hoffen, daß sie hier unten noch mindestens einen Tag lang vor dem Winter Ruhe hätten. Drin im Motel fiel er aufs Bett, eigentlich nicht müde, eher erschöpft. Und seine Gedanken kreisten weiter.

Soweit es um die Ereignisse in Los Angeles ging, schien alles ziemlich einfach zu sein. Eine Organisation von Autodieben war aufgeflogen, es gab ein paar Anklagen, und es gab Leute, die sich als Kronzeugen zur Verfügung stellten. Einer davon war Leroy Gorman, das schien festzustehen. Im Rahmen des Schutzprogramms war aus Leroy Gorman ein Mann namens Grayson geworden. Und wenn Grayson seine Identität nicht preisgeben wollte, dann tat er nur, was die Leute von der Bundespolizei ihm eingeschärft hatten. Wenn das stimmte, was Chee von Shaw wußte, dann hatte Albert Gorman sich geweigert, mit der Anklagebehörde zusammenzuarbeiten. Upchurch hatte gegen ihn nichts in der Hand gehabt, um ihn unter Druck zu setzen. Aber irgend etwas – offensichtlich diese Postkarte, dieses Foto vom Wohnwagen – hatte Albert veranlaßt, nach Shiprock zu fahren und nach seinem Bruder zu suchen. Jemand war ihm gefolgt. Warum? Vermutlich, weil die Drahtzieher im Hintergrund wollten, daß Albert sie zu Leroy führte. Der Zeuge Leroy sollte aus dem Weg geschafft werden. Albert Gorman hatte nicht mitgespielt. Also war er erschossen worden.

Chee lag auf dem Bett, draußen auf der Interstate hörte er die schweren Überlandtransporter vorbeirauschen, noch einmal ging er alles in Gedanken durch. Eins blieb immer noch ungereimt, auch wenn er versuchte, bei der Lösung des Rätsels von den Ereignissen in Los Angeles auszugehen. Es war eben nicht so, daß jemand Albert Gorman bis nach Shiprock verfolgt hätte. Sondern sie hatten von vornherein gewußt, daß er dorthin fahren wollte. Lerner war direkt nach Farmington geflogen und von dort aus auf dem kürzesten Weg nach Shiprock gefahren. Und wenn Bergers Schilderung zutraf, hatte Vaggan versucht, Gorman an der Reise nach Shiprock zu hindern. Das war die Ungereimtheit bei dem Versuch, alles logisch zu erklären. Immerhin wußte Chee, warum Lerner losgeschickt worden war, die Drecksarbeit zu erledigen, und nicht Vaggan. Vaggan hatte einen gebrochenen Finger, weil Albert im falschen Augenblick und ein bißchen zu heftig die Autotür zugeschlagen hatte. Wobei er nicht einmal ahnen konnte, daß er damit Schicksal spielte.

Chee gähnte, rückte sich das Kissen zurecht und rollte sich auf die Seite. Ein Puzzle, bei dem kein Stück zum anderen passen wollte. Morgen früh würde er Captain Largo anrufen und ihm mitteilen, daß er mittags wieder in Shiprock wäre. Mal sehen, vielleicht hatte Largo etwas herausbringen können, während Chee seine Zeit in Los Angeles vertan hatte. Er nahm sich vor, über heftiges Kopfweh zu klagen und um eine Woche Krankenurlaub zu bitten. Es gab ein paar Dinge, die er erledigen mußte.

22

Die Entfernung von Flagstaff, nahe am Westrand der großen Navajo-Reservation, bis nach Shiprock, nicht weit von der nördlichen Reservationsgrenze, beträgt 230 Meilen, wenn man die kürzeste Strecke wählt, die über Tuba City. Auf dieser Strekke war Chee unterwegs, seit er – kurz vor Sonnenaufgang – das

Motel verlassen hatte. Bei Gray Mountain hielt er kurz an, um mit Largo zu telefonieren.

Zunächst sprachen sie über dienstliche Dinge. Er fragte, ob er eine Woche Krankenurlaub haben könne, bis sein Kopf wieder in Ordnung wäre. Largos Zustimmung hörte sich sehr zurückhaltend an.

Dann berichtete Chee über die Zeit in Los Angeles. Er hatte Largo schon aus dem Krankenhaus angerufen und ihm in großen Zügen geschildert, was vorgefallen war und was er herausgebracht hatte. Jetzt berichtete er über Shaws letzten Kontakt mit der Staatsanwaltschaft, über die Auskünfte, die Shaw dort erhalten – oder, um es treffender zu sagen: die er nicht erhalten hatte. «Shaw hat keinen Zweifel, daß es sich bei diesem Grayson um Leroy Gorman handelt», sagte Chee. «Ich auch nicht. Aber es wäre gut, wenn man das sicher wüßte. Sehen Sie irgendeinen Weg, das festzustellen? Ich meine, daß er wirklich einer der Kronzeugen ist?»

«Ist er», antwortete Largo.

«Haben Sie das schon überprüft?»

«Hab ich», sagte Largo. «Grayson ist Leroy Gorman. Oder – ich sollte besser sagen: Leroy Gorman ist Grayson und bleibt Grayson, bis sie ihn zur Zeugenaussage zurück nach Los Angeles holen. Dann wird er sich wieder Leroy Gorman nennen.»

Chee fragte sich, wie Largo das rausgefunden hatte. Die vom FBI hatten ihm bestimmt nichts erzählt, die behandelten alles, was mit dem Schutzprogramm für Kronzeugen zusammenhing, wie eine geheime Kommandosache. Das war seit langem ein Streitpunkt zwischen der Bundespolizei und den örtlich zuständigen Behörden. Die Bundespolizei schleuste Gesindel aller Art unter falschen Namen in fremde Zuständigkeitsbereiche ein und verlor kein Wort darüber, was da eigentlich vor sich ging. Das Justice Department berief sich einfach auf Sicherheitsgründe, und gerade das empfanden die örtlichen Polizeidienststellen als Unverschämtheit, denn das hieß ja mit anderen Worten, daß man den jeweils zuständigen Behörden nicht trauen könnte. Wie war Largo also dahintergekommen? Die nächstliegende Möglichkeit schien Chee ein Besuch im Büro der Telefongesellschaft zu sein, um festzustellen, wer den Telefonanschluß für den Wohnwagen bestellt hatte.

«Bezahlt Sharkey Graysons Telefonrechnung?» fragte Chee.

Largo lachte. «So ist es. Und den Schleppzug, der den Wohnwagen aus Farmington geholt hat, hat er auch bezahlt. Die Firma hat die Rechnung direkt ans FBI geschickt. Aber als ich Sharkey gegenüber angedeutet habe, daß wir darüber Bescheid wissen ... also, man hätte meinen können, er könnte überhaupt nicht verstehen, wieso ich ausgerechnet ihn damit in Verbindung bringe.»

«Gut, ich melde mich dann nächste Woche», kam Chee zum Schluß.

«Wird auch Zeit, daß du endlich wieder mal Dienst machst», sagte Largo. «Ich möchte, daß du noch mal einen Versuch startest, die kleine Sosi zu finden. Und diesmal bindest du sie mit Handschellen am Lenkrad fest – oder läßt dir sonst irgendwas einfallen, um sie wenigstens so lange festzuhalten, bis du was über diese Postkarte in Erfahrung gebracht hast. Meinst du, daß du das schaffen kannst?»

Chee sagte, er könnte es ja versuchen, und dann bat er den Captain, ihn mit dem Geschäftszimmer zu verbinden.

«Mit dem Geschäftszimmer?» fragte Largo.

«Ja», bestätigte Chee. «Wenn keine Post für mich da ist, komme ich überhaupt nicht wieder.»

Largo legte das Gespräch um.

Es war keine Post da, Chee hatte auch gar nicht damit gerechnet. Er bat darum, man möge ihm ein Pferd besorgen –

und einen Pferdetransporter, beides sollte nachmittags bereitstehen. Er hätte auch Largo darum bitten können, aber Largo hätte bestimmt wissen wollen, wozu er das Pferd brauchte.

Draußen vor der Handelsstation Gray Mountain streckte sich Chee gähnend, er pumpte die Lungen voll Luft. Es war kalt hier, an den Sträuchern und Büschen beiderseits der Straße sah man, daß es schon Nachtfrost gab. Die schneebedeckten Gipfel rund zwanzig Meilen südlich erschienen in der klaren Hochlandluft zum Greifen nahe. Der Wintersturm, den der Wetterbericht gestern über Utah gemeldet hatte, trieb sein Unwesen immer noch irgendwo hinter dem nördlichen Horizont. Hier war der Himmel klar, nur ein paar lockere Zirruswolken trieben durchs Blau, für Chee war es ein wunderschöner Anblick. Er war wieder im Dine' Bike-yah, im Land zwischen den Heiligen Bergen, wo ihm alles vertraut vorkam. Er fühlte sich wieder leicht und frei. Er blieb neben dem Kombi stehen, gönnte sich noch eine kleine Ruhepause vor den vier oder fünf Stunden Fahrt, die vor ihm lagen, und prägte sich das Bild der Berge ein. Das hatte ihn Frank Sam Nakai gelehrt. «Man muß sich jeden Ort tief einprägen», hatte sein Onkel gesagt. «Laß deine Augen auf ihm ruhen, nimm ihn ganz in dich auf. Schau ihn dir an, wenn er mit Schnee bedeckt ist und wenn das erste Grün sprießt und wenn der Regen ihn getränkt hat. Fühl ihn, riech ihn, geh drüber, berühr die Steine – und dann wird er immer tief in dir sein. Selbst wenn du weit weg bist, kannst du das Bild zurückrufen. Es ist in deiner Erinnerung, du kannst es dir holen, sooft du es brauchst.»

Dies hier, die Wüste, die allmählich zu jenen Hügeln hinaufwuchs, hinter denen sich Dook'o'oosli'id erhob, der Berg der Abenddämmerung, das war einer der Orte, die Chee sich eingeprägt hatte. Der Berg des Westens, den First Man als Wohnstätte für Abalone Shell Boy geschaffen hatte, der Berg, an den er den Schwarzen Wind *yei* als Wächter gestellt hatte. Damals, als er in der Dienststelle in Tuba City arbeitete, hatte Chee sich das Bild eingeprägt. Er lehnte sich aufs Autodach, die Ellbogen aufgestützt, und rief sich die Bilder in die Erinnerung zurück: der Berg im Frühdunst, wenn die Nebelschwaden von den verschneiten Gipfeln aufstiegen … oder an klaren Tagen, wenn die Morgensonne nur ganz unten auf den tiefliegenden Hügeln düstere Schatten duldete. «Saug das Bild in dich auf», hatte Frank Sam Nakai gesagt, «präg dir ein, wie die Luft schmeckt und welche Geräusche in ihr mitschwingen.» Das einzige Geräusch, von dem die Luft heute morgen erfüllt war, bestand im heiseren Krächzen der Krähen. Zu Hunderten flatterten sie aus den Bäumen rund um den Handelsposten auf und sammelten sich zum Flug dahin, wo das gefiederte Völkchen den Winter verbringen wollte.

Chee stieg in den Wagen und steuerte die U. S. 89 Richtung Norden an. Er wollte sein Ziel rechtzeitig vor der Dunkelheit erreichen. Er fuhr in stetigem hohem Tempo, obwohl der Nordwind stärker wurde, was darauf schließen ließ, daß der Sturm sich allmählich von Utah nach Süden ausbreitete. Am frühen Nachmittag kam er an. Er hielt kurz bei seinem Wohnwagen in Shiprock, schnallte die Pistole um, nahm eine dicke Jacke mit und packte einen Laib Brot ein und den Rest Corned beef, den er im Kühlschrank fand. An der Gemeindescheune holte er den Transporter mit dem Pferd ab, und dann fuhr er los in die Chuskas, die lange steinige Strecke hinauf, wo ihn jetzt ein kalter Nordwind begleitete. Er parkte an der Stelle, an der damals Albert Gormans Plymouth gestanden hatte, holte das Pferd aus dem Transporter und ritt das letzte Stück bis zu Begays Hogan. Der Himmel war jetzt von Wolken verhangen, eine dichte graue Decke, die von Nordwesten herantrieb. In Begays leerem Pferch band er das Pferd fest, dann sah er sich sorgfältig um. Nichts zu entdecken. Wenn jemand hier gewesen war, hatte er sich darauf verstanden, keine Spuren zu hinterlassen. Schließlich ging Chee um den Hogan herum, bis er vor dem Loch in der Nordwand stand.

Der Wind war jetzt stürmisch, Böen peitschten den Boden und pfiffen durch das Totenloch im Hogan. Chee bückte sich und schaute nach drinnen. Im grauen Licht dieses wolkenverhangenen Nachmittags erkannte er nicht mehr als damals, als er mit der Taschenlampe hineingeleuchtet hatte: den rostigen Eisenherd, das Rohr, das zum Rauchfang führte, und das bißchen Plunder, das schon letztes Mal herumgelegen hatte. Der Wind heulte durchs Totenloch, fegte einen Papierfetzen herein, ließ ihn auf dem festgestampften Boden tanzen. Obwohl Chee eine gefütterte Jacke trug, spürte er im Nacken die Kälte, die der Sturm heranwehte. Fröstelnd schlug er den Kragen hoch. Nach dem Glauben der Navajos mußte Albert Gorman seine Reise in die Unterwelt inzwischen beendet haben. Er war eingegangen in das unergründbare Dunkel, für das die Religion seines Volkes keine Erklärung gab – nicht einmal den Versuch einer Deutung. Aber sein *chindi* hauste noch hier; das Böse, die Summe allen Mißklangs und aller Widersprüche in Gormans Leben, die Verkörperung der Disharmonie – seit dem Augenblick des Todes für immer in diesem Hogan gefangen.

Chee atmete tief durch, dann stieg er durch das Totenloch.

Er merkte sofort, daß es hier innen wärmer war. Es roch nach Staub, aber nicht nur danach, es roch auch … irgendwie schärfer. Er blieb einen Augenblick stehen und schnupperte. Abgestandenes Fett, Asche, menschlicher Schweiß – es roch, wie es riecht, wo jemand gewohnt hat. Er öffnete den Herd, nichts drin. Dann die Feuerbuchse. Jemand hatte schon in der Asche herumgewühlt, wahrscheinlich Sharkey. Er las den Papierfetzen auf, den der Wind hereingeweht hatte. Ein Stück Packpapier ohne Aufschrift. An der nach Westen gelegenen Wand entdeckte er die Stelle, wo Begay offensichtlich immer die Schaffelle als Nachtlager ausgebreitet hatte. Er nahm sein Messer, kratzte in der festgestampften Erde herum, wußte selbst nicht, wonach er suchte. Er fand nichts. Er blieb in der Hocke sitzen und dachte nach.

Jim Chee hörte den Wind draußen, hörte ihn um das Totenloch wispern und oben im verstopften Rauchfang säuseln. Und dennoch war ihm die Gegenwart von Albert Gormans Geist noch eindringlicher bewußt als die Geräusche des Windes, die er so deutlich hörte. Und auf einmal war ihm klar – so klar, daß es nicht den geringsten Zweifel geben konnte, von welcher Art Gormans *chindi* sein mußte. Er mußte wie Gorman sein, natürlich, denn in ihm war Gormans böses Ich. In Gormans *chindi* war Los Angeles, waren die blutjungen Huren vom Sunset Boulevard, war die unpersönliche Präzision, mit der sich die Blechlawinen über die Freeways bewegten, waren die Menschen der Großstadt – Albert Gormans Vermieterin und der pausbäckige junge Bursche aus dem Altersheim *Silver Threads.* Und weil Jim Chee freiwillig und ohne Zwang durch das Totenloch gestiegen war, weil er sich entschieden hatte, seinem Verstand mehr zu gehorchen als seinem Gefühl, darum war nun all das auch von seinem Geist aufgesogen worden. Er hatte sich für Los Angeles und gegen Shiprock entschieden, für Mary Landon und gegen die Einsamkeit, die Armut und die Schönheit des *hozro.* Er hockte auf den Fersen, sah sich um und versuchte sich etwas einfallen zu lassen, wonach er Ausschau halten könnte. Und plötzlich erinnerte er sich an den Gesang von der Segnung eines Hogans.

Segen wird fortan auf diesem Hogan ruhen.
Die Morgenröte wird über ihm aufgehen,
Und die Schönheit des neuen Tages wird in ihm sein.

Kein Mangel wird herrschen an weißem Mehl,
An Decken und wollenen Tüchern wird es nicht fehlen.
Kristallklares Wasser wird die Quelle spenden,
Und die Luft wird schwer sein vom süßen Blütenstaub.
Ein langes, glückliches Leben wird denen beschieden sein,
Die hier wohnen in der Harmonie des Himmels
Und in der Vollkommenheit dessen, was sie umgibt.

Es waren die Worte, die Talking God gesprochen hatte und die vor langer Zeit, als Begays Familie sich zur Segnung dieses Hogans versammelt hatte, auch hier gesungen wurden. Chee stand auf, er ging zur Ostwand, zog noch einmal sein Messer heraus. Dort, unter der Kante des Holzklobens, den man als ersten auf die steinerne Grundmauer legte, mußte damals etwas verborgen worden sein. Der Sänger, den Begay seinerzeit geholt hatte, um die Zeremonie zu vollziehen, hatte etwas unter den Balken geschoben, so war es Brauch: einen besonders schönen Türkisstein, eigens für diesen Zweck ausgewählt unter allen Türkisen, die Begay besaß.

Chee schabte mit der Messerspitze den trockenen Lehm weg, brach ein Stück aus dem Verputz heraus und fing mit den Fingern zu tasten an. Da lag der Türkis, ein oval geschnittener blauer Edelstein. Chee wischte ihn am Hemd sauber, sah ihn sich an und legte ihn unter den Balken zurück. Er ging zur Westwand, kratzte auch dort unter dem untersten Balken und holte eine weiße Muschel heraus – das Symbol für den großen *yei* des Abalone Boy, so wie der Türkis das Symbol für den Geist des Turquoise Boy war. Aber was konnte er aus dem, was er gefunden hatte, schließen? Nichts, was er nicht schon vorher gewußt hatte: daß Begay in den alten Lehren verwurzelt war, daß dieser Hogan gesegnet war, wie es der Brauch verlangte, und daß Begay, als er sein Haus aufgab, diese rituellen kleinen

Kostbarkeiten hiergelassen hatte. Schrieben die Bräuche das so vor? Wahrscheinlich, dachte Chee. Wenn Begay sie nicht vor Albert Gormans Tod herausgenommen hatte, dann würde niemand sie je wegnehmen, so wie niemand das Bauholz von diesem Hogan verwenden würde, nicht mal, um es zu verfeuern. Aber es wäre natürlich klug gewesen, den Türkisstein und die Muschel unter den Balken hervorzuholen, bevor Gorman gestorben war. Begay mußte gesehen haben, daß es mit Gorman zu Ende ging. Und war er nicht – nach Bentwomans Beschreibung – ein besonnener Mann? Was hätte wohl ein besonnener Mann an sich genommen, wenn er wußte, daß der Tod in diesem Hogan Einzug hielt? Woran hatte Bentwoman gedacht, was konnte Chee ihrer Meinung nach hier finden?

Natürlich! Chee ging um den Herd herum zum Osteingang. Mit den Fingerspitzen tastete er den staubigen Türsturz ab. Nichts. Er probierte es ein Stück weiter rechts. Und da war etwas, in einem Hohlraum über dem Balken.

In der linken Hand hielt Chee einen kleinen staubigen Beutel aus braunem Rehleder, oben mit einem Lederriemen zugeschnürt. Er betastete ihn, der Beutel enthielt genau das, was Chee erwartet hatte: vier Gegenstände, die sich weich anfühlten. Er knüpfte den Riemen auf und schüttete den Inhalt des Beutels in die hohle Hand. Es waren vier kleine Beutel, auch aus Rehleder gemacht. Ashie Begays Beutel der vier Heiligen Berge.

In diesem Augenblick wußte er, daß Ashie Begay tot war.

Chee stieg durch das Totenloch nach draußen. Er setzte den Fuß in Schnee. Der Wind wehte jetzt kleine, federleichte Flokken heran, trocken wie weißer Staub. Chee steckte den Beutel der vier Heiligen Berge in die Jackentasche und stiefelte zum Pferch hinunter, wo er das Pferd angebunden hatte. Unterwegs dachte er über den Fund nach. Dieser Beutel enthielt den Lohn wochenlanger Mühe. Begay mußte zu allen vier Heiligen Bergen gepilgert sein, um bei jedem die Kräuter und die Mineralien zu holen, die nach der Lehre des Heiligen Volkes dort zu finden waren. Chee hatte das auch getan, während des ersten Jahres an der Universität von New Mexico. Die Pilgerreise zum Mount Taylor und zu den San Francisco Peaks war verhältnismäßig einfach gewesen, dort gab es Zufahrtsstraßen zu den Feuer-Wachtürmen, die die Forstverwaltung auf den Gipfeln unterhielt. Am Blanca Peak in den Sangre de Christos und am Hesperus Peak in den Las Platas hatte er es nicht so leicht gehabt. Und als Begay sich dieser Mühe unterzogen hatte, war alles noch viel schwieriger gewesen. Damals hatte es noch keine Wege gegeben, die in die Hochregion hinaufführten. Vielleicht war der Beutel auch ein Erbstück. Jedenfalls hätte er ihn bestimmt nicht in einem Totenhogan zurückgelassen. Es war sein wertvollster Besitz, etwas, was man durch Generationen weitervererbte.

Was war also wirklich in Ashie Begays Hogan geschehen?

Chee hatte sowieso vorgehabt, das Gelände rings um den Hogan gründlich abzusuchen, deshalb hatte er ja das Pferd mitgebracht. Jetzt gab es einen besonderen Grund, sich im weiteren Umkreis umzusehen. Das Pferd stampfte und wieherte, als er näher kam, es fror und wollte sich bewegen. Chee band es los, stäubte ihm den Schnee von der Kruppe und schwang sich in den Sattel. Was war in diesem Hogan geschehen? Konnte es sein, daß Begay unterwegs gewesen war, bei der Rückkehr Gorman tot vorgefunden und in der ersten Bestürzung vergessen hatte, den heiligen Beutel mitzunehmen? Das war unvorstellbar. Was also – was hatte sich wirklich ereignet?

War, nachdem Lerner nichts ausgerichtet hatte, jemand anderes auf Albert Gorman angesetzt worden? Hatte dieser Unbekannte ihn in Ashie Begays Hogan gefunden, die beiden Männer getötet, sich die Zeit genommen, eine Bestattung nach der alten Tradition vorzutäuschen, den Hogan leer geräumt und Begays Leiche irgendwo verscharrt? Möglich, dachte Chee. So ähnlich mußte es sich abgespielt haben. Aber was war das Motiv? Ihm fiel keine vernünftige Erklärung ein.

Chee schlug einen Bogen um den Hogan und ritt auf einem Trampelpfad, der am ausgetrockneten Wasserlauf entlangführte, nach Osten. Er ritt langsam, hielt ständig Ausschau, ob er irgend etwas entdecken könnte, was ungewöhnlich aussah. Eine Meile weit fand er nichts, er ließ das Pferd zurück zum Hogan zockeln. Es schneite jetzt heftiger, die Temperatur war stark gesunken. Er probierte es auf einem anderen Pfad, der den Hügel hinaufführte, hinter der Stelle vorbei, an der er Gormans Leiche gefunden hatte, am Fuß der Felswand entlang. Hier oben konnte der Wind sich ungehindert austoben. Das Pferd wollte nicht weiter, Chee mußte es antreiben. Man sah kaum die Hand vor den Augen. Er zog den Hut tiefer ins Gesicht und beugte sich weit nach vorn, damit ihm die Schneeflocken nicht in die Augen trieben. Unablässig suchte er den Boden ab. Er wußte genau, wonach er Ausschau hielt, aber er versuchte, den Gedanken daran zu verdrängen. Immer dichter fiel der Schnee, bald würde er alles zugedeckt haben, dann lohnte sich die Suche nicht mehr. Chee hatte sowieso schon zu lange damit gewartet. Er hätte von Anfang an auf seine innere Stimme hören sollen, die ihm gesagt hatte, daß Hosteen Ashie Begay nicht so einfach seinen Hogan einem Geist überlassen und daß er seinen Neffen nicht halb vorbereitet zur Reise in die Unterwelt losgeschickt hätte. Wer weiß, ob Chee jetzt, bei diesem heftigen Schneefall, noch genug Zeit blieb, alles abzusuchen.

Eine Sorge, die sich im nächsten Augenblick erübrigte.

Zuerst dachte er, es wäre ein Findling, schon halb unter Schnee versteckt. Aber dann sah er etwas Rotes. Und Findlinge sahen eben nicht rot aus. Er zügelte das Pferd, wischte sich ein paar Schneeflocken aus den Augenbrauen und starrte auf den schneebedeckten Haufen, der grau sein mußte, wenn es ein Granitblock war. Aber was da lag, war ein Pferd. Chee stieg aus dem Sattel. Das zweite Pferd entdeckte er erst, als er schon unten in der Senke stand, unterhalb vom Pfad.

Jemand mußte sie, bevor er sie erschossen hatte, so weit hier heruntergeführt haben, daß sie von oben, vom Pfad aus, nicht auf den ersten Blick zu entdecken waren. Er hatte wohl damit gerechnet, daß sie auf der Stelle tot umfielen. Aber bei dem einen, einem großen braunen Wallach, war die Rechnung nicht aufgegangen. Er mußte sich wohl, als ihn die Kugel zwischen die Augen traf, noch einmal aufgebäumt und losgerissen haben. Zwei, drei Sprünge hatte der Wallach noch geschafft. Und so lag er nicht in der Senke, sondern auf dem Abhang, mehr zum Pfad hin. Nur deshalb hatte Chee ihn überhaupt entdekken können.

Hosteen Begays Sachen lagen weiter unten, hinter einer Gruppe Pinien versteckt. Bettzeug, Kleidung, Kisten mit Küchenzubehör und zwei Säcke mit Nahrungsmitteln. Sogar die Möbelstücke lagen hier: ein Küchenstuhl, ein Feldbett, eine kleine Kommode. Selbst mit zwei Pferden konnte man das alles nicht auf einmal transportieren, es mußte nach und nach hierher geschafft worden sein. Chee starrte auf die herumliegenden Sachen. Das Bild entsprach genau dem, was er erwartet hatte – jedenfalls seit dem Augenblick, als ihm klargeworden war, was es bedeuten mußte, daß der Beutel der vier Heiligen Berge im Hogan zurückgeblieben war. Er war darauf gefaßt gewesen, trotzdem wurde ihm bei dem Anblick ganz übel.

Und es gab noch etwas, wonach er suchen mußte.

Er fand Ashie Begay ein Stück weiter unten. Sein Mörder hatte ihn – wie die Möbelstücke – irgendwo ins Gebüsch geworfen. Die tödliche Kugel hatte ihn in den Kopf getroffen. Wie seine Pferde.

23

Drei Stunden brauchte Chee für die Rückfahrt aus den Chuskas. Zweimal fuhr er sich in Schneeverwehungen fest, zweimal mußte er das Pferd ausladen, weil der Kombi eine steile Steigung mit dem Anhänger nicht schaffte. Als er die befestigte Straße erreichte, die zur Internatsschule Toadlena führte, fühlte er sich hundemüde. Und noch immer lagen dreizehn Meilen Fahrt durch den Schnee bis zum Highway 666 vor ihm, von dort waren es noch einmal dreißig Meilen bis nach Shiprock. Abwechselnd quälte er sich durch schmale weiße Lichttunnel, die seine Scheinwerfer in das Schneegestöber fraßen, und durch kurze Strecken, in denen er völlig blind war, weil eine Sturmbö über den Boden jagte und dichte Schneewolken aufwirbelte. Im Radio hörte er, daß die Navajo-Route 1 von Shiprock Richtung Süden bis Kayenta geschlossen war, die U.S. 666 von Mancos Creek in Colorado bis Gallup in New Mexico, die Navajo-Route 3 zwischen Two Story und Keams Cañon. Das erklärte natürlich, warum sonst weit und breit kein anderes Auto zu sehen war. Chee fuhr mit Tempo vierzig und paßte höllisch auf, um rechtzeitig abbremsen zu können, wenn eine Bö heranjagte. Er versuchte, mit den Fingerspitzen die Bodenhaftung zu erahnen. Die Schultermuskeln schmerzten vom verkrampften Fahren.

Über Hosteen Ashie Begays Leichnam hatte er das Schlafbündel gebreitet und daran denken müssen, daß der alte Mann – wie Gorman – die Reise in die Unterwelt mit ungewaschenem Haar angetreten hatte, und nicht nur das: Bei ihm hatte es, anders als bei Gorman, überhaupt keine rituellen Vorbereitungen gegeben. Wenigstens hatte sein Mörder die Geister seiner Pferde mit ihm auf die Reise geschickt. Ob der Mann gewußt hatte, daß die Opferung von Pferden ein alter Brauch bei den Navajos war? Vielleicht hatte er es gewußt, aber das war bestimmt nicht der Grund gewesen, die Pferde zu töten. Daß sie getötet worden waren, hatte denselben Grund wie alles andere – der Mord an Begay, der leergeräumte Hogan, der Anschein einer zeremoniellen Bestattung für Gorman. Es sollte so aussehen, als sei nichts Ungewöhnliches geschehen. Aber warum? Warum nur?

Chee mußte nicht mehr an der Frage herumrätseln, wer der Mörder war. Es war Vaggan – oder jemand von Vaggans Art, einer von denen, die solche Dinge in der weißen Gesellschaft für Geld erledigen. Wahrscheinlich war es der Mann namens Vaggan, den Shaw ihm beschrieben hatte. Es sah ganz nach einem der Aufträge aus, die er, ohne viel zu fragen, ausführte. Sich über die Bestattungszeremonien der Navajos zu orientieren war bestimmt einfach gewesen. So etwas stand in allen möglichen Büchern, die man in Los Angeles kaufen konnte. Er hatte es nur nachlesen müssen, dann war es nicht mehr schwierig gewesen, den Schwindel an Begays Hogan zu inszenieren. Wer das gemacht hatte, spielte keine Rolle, Vaggan oder jemand anderes. Die Frage war: Warum?

Das Nachdenken fiel Chee schwer, die Kopfschmerzen hatten wieder eingesetzt. Es mußte wohl an der Müdigkeit liegen und an dem Schmerz, der hinter seinen Augen nistete, weil er dauernd angestrengt ins Schneetreiben starrte. Er versuchte, nicht mehr an Begays Leiche zu denken und sich ganz aufs Fahren zu konzentrieren. Und schließlich sah er rechts das Schild auftauchen, das auf die Zufahrt zum Behelfsflugplatz von Shiprock hinwies. Kurz danach führte eine Kurvenstrecke hinunter in das Flußbecken des San Juan. Und dann lag Shiprock vor ihm.

Er brachte das Pferd in den Gemeindestall zurück, ließ den Transporter auf dem Parkplatz stehen und fuhr in den Ort. An der Brücke war er einen Augenblick unschlüssig. Wenn er jetzt nach links abbog, brachte ihn das zu seinem Wohnwagen, zu heißem Kaffee, zu einem guten Essen, zum Bett. Er konnte

Captain Largo anrufen und ihm berichten, was er gefunden hatte. Und sich wieder mit der Frage nach dem Warum beschäftigen. Unvermeidlich kamen sie dann auf die Postkarte zu sprechen. Die spielte eine Schlüsselrolle, hatte offensichtlich die Dinge überhaupt erst ins Rollen gebracht. Was hatte auf der Karte gestanden? Chee bog nach rechts ab, den Fluß entlang, dahin, wo der silberfarbene Wohnwagen unter einem Baumwollbaum stand.

Irgendwie kam er ihm im Schneesturm verändert vor. Schnee hatte sich auf dem kalten Metall festgesetzt, die Kruste war immer dicker geworden. Jetzt sah der Wohnwagen nicht mehr glatt und funktional aus, sondern eher wie etwas, was in die Landschaft zu gehören schien, ein schneebedeckter riesiger Findling, ein unförmiges Etwas, halb unter der weißen Last vergraben. Aus den schmalen Fenstern fiel Licht. Grayson – oder wer auch immer – war zu Hause. Chee drückte auf die Hupe und wartete. Dann wurde ihm klar, daß Grayson, ein Stadtmensch, wahrscheinlich diesen ländlichen Brauch, ein kurzes Hupzeichen zu geben, bevor man irgendwo in einen privaten Bereich eindrang, gar nicht kannte. Er schlug den Kragen hoch, stieg aus und stapfte durchs Schneegestöber.

Grayson hatte die Hupe entweder nicht gehört oder keine Notiz davon genommen. Chee klopfte an die Aluminiumtür, wartete und klopfte noch einmal. Der Wind fegte ihm bis unter die Jacke, zwängte Eisfinger oben in den Kragen und trieb Kälte die Hosenbeine hoch. Kalt wie der Tod – Chee mußte an Hosteen Ashie Begays Leiche denken, die jetzt erstarrt unter dem Schlafbündel lag. Und dann hörte er Grayson durch die Tür rufen.

«Wer ist da?»

«Ich bin's», rief er zurück. «Chee, von der Navajopolizei.»

«Was wollen Sie?»

«Wir haben die Leiche Ihres Onkels gefunden, Ashie Begay», antwortete Chee. «Ich muß mit Ihnen sprechen.»

Stille. Die Kälte kroch Chee in die Knochen, sein Gesicht fühlte sich schon ganz taub an. «Kommen Sie rein», rief Grayson.

Die Tür wurde geöffnet. Sie ging nach außen auf, wie das wegen der Enge im Inneren bei Wohnwagen üblich ist. Der Wind hätte sie fast wieder zugeschlagen. Chee war verblüfft. Warum hatte Grayson die Tür nicht festgehalten? Dann begriff er, daß ein Kronzeuge sich so vorsichtig verhalten mußte, wahrscheinlich war das durch das Schutzprogramm vorgeschrieben. Er zog die Tür auf und trat ein.

Grayson saß am Tisch, lehnte sich gegen die Wand, sah Chee neugierig an. Chee blieb an der Tür stehen, damit Grayson sehen konnte, daß er nichts in den Händen hielt. Die Wärme im Wohnwagen war wohltuend.

«Wessen Leiche haben Sie gefunden?» fragte Grayson. «Und wo? Was ist überhaupt passiert?»

Graysons Hände waren unter dem Tisch versteckt. Ob er eine Waffe hatte? Durfte ein Kronzeuge überhaupt eine Waffe haben? Vielleicht sollte er sogar eine haben, warum nicht?

«Nicht weit von seinem Hogan», antwortete Chee. «Jemand hat ihn erschossen.»

Graysons Gesicht drückte Bestürzung aus. Es kam Chee so vor, als sähe er heute älter und erschöpfter aus. Vielleicht lag das an der Beleuchtung. Oder einfach an der Stimmung, in der sich Chee befand. Unwillkürlich verzog er die Mundwinkel – eine unbewußte Mimik, die Kummer und Mitgefühl signalisieren sollte. Grayson brachte die Hände hoch, mit der rechten fuhr er sich übers Gesicht, die linke lag schlaff und leer auf der Tischplatte. «Was sollte jemand für einen Grund haben, den alten Mann umzubringen?» fragte er.

«Ihren Onkel», sagte Chee.

Grayson starrte ihn an.

«Wir wissen, wer Sie sind», erklärte ihm Chee. «Es spart uns Zeit, wenn wir uns damit nicht aufhalten. Sie sind Leroy Gorman. Als Kronzeugen hat man Sie unter ein Schutzprogramm gestellt und Ihnen den Namen Grayson gegeben. Unter diesem Namen leben Sie hier, bis Sie nach Los Angeles zurückgeholt werden, um beim Prozeß auszusagen.»

Der Mann, der Leroy Gorman war, Albert Gormans älterer Bruder, Ashie Begays Neffe, starrte Chee immer noch an. Bestürzt. Und voller Kummer. Und Chee dachte: Wie mag er wirklich heißen, mit seinem Kriegernamen? Welchen Namen hatte ihm, als er noch ein Kind war, sein Onkel mütterlicherseits gegeben – ihm ganz persönlich, in einer geheimnisvollen Zeremonie? Bei der Yeibichi-Feier, als er vom Jüngling zum Mann wurde, war ihm dieser Name durch eine Maske zugeflüstert worden. Es war der Name, mit dem sich seine wahre Identität verband, der Name, den nur ganz wenige aus seiner engsten Umgebung kannten. Aber die Navajos aus Los Angeles haben vielleicht gar keinen Kriegernamen, dachte Chee, weil sie keine Familie haben und nicht im Dinee leben. Er empfand Mitleid mit Leroy Gorman, halb aus Müdigkeit und halb, weil er sich heute selber leid tat.

«So kann man sich also auf deren verdammte Versprechen verlassen», schimpfte Grayson. «Nur ein Mann in der Anklagebehörde und der Mann vom FBI, der sich persönlich um einen kümmert, wissen Bescheid, machen sie einem weis. Sonst niemand. Auch keiner von den örtlichen Bullen. Es kann gar nichts rauskommen.» Er schlug mit der Faust auf den Tisch. «Und wie haben sie's jetzt bekanntgegeben? Im Fernsehen? Oder im Radio? Oder in der *Times,* auf der ersten Seite?»

«Soweit ich weiß, haben sie's keinem erzählt», beruhigte ihn

Chee. «Die Postkarte, die Sie geschrieben haben, hat Sie verraten. Die, die Sie an Ihren Bruder geschickt haben.»

«Ich hab keine Postkarte geschrieben», behauptete Gorman.

«Zeigen Sie mir mal Ihre Kamera», bat Chee.

«Meine Kamera?» Gorman guckte überrascht. Er stand auf, öffnete den Schrank und nahm einen Fotoapparat heraus. Es war eine Polaroid-Kamera mit eingebautem Blitzlicht. Chee sah sich den Fotoapparat genauer an und stellte fest, daß auch eine Selbstauslöser-Automatik eingebaut war.

«Nicht genau Postkartengröße», meinte er. «Sie haben das Ding aufgebaut, ein Foto von sich und dem Wohnwagen gemacht und an Ihren Bruder geschickt. Sie haben irgendwas draufgeschrieben. Und das hat ihn veranlaßt, schleunigst nach Shiprock zu kommen und Sie zu suchen. Und als Old Man Begay gelesen hatte, was auf der Postkarte stand ... oder als Albert ihm davon erzählt hatte, hat er die Karte an seine Enkelin geschickt und ihr eingeschärft, sie solle ja nicht herkommen.»

Gorman sah ihn nachdenklich an. Er schüttelte den Kopf.

«Was haben Sie auf die Rückseite geschrieben?» fragte Chee.

«Nichts. Wirklich nicht. Das heißt, ich kann mich nicht so genau erinnern. Ich dachte nur, Al könnte sich Sorgen um mich machen. Da hab ich irgendwas hingeschrieben. ‹Schade, daß du nicht hier bist› – oder so.»

«Hier – haben Sie erklärt, wo das ist?»

«Den Teufel werd ich tun!» sagte Gorman.

«Nur irgendwas draufgeschrieben ...», murmelte Chee. «Was meinen Sie, warum Ihr Bruder es dann so eilig gehabt hat?»

Gorman dachte nach, schnalzte mit der Zunge und vermutete: «Vielleicht hatte er was erfahren, was ich unbedingt wissen sollte?»

«Was könnte das gewesen sein?» fragte Chee.

«Keine Ahnung. Vielleicht hatte er gehört, daß sie nach mir

suchen. Oder sogar schon wußten, wo sie mich finden konnten.»

Das klang einleuchtend. Albert hatte gehört, daß Leroys Versteck bekannt war. Als die Karte ankam, hatte er den Poststempel von Shiprock gesehen und war rasch hergekommen, um seinen Bruder zu warnen. Aber er hatte es nicht geschafft. Und dann war jemand losgeschickt worden, der dafür sorgen sollte, daß Albert Gorman seine Schußverletzung nicht überlebte. War Gorman wirklich daran gestorben? Der Untersuchungsrichter hatte es so bestätigt, und das war ja auch naheliegend. Die Schußverletzung – an etwas anderes hatte von Anfang an keiner gedacht. Aber wenn sie nun von einem anderen Verdacht ausgegangen wären, was hätten sie dann festgestellt? Zum Beispiel, daß Albert Gorman erwürgt worden war? Daß sein Mörder mit irgendeiner Methode, die keine Spuren hinterließ, nachgeholfen hatte? Vielleicht hatte er ihn auch schon tot vorgefunden und Ashie Begay erschossen, weil der zuviel wußte? Eigentlich war es egal. Chees Kopf schmerzte, die Augen brannten ihm. Vielleicht war Albert Gorman gar nicht im Hogan gestorben, fiel ihm ein, sondern draußen, im Freien. Vielleicht war Chee gar nicht in einem Totenhogan gewesen. Vielleicht war er gar nicht mit dem Übel des Bösen in Berührung gekommen. Aber sogar das spielte keine Rolle mehr. Das Übel des Bösen hatte ihn berührt, als er durch das Totenloch gestiegen war. Das war der Schritt aus dem *hozro* in die Dunkelheit gewesen. Der Schritt, mit dem er aufgehört hatte, ein Navajo zu sein, und ein weißer Mann geworden war. Dieser eine Schritt – das war eigentlich schon das Übel.

«Haben Sie eine Idee, wer ihn getötet haben kann?» fragte Leroy Gorman. «Und warum?»

«Nein», antwortete Chee. «Und Sie?»

Gorman hatte sich zurückgelehnt. Die Hände lagen vor ihm

auf dem Tisch. Er schaute über sie weg ins Nichts. Draußen hörten sie den Wind heulen. «Vielleicht einfach nur so aus Gemeinheit», vermutete Gorman und seufzte. «Haben Sie das Mädchen gefunden?»

«So kann man das leider nicht ausdrücken», sagte Chee.

«Ich glaube nicht, daß sie herkommt», meinte Gorman. «Ihr Großvater hat sie davor gewarnt, sagen Sie? Dachte er, es wäre gefährlich?»

«Ja», sagte Chee, «aber zunächst hat sie nicht darauf gehört.»

«Was hat er ihr denn gesagt?» Gorman blickte zur Tür, an der der Wind rüttelte. Kälte drang ein. «Wußte sie, daß ich ein Autodieb bin?»

«Ich weiß nicht, was er ihr gesagt hat», antwortete Chee. «Ich versuche es herauszufinden.»

«Sie ist ja mit mir verwandt», sagte Gorman. «Ich hab nicht mehr viel Verwandtschaft. Von der Familie gibt's nur noch Al und mich. Dad ist weggelaufen, unsere Mutter war kränklich, und sonst haben wir nie jemanden kennengelernt. Sie ist meine Kusine, nicht wahr? Begays Enkelin. Aus der Verwandtschaft meiner Mutter. Muß die Tochter ihrer Schwester sein, die hat mal irgendwo hier draußen gewohnt. Ich erinnere mich, daß meine Mutter davon gesprochen hat. Ich frag mich, ob diese Tante noch lebt. Und wo das Mädchen hingegangen ist, das möchte ich gern wissen.»

Chee sagte nichts dazu. Er sehnte sich nach einer Tasse Kaffee, nach etwas zu essen, nach dem Bett. Er überlegte, was er den Mann noch fragen konnte. Gab es irgend etwas, was er in Erfahrung bringen konnte, damit nicht auch dieser Versuch wieder nur ins Leere führte? Ihm fiel nichts ein.

«Ich würde das Mädchen gern kennenlernen», sagte Leroy Gorman. «Und auch ihre Familie. Aus den Weißen hab ich mir nie viel gemacht. Wenn ich das alles hinter mir habe, kann ich vielleicht was anderes anfangen und wie ein Navajo leben. Wissen Sie, wo ich die Familie Sosi finden kann?»

Chee schüttelte den Kopf. Er stand auf, dankte Leroy Gorman, daß er seine Zeit geopfert hatte, und ging nach draußen – zurück ins Schneetreiben. Gorman blieb sitzen, starrte auf seine Hände und sah sehr nachdenklich aus.

24

Während der Kaffee durch die Maschine lief, rief Chee bei Largo an. Er berichtete dem Captain, was er draußen bei Begays Hogan gefunden hatte. Largo, gerade aus dem Schlaf gerissen, brauchte einen winzigen Augenblick, dann war er hellwach und stellte so viele Fragen, daß Chee gar nicht alle beantworten konnte. Endlich war das alles überstanden, es war kurz nach zwei Uhr morgens, Chee hatte zwei Sandwiches gegessen und wer weiß wie viele Tassen heißen Kaffee getrunken, und als er im Bett lag, schlief er so schnell ein, daß er nicht einmal die wohlige Wärme genießen konnte, während draußen der Winter tobte.

Als er aufwachte, schien ihm die Sonne ins Gesicht. Der Sturm hatte sich, wie das bei den ersten Winterstürmen in den westlichen Bergen üblich ist, rasch nach Süden verzogen; draußen lag jetzt alles in eiskalter Stille unter einer grellen Sonne. Chee nahm sich Zeit. Er wärmte einen Rest Eintopf aus Hammelfleisch und Bohnen auf, aß Tortillas dazu, er aß langsam und viel, denn er hatte einen weiten Weg zu fahren, und ob er heute noch einmal etwas Warmes zu essen bekam, hing ganz von den Straßenverhältnissen ab. Er zog warme Unterwäsche an, wollene Socken und die Stiefel, die er gewöhnlich bei nassem Wetter trug. Er überzeugte sich, daß die Schneeketten im

Wagen lagen, die Schaufel, die Handwinde und das Schleppseil. An der Tankstelle neben der San-Juan-Brücke machte er halt, tankte randvoll und sah nach, ob auch der Reservekanister aufgefüllt wäre. Und dann fuhr er endgültig los, immer nach Westen. Er wollte Frank Sam Nakai besuchen. Nakai war ihm seit frühester Jugend Lehrer und Freund gewesen. Aber was noch mehr zählte: er war der Bruder seiner Mutter. Und das bedeutete für einen Navajo: der für ihn wichtigste Onkel, wegen der Clanzugehörigkeit.

Während der ersten siebzig Meilen – durch Teec Nos Pos, Red Mesa, Mexican Water und Dennehotso – war die Fahrt auf der festen Schneedecke der Route 504 einfach. Hinter Dennehotso mußte er, wenn er zu Frank Sam Nakais Winterhogan wollte, den Highway verlassen, der nach Süden verlief, an Greasewood Flats vorbei und durch den Trockencañon Tyende Creek und dann hinauf in die Carson Mesa führte. Schon nach ungefähr fünf Meilen stellte Chee fest, daß er hier nicht durchkam. Es war immer noch kalt, aber die Sonne hatte den Schnee aufgeweicht, und der Wagen schlingerte und rutschte, obwohl Chee, bevor er den Highway verließ, Schneeketten aufgelegt hatte. Im Laufe des Tages würde es immer rutschiger werden, und nach Sonnenuntergang froren die Wagenspuren zu steinharten Furchen fest. Er schaffte es zurück bis zum Highway und fuhr einen rund hundert Meilen weiten Bogen – zurück durch Mexican Water, von dort nach Süden, vorbei an Round Rock, Many Farms und Chinle, dann eine lange rutschige Strecke an den Südausläufern der Black Mesa entlang, hinter der Cottonwood-Schule vorbei und durch Blue Gap, bis er die alte Straße erreichte, die zur Tah Chee Wash führte. Die Strekke war nicht besser als die von Dennehotso nach Süden, aber er konnte bis hinter Blue Gap fahren, und so war das restliche Stück, das er zu Fuß gehen mußte, wesentlich kürzer. Er fuhr im zweiten Gang, nicht schneller als Tempo fünfzehn. So weit er in dem aufgeweichten Schnee kam, wollte er fahren und dann zu Fuß weitergehen. Wenn er zurückkam, hatte sich der Schnee inzwischen in Eis verwandelt, und der Matsch war eisenhart gefroren, darauf war er gefaßt.

Die Strecke, die er zu Fuß zurücklegen mußte, betrug nicht ganz zehn Meilen. Das bedeutete vier Stunden anstrengenden Fußmarsch durch den weichen Schnee. Zeit genug, noch einmal über alles nachzudenken. Am Schluß blieb als wichtigste Frage: Warum hatte jemand sich so viel Mühe gemacht, um den Mord an Ashie Begay zu vertuschen? Für alles andere gab es eine Erklärung. Daß der Mörder Gorman bis zu Begays Hogan verfolgt hatte, hing damit zusammen, daß er unbedingt Leroy Gormans Versteck herausfinden wollte. McNair mußte irgendwie in Erfahrung gebracht haben, daß Leroy in Shiprock war und daß Albert ihn aufsuchen wollte. Ihm war klar gewesen, daß Alberts Auftauchen das FBI aufschrecken mußte und daß man versuchen würde, Leroy rechtzeitig anderswo untertauchen zu lassen. Also hatte McNair jemanden losgeschickt, der Albert abpassen und aus ihm rausquetschen sollte, wo Leroy sich versteckt hielt. Albert hatte nichts sagen wollen, war angeschossen worden und geflohen. Irgend jemand (wahrscheinlich Vaggan) hatte Albert dann in Begays Hogan aufgespürt und noch einmal versucht, ihn unter Druck zu setzen. Vaggan hatte Albert entweder schon tot oder sterbend vorgefunden, oder er hatte ihn getötet und dann Ashie Begay umgebracht, damit es keinen Zeugen gab.

Das alles war einleuchtend. Ein paar Fragen blieben natürlich offen. Wie hatte Vaggan Albert Gorman so schnell in Begays Hogan gefunden? Vielleicht wußten McNairs Leute genug über Alberts verwandtschaftliche Beziehungen, um die richtige Schlußfolgerung zu ziehen. Schließlich war ja einer von diesen

Leuten ein Navajo: Beno – der Robert Beno, den Upchurch nicht erwischt hatte. Ein wichtiger Mann in der Organisation, wichtig genug, daß sich das Schwurgericht für ihn interessierte, und im übrigen der einzige, dem es gelungen war unterzutauchen. Vielleicht auch ein Verwandter, einer aus dem Turkey Clan, einer, der sich denken konnte, wo Albert Gorman nach seiner Verwundung Zuflucht suchen würde. Vielleicht war auch alles viel einfacher. Albert hatte sicherlich vorgehabt, seinen Onkel zu besuchen, wenn er in der Reservation war; Chee hielt es für selbstverständlich, daß ein Navajo so denken mußte. Und wenn das so war, dann hatte Albert vielleicht Mrs. Day etwas über seine Absicht erzählt, und die hatte ihr Wissen weiterverkauft. Wie auch immer, das alles war gar nicht so wichtig. Die wichtige Frage war die, warum man so viel Mühe aufgewendet hatte, um das Verbrechen in Begays Hogan zu vertuschen.

Chee stapfte durch den knöcheltiefen Schnee und dachte über verschiedene Theorien nach. Weil Vaggan nicht wollte, daß die Polizei etwas von seiner Anwesenheit erfuhr? Immerhin, bis auf hundert Meilen war er schon an Leroy Gormans Versteck herangekommen. Schien nicht unlogisch zu sein, nur ... durch die Schießerei auf dem Parkplatz war das FBI sowieso schon alarmiert. Was konnte es sonst noch für ein Motiv geben? Chee fiel keines ein, darum ging er zur nächsten Frage über: Wenn McNairs Leute wußten oder mindestens vermuteten, daß Leroy sich in der Nähe von Shiprock versteckt hielt, warum suchten sie dann nicht nach ihm? Laut Captain Largo gab es dafür keine Anzeichen. Niemand, der herumging und neugierige Fragen stellte. Der Captain hatte überall Gewährsleute, bei den Tankstellen, bei den Handelsposten, in den Läden, in den Postämtern und in den Wäschereien, überall. Das war ein alterprobtes, einfaches und zuverlässiges System, und Chee war überzeugt, wenn irgend jemand, egal wer, in Shiprock oder in der Umgebung auftauchte und verdächtige Fragen stellte, würde Largo innerhalb der nächsten Viertelstunde verständigt werden. Und ohne Fragen zu stellen, Hunderte von Fragen, fand niemand den Weg zu Leroy, es sei denn, McNair wüßte etwas von dem Wohnwagen – und wo er abgestellt war. Dann allerdings wäre Leroy längst gefunden worden. Und er wäre längst tot, wie Albert.

So drehten seine Gedanken sich im Kreise, und irgendwann war er mit seinen Überlegungen wieder bei dem Foto vom Wohnwagen angekommen, das als Postkarte verschickt worden war und auf dessen Rückseite irgend etwas geschrieben stand – etwas, was Albert veranlaßt hatte, eilends aufzubrechen, um damit alles ins Rollen zu bringen. Irgend etwas mußte da gestanden haben, obwohl Leroy sich nicht erinnern konnte (oder jedenfalls behauptete, er könnte sich nicht erinnern), daß es etwas gewesen war, worüber irgend jemand sich aufregen konnte. Falls das nur eine Schutzbehauptung war … was konnte er dann Alarmierendes auf die Postkarte geschrieben haben? Chee hoffte es rauszufinden, wenn er Margaret Billy Sosi zum drittenmal fand und diesmal so lange festhielt, bis sie ihm entweder die Karte aushändigte oder ihm ganz genau erzählte, was draufstand und warum ihr Großvater gemeint hatte, es wäre gefährlich, Gorman (welchem Gorman?) zu nahe zu kommen. Und als Chee mit seinen Gedanken an diesem Punkt angekommen war, roch er den Rauch.

Es war der Rauch von verbranntem Pinienholz, süßlicher Harzgeruch. Dann sah er vor sich am Hang, deutlich gegen die Wacholderbüsche abgezeichnet, eine bläuliche Rauchfahne, und kurz darauf kam Frank Sam Nakais Hogan in Sicht. Es war ein achteckiger Hogan aus Holzstämmen, ein Blockhaus, mit schwarzer Teerpappe gedeckt. Daneben stand ein grüner Kleinlaster mit offener Ladefläche, ein Schafspferch war da, mit einem Stall dahinter, eine Wellblechhütte fürs Viehfutter. Und ein Stück weiter den Hügel hinauf stand ein zweiter Hogan. Dort lebte die Mutter von Frank Sam Nakais verstorbener Frau mit Frank Sam Nakais Tochter. Aus beiden Blockhäusern stieg Rauch auf. Jeder hatte sein eigenes Feuer im Herd, und jeder kochte sein eigenes Essen. Und damit folgten Chees Onkel und die Schwiegermutter seines Onkels den Lehren von Changing Woman, die besagten, daß ein Mann nicht mit der Mutter der Frau, die er geheiratet hatte, zusammenleben durfte, denn wenn er sie sähe, würde er blind, oder Schlimmeres würde ihm widerfahren. Und Jim Chee schien das ganz natürlich zu sein.

Für genauso natürlich hielt er es, daß Frank Sam Nakai höchst erfreut war, ihn wiederzusehen. Nakai hatte gerade Schnee in Fässer geschaufelt, dort sollte die Sonne ihn zu Trinkwasser tauen. Als er Chee kommen sah, stieß er einen lauten Willkommensgruß aus, und der lockte Chees Tante aus dem Hogan. In der Sprache der Weißen wäre sie Mrs. Frank Sam Nakai gewesen. Ihre Clansleute und die Freunde und Nachbarn nannten sie Blue Woman – wegen der besonders schönen Schmuckstücke mit Türkisen, die sie besaß. Aber für Chee war sie Little Mother, so war das schon immer gewesen, und so würde es bleiben. Ihm zu Ehren öffnete sie Dosen mit Bohnen und gezuckerten Jamswurzeln, die den würzigen Geschmack der Hammelkoteletts, die sie auf den Tisch brachte, noch ein bißchen betonten. Erst als sie gegessen hatten, der Tisch abgeräumt war und sie alle Familienneuigkeiten ausgetauscht hatten, kam Chee auf den Grund für seinen Besuch zu sprechen.

«Mein Vater», sagte er zu Frank Sam Nakai, «wie viele *yataalii* gibt es noch, die wissen, wie man jemanden vom Übel des Bösen heilt?»

Hinter sich hörte er Little Mother, die neben dem Herd saß, heftig aufschnaufen. Sein Onkel dachte über die Frage nach.

«Es gibt zwei Wege, das zu tun», antwortete er schließlich. «Es gibt den Neun-Tage-Gesang und den Fünf-Tage-Gesang. Ich glaube, den Neun-Tage-Gesang kennen nicht mehr viele. Vielleicht nur noch ein alter Mann, der oben am Navajo Mountain lebt, in Utah. Jemanden, der sich auf die Heilung in fünf Tagen versteht, findest du leichter. Ich erinnere mich, als wir damals junge Leute zu *yataalii* ausgebildet haben, gab es am Navajo Community College einen Mann, der den Fünf-Tage-Gesang kannte. Ich weiß noch, daß er gesagt hat, er habe ihn von seinem Onkel gelernt, der auf der Moenkopi-Hochebene wohnt, oben bei der Dinnebito Wash. Das wären also schon mal zwei. Aber sein Onkel war schon damals alt, vielleicht ist er inzwischen gestorben.»

«Wo kann ich den Mann finden, den jüngeren, meine ich?»

«Wir werden morgen nach Ganado gehen, zum College. Sie haben dort eine Liste von allen, die die Gesänge kennen, und da steht auch, wo sie wohnen.» Die Frage, die er aus Höflichkeit nie gestellt hätte, stand seinem Onkel ins Gesicht geschrieben. Wer hatte sich mit dem Übel des Bösen angesteckt? Etwa Jim Chee selber?

«Ich versuche, ein junges Mädchen aus dem Turkey Clan zu finden, die Leute nennen sie Margaret Billy Sosi», sagte Chee. «Sie war in einem Totenhogan. Und ich glaube, sie braucht einen Gesang.» Er hörte Little Mother wieder seufzen, diesmal klang es erleichtert. Er wollte den beiden nicht sagen, daß er auch in dem Totenhogan gewesen war. Sein Onkel sollte nicht erfahren, was er getan hatte. Er sollte nicht erfahren, daß Chee vorhatte, eine Stelle beim FBI anzunehmen, daß er weggehen wollte aus dem Volk, daß er den Gedanken, ein *yataalii* zu werden wie sein Onkel, ganz aufgegeben hatte. Er hätte es nicht ertragen, den Kummer im Gesicht des alten Mannes zu sehen.

Sie hatten schon Kaffee getrunken und Brot gegessen und drei Pferde gesattelt, als es für seinen Onkel Zeit wurde, eine Handvoll Blütenstaub und eine Handvoll Schrotmehl zu nehmen und hinauszugehen und die aufgehende Sonne mit einem Gebet zu Dawn Boy zu begrüßen. Little Mother ritt mit ihnen, um die Pferde zurückzubringen. Es ging alles sehr schnell. Der Schnee war jetzt gefroren, sie fuhren wie über Glas, das unter den Reifen knirschte und quietschte. Nach dreißig Minuten erreichten sie die ausgebaute Straße hinter Blue Gap. Noch vor Mittag kamen sie beim Navajo Community College an; in der Bücherei arbeiteten sie sich durch die Namenslisten der Navajo-Medizinmänner durch.

Chee hatte nicht gewußt, daß es so eine Liste gab. Ich hätte es wissen müssen, dachte er, ein Polizist sollte so etwas wissen. Und während er das noch dachte, erschrak er: So wenige Namen standen in der Liste. Und bei den meisten Namen war vermerkt, daß der Medizinmann nur noch einen Gesang kannte. Das Lied, das den Segen bringt. Oder den Gesang des Sieges über die Feinde. Oder den Yeibichi-Gesang. Oder das Lied von der Nacht. Eben mehr die allgemeinen, häufiger verwendeten religiösen Riten. Er schielte zu Frank Sam Nakai hinüber, der den Finger langsam die Seite hinuntergleiten ließ. Sein Onkel hatte ihm erzählt, daß das Heilige Volk dem Dinee mindestens sechzig solche Riten überliefert hatte, daß aber die meisten in jenen schlimmen Jahren, als das Volk in der Gefangenschaft in Fort Sumner leben mußte, verlorengegangen waren. Und nun konnte er sehen, daß inzwischen noch mehr in Vergessenheit geraten war. Er schaute in der Liste nach, wie viele Sänger noch den Gesang der lautlosen Pirsch beherrschten, den er seinerzeit zu lernen versucht hatte. Er fand nur die Namen seines Onkels und eines anderen Mannes.

«Nur noch zwei kennen den Gesang zur Beschwörung des

Bösen», sagte Frank Sam Nakai. «Der, von dem ich dir erzählt habe, und sein alter Onkel, weit im Westen, im Hopi-Land. Nur noch zwei.»

«Sie wird sich wohl an den Jüngeren wenden», meinte Chee. «Der Turkey Clan gehört zu den Navajos im Osten, die meisten leben auf dieser Seite der Chuskas.»

«Nun siehst du selber, wie nötig wir dich brauchen», sagte Frank Sam Nakai. «Alles gerät in Vergessenheit. Bald ist keiner mehr da, der einen anderen heilen kann. Keiner, der uns hilft, Navajos zu bleiben.»

«Ja», gab Chee zu, «es sieht so aus.» Er mußte es Frank Sam Nakai sagen, sehr bald. Aber heute brachte er es nicht fertig.

Derjenige, der den Gesang zur Beschwörung des Bösen beherrschte, und das Lied, das den Segen bringt, und das von den heiligen Gipfeln, war auf der Liste als Leo Littleben junior verzeichnet. Und er lebte nicht irgendwo tausend Meilen weit weg am anderen Ende der Reservation, sondern bei Two Story, und das waren nur fünfundzwanzig Meilen auf dem Highway Richtung Window Rock. Und – was nun wirklich in der Reservation äußerst selten vorkam: Er stand im Navajo-Hopi-Telefonbuch.

«Ich glaube, das Glück ist wieder auf meiner Seite», sagte Chee. In Littlebens Wohnung nahm jemand das Telefon ab, eine Frau.

«Er ist nicht da», sagte sie.

«Wann erwarten Sie ihn zurück?» wollte Chee wissen.

«Ich weiß nicht, in drei oder vier Tagen, nehme ich an.»

«Kann ich ihn irgendwo erreichen?»

«Er ist mit einem Gesang beschäftigt.»

«Wissen Sie, wo?»

«Drüben in der Cañoncito-Reservation.»

So sehr ist das Glück nun auch wieder nicht auf meiner Seite, dachte Chee. Cañoncito war so ungefähr die weiteste Entfernung, die man von Ganado aus fahren konnte, ohne das Navajo-Land zu verlassen. Es war eine Exklave, durch ein paar Meilen freies Land und durch die Reservationen von Acoma und Laguna von der großen Reservation getrennt. Praktisch lag es schon bei Albuquerque, außerhalb des Dine' Bike'yah, auf der falschen Seite des Turquoise Mountain. Einige streng orthodoxe Medizinmänner hätten sich wahrscheinlich geweigert, dort überhaupt einen Gesang zu zelebrieren.

«Wissen Sie, für wen er singt? Wer ihn hinbestellt hat?» fragte Chee.

«Ich glaube, es ist für eine junge Frau namens Sosi.»

«Ein Gesang zur Beschwörung des Bösen?»

«Ja, zur Beschwörung des Bösen», bestätigte die Frau. «Es ist der Fünf-Tage-Gesang. In drei, vier Tagen wird er zurück sein.»

Also war das Glück doch auf Chees Seite.

25

Es war fast dunkel, als Chee bei der Ausfahrt 131 von der Interstate 40 abbog und auf einer Straße voller Schlaglöcher nach Norden weiterfuhr. Die ersten paar Meilen war das Grasland links und rechts der Straße eingezäunt, überall wiesen Schilder darauf hin, daß die Durchfahrt verboten sei. Es war das Weideland der Laguna-Pueblo-Indianer, Hereford-Rinder grasten dort. Allmählich stieg das Gelände an, wurde steiniger, war mit Wacholderbüschen, Dorngestrüpp und Melden bewachsen, und schließlich tauchte ein verwittertes Schild auf:

WILLKOMMEN IM CAÑONCITO-RESERVAT
DER HEIMAT DER CAÑONCITO-NAVAJOS
1600 Einwohner

Leroy Gorman hatte bestimmt keine Schwierigkeiten gehabt herzufinden, dachte Chee, immerhin war er sogar dem Straßenverkehr in Los Angeles gewachsen und daran gewöhnt, auf Straßenschilder zu achten. Chee hatte ihn vom College aus angerufen, was nicht ganz einfach gewesen war: Die Telefonvermittlung hatte ihm Graysons Geheimnummer erst gegeben, nachdem eindeutig feststand, daß sie für ein Dienstgespräch der Tribal Police benötigt wurde.

«Sie haben mir gesagt, Sie würden gern ein paar Leute aus Ihrer Verwandtschaft kennenlernen», hatte Chee ihn erinnert. «Ist Ihnen die Sache wert, dafür einige hundert Meilen zu fahren?»

«Ich hab ja sonst nichts vor», hatte Gorman geantwortet. «Wo soll ich hinfahren?»

«Nach Süden, Richtung Gallup. Dann nehmen Sie die Interstate 40 über Grants, und hinter Laguna achten Sie auf die Abzweigung zum Cañoncito-Reservat. Dort biegen Sie ab und fahren Richtung Reservat. Suchen Sie die Polizeistation, ich hinterlasse eine Skizze oder eine Wegbeschreibung für Sie.»

«Sie haben also das Mädchen gefunden, wie? Wird da so 'n Heil-Dingsda für sie veranstaltet?»

«Genau. Und je mehr von ihren Verwandten dabei sind, desto besser hilft es.»

Fünf Meilen hinter dem Schild lag ein Handelsposten, bestehend aus einem grünen Fertighaus aus Betonplatten, einem Schuppen, einem Wohnmobil mit einem Wohnwagenanhänger und einer Tankstelle. Chee hielt an. Ob irgend jemand die Familie Sosi kenne, fragte er sich durch. Nein, in Cañoncito gebe es keine Familie Sosi, erhielt er zur Antwort. Ob jemand wüßte, wo hier gerade ein Gesang stattfände. Natürlich, das wußten alle. Chee mußte ein Stück weit in die Gegenrichtung fahren, auf die Mesa Gigante, zum Haus von Hosteen Jimmie Yellow.

Wäre leicht zu finden, sagte man ihm. Und wo denn die Polizeistation wäre? Ein Stück die Straße runter, drei, vier Meilen, kurz vor dem Klubhaus. Das könne er gar nicht verfehlen.

Tatsächlich, er hätte kaum dran vorbeifahren können. Es war ein kleines Holzgebäude, keine zwanzig Meter neben der Straße, und mit einem Schild gekennzeichnet, auf dem einfach nur stand: POLICE STATION. Die Station unterstand nicht der Tribal Police, sondern hier war ein Beamter vom Bureau of Indian Affairs eingesetzt, ein Mann, der seinen Dienst nur als Halbtagsjob versah, obwohl er gleichzeitig für den Ostteil des Laguna-Territoriums zuständig war. Zur Zeit war er irgendwo unterwegs. Im Büro saß eine junge Frau, die ihre Augen hinter dicken Brillengläsern versteckte.

Chee zeigte ihr seine Dienstmarke. «Ich suche das Haus von Jimmie Yellow», sagte er. «Dort soll ein ritueller Gesang stattfinden. Können Sie mir sagen, wie ich hinkomme?»

«Natürlich», sagte die Frau, «einfach zur Mesa Gigante rauf.» Sie nahm ein Blatt Schreibmaschinenpapier, schrieb oben *Norden* hin und rechts *Westen* und malte an den unteren Rand ein Viereck. «Hier sind wir.» Dann zog sie eine Linie nach Norden. «Das ist die Route 57. Auf der bleiben Sie bis ...», sie malte ein paar kleine Vierecke neben die Linie, «... bis Sie am Klubhaus und an der Baptistenkirche vorbei sind, das ist ungefähr hier. Dann biegen Sie auf der 74 nach Westen ab, das ist ausgeschildert.» Allmählich gewann die Skizze an Anschaulichkeit. Die Frau zeichnete Straßen ein, bei denen er nicht abbiegen sollte, markierte sie mit einem dicken X als Sperrzeichen, und sie vergaß auch wichtige Orientierungspunkte nicht: Windmühlen, Wasserbehälter und eine frühere Kohlengrube.

«Am Schluß geht's in Serpentinen hoch, immer an den Felsen entlang, und dann sind Sie auf der Hochebene. Es gibt nur die eine Straße, Sie können sich gar nicht verfahren. Rechts, ziemlich dicht am Steilhang, steht ein alter, ausgebrannter Lastwagen, und ungefähr eine Meile bevor Sie zu Yellows Haus kommen, sehen Sie links einen alten, verlassenen Hogan.» Über die Brillengläser weg warf sie ihm einen Blick zu, der wohl geflissentlichen Kummer ausdrücken sollte. «Dort im Hogan ist jemand gestorben, also wird die Zufahrt nicht mehr benützt. Und die Abzweigung zu Yellows Hogan ist die letzte, denn außer Jimmie Yellows Leuten wohnt dort oben keiner mehr.»

Chee sagte ihr, daß ein gewisser Gorman aus Shiprock hierher unterwegs sei, der würde auch zu ihr kommen und um eine Wegeskizze bitten. Ob sich das wohl machen ließe? Natürlich, sagte sie, das sei gar kein Problem. Aber als Chee wegfuhr, hatte er das dumpfe Gefühl, daß es doch irgendwelche Probleme geben könnte. Irgendwie war ihm so, als hätte er etwas vergessen oder auf etwas nicht geachtet oder irgendeinen Fehler gemacht.

Es schien so, als wäre es Jimmie Yellow – noch mehr als Ashie Begay – beim Bau seines Hogans auf die schöne Aussicht angekommen. Er stand nahe am Steilhang, man blickte über die weiten, leeren Ödflächen, die sich bis hinunter zum Rio Puerco hinzogen. Nach Westen, zur Laguna-Reservation hin, glänzten die schneebedeckten Hänge des Turquoise Mountain im ersten Mondlicht. Im Osten ragte der Buckelrücken der Sandia Mountains gegen den Horizont, am Fuß der Berge glitzerten die Lichter von Albuquerque. Nach Norden fiel der Blick wieder auf schneebedeckte Gipfel, das waren die Sangre de Cristo Mountains. Der verschwommene, weitgefächerte gelbe Lichtfleck unter ihnen war Santa Fe, hundert Meilen entfernt. Ein großartiger Ausblick – aber es gab kein Wasser hier oben und – abgesehen von ein paar Wacholderbüschen – auch kein Feuerholz. Das Schlangenkraut, das überall auf dem Boden wucherte, war ein deutliches Anzeichen dafür, daß man vor langer Zeit zu viele Schafe hier auf der Hochebene gehalten und die Grasflächen überweidet hatte.

Trotzdem, der Ausblick war überwältigend. Normalerweise hätte Chee ihn einfach nur genossen und das Bild in sich aufgenommen, um es – zusammen mit den Bildern anderer schöner Landschaften – im Gedächtnis zu verankern. Heute abend war das anders. Denn unwillkürlich drängte sich ihm der Gedanke auf, wie sehr er das alles bald vermissen würde. Ihm war klar, daß eine Bewerbung beim FBI zugleich den Abschied von dieser vertrauten Umgebung bedeutete. Natürlich nahmen sie zur Kenntnis, daß er Indianer war, da gab es keinen Zweifel. Also würden sie ihm auch eine entsprechende Verwendung zuweisen. Aber das hieß eben nicht, daß sie ihn wieder nach Hause schickten und in seinem Volk arbeiten ließen, da, wo seine Familie, seine Blutsverwandten, seine Clansleute lebten. Sie fürchteten, es könnte sich allzu leicht ein Interessenkonflikt ergeben. In Washington würden sie ihn wahrscheinlich einsetzen, an einem Schreibtisch, als eine Art Verbindungsoffizier zwischen dem FBI und dem Bureau of Indian Affairs.

Oder sie würden ihn in den Norden schicken – zum Außendienst bei den Cheyennes, oder in den Süden zu den Seminolen nach Florida, damit er dort die Fälle bearbeitete, die unter Bundesrecht fielen.

Das alles ging Chee durch den Kopf, und darum war er – mal ganz von seiner allgemeinen Stimmung abgesehen – nicht dazu aufgelegt, die schöne Aussicht zu genießen.

Er zog Ashie Begays Beutel der vier Heiligen Berge aus der Jackentasche und spielte mit ihm in der hohlen Hand. Hinter ihm schlug jemand die Topftrommel, Littleben begleitete den Rhythmus mit auf- und abschwellendem Singsang. Er sang das Lied vom Kampf der göttlichen Zwillinge mit den Monstern, als sie das Dinetah bedrohten. Es erzählte, wie die Zwillinge entschieden, daß Old Man Death verschont werden müsse und nicht mit zugrunde gehen dürfe. Der Windhauch, der den Gesang zu Chee herübertrug, wehte auch den Geruch von verkohltem Holz zu ihm her. Er kam von der Feuerstelle im Hogan und erinnerte Chee daran, wie wohlig warm es dort drin war, während er hier draußen auf der Steinplatte saß und bis auf die Knochen fror. Aber er wollte nicht drin bei den anderen sein, mit ihnen im Kreis sitzen und zusehen, wie Littleben in den Sand das letzte der großen Bilder malte, die zu seiner Zeremonie gehörten. Er hatte jetzt keinen Sinn für die Musik, für die Poesie der Worte, für die gute Absicht, die sich mit allem verband. Er wollte hier draußen sein, in der Kälte, und versuchen, noch einmal über alles nachzudenken.

Mit Margaret Sosi hatte er sich unterhalten, als Littleben den ersten Teil des Gesangs beendet hatte, den Teil, in dem berichtet wurde, wie das todbringende Ungeheuer und der dem Wasser Geborene mit jenen Waffen, die sie dem Sonnenvater gestohlen hatten, in die Gefilde der oberen Erde zurückgekehrt waren. Littleben war aus dem Hogan gekommen, hatte das rote Stirnband zurückgeschoben und sich den Schweiß von der Stirn gewischt; man sah ihm an, wie froh er war, wieder draußen in der frischen Luft zu sein. Dann kamen die anderen heraus, unter ihnen Margaret Sosi, das Gesicht rußgeschwärzt, damit die Geister sie nicht erkennen konnten. Sie sah erschöpft aus, zerbrechlicher als je zuvor, aber in ihren Augen blitzten Lebensmut und Freude. Sie ist auf dem Wege, geheilt zu werden, dachte Chee. Eines Tages, dachte er, werde ich vielleicht auch geheilt.

Margaret Sosi freute sich, ihn zu sehen. Ihrer Meinung nach hätte er immer noch im Krankenhaus liegen sollen, sie erkundigte sich besorgt, was denn seine Kopfschmerzen machten.

«Danke, daß du mich damals hingebracht hast», sagte Chee. «Wie in aller Welt hast du das eigentlich geschafft?»

«Als Sie auf ihn eingeschlagen haben, hat er seine Waffe fallen lassen. Ich hab sie aufgehoben und ihm befohlen, daß er mit uns ins Krankenhaus fährt.»

«So einfach war das?»

Margaret Sosi schüttelte sich. «Nein, ich hab Angst gehabt, panische Angst.»

«Damit so was nicht wieder vorkommt, muß ich dir ein paar Fragen stellen. Hat dir Hosteen Begay eine Postkarte geschickt? Ein Foto, das er von Albert bekommen hatte?»

«Ja», antwortete sie.

«Zeig mir die Karte.»

«Gern, aber ich hab sie nicht hier», sagte Margaret. «Ich hab sie in meinem Zimmer in St. Catherine. Auf dem Weg hierher sind wir dort vorbeigefahren.»

Natürlich, dachte Chee, sie hat sie nicht hier ... Anscheinend sollte er diese Postkarte nie zu sehen bekommen.

«Was stand denn drauf?»

Margaret Sosi runzelte die Stirn. «Nur: *Trau niemandem,* sonst nichts. An Gorman gerichtet, unter einer Adresse in Los Angeles, und die Worte *Trau niemandem.* Sonst stand da nichts. Bis auf die Unterschrift: *Leroy.*»

Die einzige Frage, die ihm einfiel, kam Chee selber töricht vor: «Kein Absender?»

«Nein», sagte Margaret, «nicht mal eine Briefmarke. Da war so ein Stempel, daß Nachporto zu zahlen wäre.»

«Zum Teufel», murmelte Chee.

«Haben Sie meinen Großvater schon gefunden?»

Chee wußte, daß die Frage irgendwann kommen mußte. Er war innerlich darauf eingestellt. Und er hatte sich entschlossen, ihr geradeheraus die Wahrheit zu sagen. So war es am besten. Dann hatten sie's hinter sich. Er holte Atem und begann: «Nun, Margaret ... äh ...»

«Er ist tot, nicht wahr?» fragte Margaret Billy Sosi. «Ich glaube, ich ahne es schon lange. Ich hab's nur nicht wahrhaben wollen. Ich hab die ganze Zeit gewußt, daß er seinen Hogan nie verlassen hätte und einfach fortgegangen wäre, ohne eine Nachricht zu hinterlassen.»

«Ja», sagte Chee, «er ist tot.»

Tränen liefen ihr übers Gesicht, malten in den Ruß eine feuchte Spur, die im Mondlicht schimmerte. Aber ihre Stimme klang fest. «Er ist umgebracht worden, nicht wahr? Natürlich. Ich glaub, sogar das hab ich geahnt.»

«Und weißt du, was ich glaube? Es war gar kein Totenhogan», sagte Chee. «Ich glaube, Gorman ist draußen gestorben. Es sollte nur so aussehen, als hätte Hosteen Begay ihn begraben und das Loch in die Wand geschlagen und den Hogan aufgegeben. Damit niemand auf den Gedanken kam, nach seiner Leiche zu suchen.»

«Aber warum?»

«Ich weiß nicht», antwortete Chee, «ich weiß auch nicht, warum.» Aber es mußte natürlich einen Grund geben. Wenn er bloß irgendeine Idee gehabt hätte, mit der sich alles erklären ließ! Und dann kam er noch mal auf die Postkarte zu sprechen.

«Die Adresse ...»

Margaret Sosi ließ ihn nicht zu Wort kommen. «Es spielt jetzt keine Rolle mehr, ob es ein Totenhogan war oder nicht. In ein paar Stunden bin ich sowieso davon geheilt. Mr. Littleben wird es so einrichten, daß der Gesang bei Sonnenaufgang endet. Und ich spüre jetzt schon, wie befreit ich bin.»

Chee fühlte sich nicht befreit. Das Übel des Bösen bedrückte ihn wie eine schwere Last. Es machte ihn ganz schwindelig und krank.

«Die Adresse», fing er noch einmal an, «die auf der Postkarte … War das da, wo du in Los Angeles nach Gorman gefragt hast?»

«Ja, durch die Postkarte hatte ich die Adresse ja erfahren. Ich wollte jemanden aus der Familie suchen. Und die Frau, bei der ich nach Gorman gefragt habe, hat mir gesagt, welchen Bus ich nehmen müßte – raus zu Bentwoman und Bentwomans Tochter.»

«Und auf der Postkarte stand nichts, außer *Trau keinem*?»

«Trau niemandem», verbesserte ihn Margaret. «Und die Unterschrift *Leroy*.»

Mehr hatte Chee nicht in Erfahrung gebracht. Jetzt hatte er Margaret Sosi schon zum drittenmal aufgespürt, und auch diesmal war er kein Stück weitergekommen. Er versprach ihr, daß er sie, wenn das alles vorbei wäre, nach Santa Fe zurückfahren werde, bei der Gelegenheit wollte er dann die Postkarte mitnehmen. Aber er ahnte, daß er auch durch die Postkarte nichts herausbringen würde, was er nicht ohnehin schon wußte. Das letzte Stück im Puzzle würde weiterhin fehlen. Das letzte Rätsel würde ungelöst bleiben.

Sie hatten dann alle gemeinsam Hammeleintopf und Toastbrot gegessen, ungefähr dreißig Leute. Als Nachtisch gab es Hafermehlplätzchen, Pepsi-Cola und Kaffee. Hosteen Littleben kam auf ihn zu und versprach ihm, er werde am Schluß der Zeremonie Begays Beutel von den vier Heiligen Bergen reinigen. Man brauchte dazu einen scharfen Kräutersud, und den mußte Littleben sowieso ansetzen, weil Margaret Sosi ihn am Ende der Heilungsriten trinken sollte.

«Frank Sam hat mir gesagt, daß du ein *yataalii* werden willst, daß du das Lied, das den Segen bringt, schon fast ganz beherrschst und ein paar andere noch lernen willst. Das ist gut, wirklich, das ist gut.» Hosteen Littleben war klein und dick, und weil er ein steifes Bein hatte, ging er ein bißchen schief. Seine beiden Zöpfe waren schwarz, der Schnurrbart dagegen schon grau. Sein Gesicht, voller Runen und Runzeln, erinnerte an eine Reliefkarte. Wenn Frank Sam Nakai recht hatte und dieser – doch schon recht betagte – Medizinmann der jüngste war, der sich noch auf die Beschwörung des Bösen verstand, dann konnte es nicht mehr lange dauern, bis wieder ein Stück vom Erbe des Heiligen Volkes unwiederbringlich verloren war.

«Ja, es ist gut, die Gesänge zu lernen», sagte Chee. Es *wäre* gut, dachte er.

Und dann wurde es Zeit für den Schlußgesang der Beschwörung. Der letzte Schimmer des Tages war verblaßt, über die Mesa breitete sich Dunkelheit, der Mond stieg höher, und dort drüben, vor dem schwarzen Schatten des Sandia Mountain, glitzerten die Lichter von Albuquerque – nur vierzig Meilen weit weg und doch eine andere Welt. Zweimal mußte Hosteen Littleben den festgestampften Boden des Hogans mit Bildern ausschmücken, Darstellungen nach den Mythen vom Heiligen Volk – Mythen von der Unvermeidlichkeit des Todes und von der Notwendigkeit, in diesem Bewußtsein zu leben. Margaret Sosi mußte in der Mitte des Hogans sitzen, umgeben von diesen Bildern, zugleich aber auch von der Liebe und Zuneigung der wenigen, die vom Turkey Clan übriggeblieben waren. So wurde sie heimgeholt in die Vollkommenheit und konnte, vom Geist befreit, wieder in *hozro* leben.

Chee ging nicht mit in den Hogan. Dazu mußte man in der richtigen seelischen Verfassung sein, frei von Gedanken, die hier nicht hergehörten, unbeschwert von Ärger, Enttäuschung und allen negativen Einflüssen. Er blieb draußen in der Kälte, sein Kopf war voll von Gedanken, die nichts mit der Zeremonie zu tun hatten.

Wenig später kam Leroy Gorman an. Er parkte seinen weißen Chevy da, wo schon die anderen Fahrzeuge standen. Chee ging ihm ein Stück den Hang hinauf entgegen.

«Zum Teufel, wie soll man denn hier herfinden?» schimpfte Gorman. «Die Polizeistation war geschlossen, aber sie hatten die Skizze außen an die Tür gepinnt. Sogar damit bin ich kreuz und quer durch die Gegend geirrt. Hab 'n paarmal die falsche Abzweigung erwischt. Wie kann man bloß hier draußen leben?»

«Die Leute hier verlangen ja nicht viel vom Leben», sagte Chee.

Gorman starrte zum Hogan hinüber, wo wieder Littlebens Gesang erklang, und dann den Hang hinauf, wo die schäbigen Hütten standen, in denen Yellows Familienanhang wohnte. «Und das ist nun meine Verwandtschaft!» schnaufte er.

«Was haben Sie eigentlich damit gemeint, als Sie *Trau niemandem* auf das Foto geschrieben haben?»

Gorman sah zum Hogan hinüber, er schien die Frage gar nicht gehört zu haben. «Was ist?» fragte er.

«Ich meine das Foto, das Sie Albert nach Los Angeles geschickt haben: Warum haben Sie das draufgeschrieben?»

«Hab ich doch gar nicht!» behauptete Gorman. «Zum Teufel, ich weiß gar nicht, wovon Sie reden!»

«Sie haben mir doch selber erzählt, daß Sie Ihrem Bruder nach L. A. geschrieben haben. Nur ein paar Grüße – so ganz allgemein. Wir haben die Karte inzwischen gefunden. Sie ist an Albert adressiert, und es steht *Trau niemandem* darauf.»

«War ich nicht», sagte Gorman kurz angebunden.

Chee hätte gern sein Gesicht deutlicher gesehen, aber die breite Hutkrempe warf einen Schatten darauf. Und die Brillengläser reflektierten das Mondlicht. Unmöglich, Gormans Miene zu erkennen.

«Gleich nachdem ich nach Shiprock gekommen war, hab ich ihm geschrieben. Ich hab ihm einen Brief geschickt und ihm mitgeteilt, daß es mir gutgeht. Ach ja – und dann hab ich ihn noch gebeten, daß er bei jemandem anruft. Er sollte ausrichten, daß ich für 'ne Weile weg bin.»

«Wem sollte er das ausrichten?»

Es dauerte einige Zeit, bis Leroy Gorman sich zu einer Antwort bequemte. Achselzuckend sagte er: «Einem Mädchen. War 'ne Freundin von mir.» Noch ein Achselzucken. «Ich wollte nicht, daß sie denkt, ich hätte sie sitzenlassen. Ihre Telefonnummer hatte ich ja, aber bei der Adresse war ich nicht ganz sicher. Darum hab ich Albert geschrieben, wie er sie telefonisch erreichen kann, und ihn gebeten, daß er ihr Grüße ausrichtet.»

«Aber wie ist Albert dann zu dem Foto gekommen? Zu dem, auf dem Sie und der Wohnwagen zu sehen sind und auf dem auf der Rückseite die beiden Wörter stehen?»

«Ich kann Ihnen nur die erste Hälfte erklären», sagte Leroy. «Das Foto hab ich ihm im Brief mitgeschickt. Aber draufgeschrieben hab ich nichts.»

«Also, Sie haben ihm das Foto aus der Polaroidkamera geschickt?»

«Ja doch. Ich hab den Apparat auf mein Auto gestellt, auf die Motorhaube, und den Selbstauslöser eingestellt ... na ja, und als es klick machte, hab ich im Wohnwagen gestanden. Bloß, draufgeschrieben habe ich eben nichts. Ich glaube, das soll man auch nicht. Die Tinte kommt durch, und dann ist das Foto im Eimer.»

Chee ließ sich das durch den Kopf gehen. Da hatte er nun endlich das fehlende Stück für sein Puzzle gefunden – und was kam raus? Wieder nur ein neues Rätsel. Wer hatte dieses verdammte *Trau niemandem* auf dieses verdammte Foto geschrieben? Und wann? Und wie war's dann wieder zu Albert gekommen? Und warum? Immer wieder dieselbe Frage: warum?

«Jemand hat das Foto als Postkarte losgeschickt», sagte Chee.

«Es war ein Nachporto-Vermerk drauf. Und jemand hat mit *Leroy* unterschrieben.»

«Was stand drauf? Trau niemandem? Sonst nichts?»

«Nein, nur die beiden Wörter», bestätigte Chee.

«Wer könnte das gewesen sein?» fragte Gorman. Er schob den Hut ins Genick, das Mondlicht fiel auf sein Gesicht und spiegelte sich in den Brillengläsern. «Und warum hat er das getan?»

Das war genau die Frage, die Chee auch beschäftigte.

Er kam von dieser Frage nicht los. Er fand keine Antwort darauf.

Er und Gorman hatten eine Weile dagestanden und herumgerätselt, ohne Ergebnis. Und dann hatte Chee Gorman geraten, jetzt nicht in den Hogan zu gehen. Es gehörte sich nicht für einen Fremden, mitten in die Zeremonie hineinzuplatzen. Wenn er eine Stunde früher gekommen wäre, als sie alle beim Essen saßen – das wäre etwas anderes gewesen. Jetzt mußte er bis zum Morgengrauen warten, bis zum Ende des Rituals. Gorman hatte das eingesehen und war zur Feuerstelle gegangen, wo die anderen herumstanden, die auch nicht am Gesang teilnahmen. Chee hatte noch gehört, wie Gorman sich vorstellte. Und nun standen sie da drüben am Feuer und unterhielten sich und hatten offenbar sogar etwas zu lachen. Na also, dachte Chee, nun hat er seine Familie gefunden und schon ein paar von seinen Verwandten kennengelernt.

Er ging zu seinem Kombi und ließ den Motor an. Ihm fiel nichts mehr ein, wo er mit seinen Ermittlungen anknüpfen könnte. Er würde Margaret nach Santa Fe zurückfahren, sich das Foto geben lassen, eine Weile draufstarren und doch nichts finden, was er nicht schon wußte. Damit war er also am Ende angekommen. Es gab keine losen Fäden mehr, gar nichts. Ein paar Morde – und keine Erklärung dafür. Jedenfalls keine vernünftige. Nichts, was irgendwie zu Frank Sam Nakais Vorstellungen von einer geordneten Welt gepaßt hätte – Vorstellungen, die auch Chee sich zu eigen gemacht hatte. Im Universum geschieht nichts zufällig, alles hat eine Ursache und eine Wirkung. Nichts ereignet sich grundlos, und nichts ereignet sich, ohne eine Veränderung zu bewirken. Das Sandkorn fliegt nicht irgendwohin, sondern der Wind ist es, der ihm den Weg und das Ziel bestimmt. Das Licht spiegelt sich im Auge eines Menschen, aber was sich verändert, größer wird oder kleiner, ist die Pupille; das Licht bleibt, was es immer gewesen ist. Alles ist Teil eines Ganzen, und in diesem Ganzen findet der Mensch sein *hozro,* lernt er, in Harmonie zu sein mit der geordneten Vielfalt, die ihn umgibt.

«Trau niemandem», sagte Chee laut vor sich hin. Er stellte die Wagenheizung höher, merkte aber, daß der Motor noch zu kalt war, und schaltete die Heizung wieder aus. Ringsum in den Autos, auf den Ladeflächen der Lastwagen oder einfach in Schlafbündeln auf der Erde lagen Menschen, die noch die paar Stunden bis zum Morgengrauen schlafen oder ausruhen wollten. Dann sollte Margaret Sosi aus dem Hogan kommen, schon gewaschen, das Gesicht nicht mehr rußgeschwärzt, und den Kräutersud trinken, den Littleben für sie angesetzt hatte. Und wenn sie sich erbrechen mußte, würde das nur die letzten Spuren des Bösen aus ihr herauswürgen und sie so wieder zum Glück der Vollkommenheit zurückführen.

Woran er auch zu denken versuchte, es half alles nichts: immer wieder kam er auf denselben Punkt zurück. Was bedeutete diese Warnung? Wem durfte man nicht trauen? Und war es eine Warnung, die auch er sich zu Herzen nehmen mußte? Nur … wem traute er denn überhaupt noch?

Da war Shaw. Ein Polizist, der um seinen Freund trauerte und nach Gerechtigkeit verlangte. War das eine Grundlage für Vertrauen? Chee dachte ein paar Minuten darüber nach, aber bei all seinem Grübeln kam nichts heraus. Sharkey – das war der nächste. Chee sah keinen Grund, warum er das, was er von Sharkey erfahren hatte, nicht glauben sollte. Nur, er hatte eben nicht viel von ihm erfahren. Und da war Upchurch gewesen … Hatte er vor seinem Tode irgend etwas getan, was ihn nicht vertrauenswürdig erscheinen ließ? Wer noch – mit wem hatte Chee es bei dieser Geschichte noch zu tun? Leroy Gorman. Auch von dem hatte er nicht viel Neues erfahren, außer daß Gorman behauptete, er hätte nichts auf die Postkarte geschrieben, jedenfalls nicht die Warnung. Chee ließ sich das einen Augenblick durch den Kopf gehen. Vertraute er Gorman? Nein, nicht mehr als Albert Gormans Vermieterin. Die verhielten sich alle nur so, wie es ihnen anerzogen war. Das begründete weder Vertrauen noch Mißtrauen. Man sagt ja auch nicht, man hätte Vertrauen zum Postboten, bloß weil man damit rechnet, daß er die Post schon ausliefern wird. Und da fiel ihm plötzlich Albert Gormans Briefkasten ein – der Briefkasten, den er heimlich inspiziert hatte, und zwar so, daß die Vermieterin nichts bemerken konnte. Das brachte ihn auf einen ganz neuen Gedanken. Der Brief, den Leroy Gorman an seinen Bruder geschickt hatte, war in dessen Briefkasten gelandet. Mrs. Day hätte es beobachten können. Und hatte man Mrs. Day nicht viel Geld dafür geboten, McNair auf dem laufenden zu halten? Bloß, wenn das Foto als Postkarte verschickt worden war, ohne Absender und vor allem ohne Briefmarke, dann hatte der Postbote die Karte nicht einfach in den Briefkasten geworfen. Er hatte geklingelt und die Nachgebühr kassiert. Mrs. Day wäre gar nicht an die Karte rangekommen. Konnte dieser Unterschied irgendwie von Bedeutung sein? Schon möglich, dachte Chee und hakte sich eine Weile an dem Gedanken fest.

Wenn seine Überlegungen nicht ganz in die falsche Richtung liefen, dann mußten McNairs Leute schon sehr früh gewußt haben, wo sich Leroy Gorman versteckt hielt, schon bald, nachdem er in Shiprock angekommen war. Mrs. Day konnte es für sie herausgefunden haben, indem sie den Brief aus Alberts Briefkasten fischte, den Absender notierte und mit einem Telefonanruf hundert Dollar verdiente. In einem kleinen Ort wie Shiprock ließ ein Fremder sich immer aufspüren. Gut, es wäre ohne das Foto vielleicht nicht ganz so schnell gegangen. Aber irgendwann hätten sie ihn finden können. Offenbar hatten sie es gar nicht versucht. Warum nicht?

Chee seufzte. Wie war das mit der Postkarte? Leroy Gorman behauptete, er hätte das Foto in einem Umschlag verschickt, und von dieser angeblichen Warnung, die auf dem Foto gestanden haben sollte, wußte er nichts. Aber es gab das Foto auch als Postkarte, korrekt adressiert, wenn auch ohne Briefmarke. Wie war das möglich? Ob es zwei Fotos gab? Kaum vorstellbar bei einer Aufnahme aus einer Polaroidkamera. Und Albert Gorman hatte doch dem alten Mr. Berger erzählt, er habe ein Foto von seinem Bruder bekommen. Ein Foto, dessentwegen er sich Sorgen machte. Leroy behauptete, er habe nur so eine allgemeine Floskel draufgeschrieben, irgendeinen belanglosen Gruß. Deswegen hätte Albert sich keine Sorgen gemacht. Wenn aber *Trau niemandem* draufgestanden hatte, dann hatte er allen Grund, sich Sorgen zu machen.

Chee schloß die Augen. Er versuchte, nicht auf Hosteen Littlebens Gesang zu lauschen, sondern sich ganz auf die Szene damals beim Altersheim *Silver Threads* zu konzentrieren. Auf Bergers Pantomime, mit der er ihm die Geschichte erzählt hatte, wie der blonde Mann gekommen war und wie Albert Gorman die Autotür zugeschlagen und dem Blonden die Hand eingequetscht hatte. Der Blonde wollte Gorman davon abbringen, nach Shiprock zu fahren, aber Gorman war trotzdem gefahren. Nach Bergers Schilderung war der Blonde nur deswegen gekommen, weil er das verhindern wollte. Chee hatte schon seinerzeit keinen Sinn darin gesehen, und jetzt ging es ihm genauso. Wenn McNairs Leute Leroy bis dahin noch nicht gefunden hatten, dann mußten sie doch eher daran interessiert sein, daß Albert ihn für sie aufspürte. Allerdings, wenn sie ihn doch gefunden hatten … Machte die Sache dann einen Sinn?

Plötzlich riß Chee die Augen auf, fuhr hoch und setzte sich kerzengerade hin. Es machte einen Sinn, und wie! Nämlich dann, wenn der Mann, den Albert Gorman im Wohnwagen angetroffen hätte, gar nicht sein Bruder war. Wie denn, wenn McNairs Leute Leroy schon vorher aufgespürt, ihn kurzerhand aus dem Verkehr gezogen und an seiner Stelle jemand anderen im Wohnwagen untergebracht hatten? Aber – nein, das war doch gar nicht möglich. Oder doch? Chee versuchte sich klarzumachen, daß es unmöglich wäre.

Nur, er fand kein zwingendes Argument. Upchurch, der den Schwindel sofort bemerkt hätte, war tot. Farmer, der einzige in der Staatsanwaltschaft, der über die Identität der Zeugen Bescheid wußte, war längst nicht mehr da, er arbeitete für ein Rechtsanwaltbüro in San Francisco. Blieb noch einer übrig, der Leroy Gorman wiedererkannt hätte? Wahrscheinlich nicht. Sharkey, zum Beispiel, wußte sicher nur, daß er einen unter seine Fittiche nehmen sollte, er paßte auf und hielt Telefonkontakt. Aber zu ihm hingefahren war er bestimmt nicht, schon weil er kein unnötiges Aufsehen erregen wollte.

Nachträglich konnte Chee nie sagen, wann es ihm eigentlich wie Schuppen von den Augen gefallen war, das ging ihm immer so. Aber plötzlich paßte eins zum anderen. Plötzlich war ihm klar, wieso Leroy Gorman die Postkarte geschrieben hatte. Er hatte gemerkt, daß sie ihn in seinem Versteck aufgespürt hatten. Und dann hatten sie Vaggan hingeschickt, um ihn aus dem Weg zu räumen. Vielleicht hatte Gorman sogar noch mitgekriegt, daß

Vaggan auf ihn angesetzt war. Jedenfalls wußte er, daß das Schutzprogramm geplatzt war. Und er wußte auch, daß der Versuch, seinen Bruder zur Zusammenarbeit mit der Polizei zu überreden, ihn jetzt das Leben kosten würde. Alles, was er noch tun konnte, war, seinen Bruder zu warnen. Er nahm das Polaroidfoto, etwas anderes hatte er in der Eile nicht zur Hand. Er schrieb die Adresse drauf und die Warnung. Eine Briefmarke zu besorgen – dazu langte die Zeit nicht mehr. *Trau niemandem,* damit meinte er sie alle: das FBI, die McNair-Bande, jeden einzelnen.

Der Rest war klar und einfach. Upchurchs Tod hatte alles ins Rollen gebracht, ob nun Shaws Verdacht richtig war oder ob der Untersuchungsrichter mit seiner Theorie eines natürlichen Todes recht hatte. Jedenfalls hatte McNair sehr schnell von Upchurchs Tod erfahren und sofort erkannt, welche Chance darin lag. Daß Upchurch diesmal den Mantel der Verschwiegenheit über seine Ermittlungen gebreitet hatte, schien anfangs das Verhängnis für den McNair-Clan zu besiegeln. Aber nun sah McNair, daß ihm gerade Upchurchs Geheimniskrämerei einen Ausweg aus der vermeintlichen Sackgasse eröffnete. Er brauchte Leroy Gorman nur durch einen falschen Zeugen zu ersetzen. Und das erklärte auch die Ereignisse bei Begays Hogan. Es durfte gar nicht erst so weit kommen, daß jemand Fragen stellte. Es durfte keine Spur geben, die zu dem Mann im silberfarbenen Wohnwagen führte. Wieder einmal erwies sich, wie unwandelbar richtig Frank Sam Nakais Gesetz von Ursache und Wirkung war.

Und dann fing Jim Chee an, darüber nachzudenken, wer wohl der Mann, den er mit Leroy Gorman angeredet hatte, in Wirklichkeit war. Und was dieser Mann eigentlich vorhatte. Und ihm wurde klar: Wenn es nach den Plänen dieses Mannes ging, würde er die Mesa Gigante nicht lebend verlassen.

Und auch Margaret Billy Sosi nicht.

26

Chee öffnete das Handschuhfach und wühlte unter den Papieren, den Karten und dem Krimskrams, der da lag, seine Pistole heraus. Es war eine Waffe mit kurzem Lauf, eine Achtunddreißiger. Chee bedachte das Ding mit einem schiefen Blick. Nicht, daß er was speziell gegen diese Waffe gehabt hätte, er war grundsätzlich kein Waffennarr, und ein guter Schütze war er auch nicht. Jedes Jahr war es ihm ein Greuel, wenn er auf dem Schießstand den vorgeschriebenen Leistungsnachweis erbringen mußte. Bisher hatte er die Prüfung jedesmal geschafft, aber immer nur mit knapper Mühe. Trotzdem, ein beruhigendes Gefühl war es schon, so ein Ding in der Hand zu halten, das mußte er zugeben. Er prüfte die Waffe, sah nach, ob das Magazin aufgefüllt war, er lud durch und sicherte. Dann steckte er die Pistole in die Seitentasche seiner Jacke. Das war erledigt, nun wurde es Zeit, sich einen Plan zu machen. Aber dazu mußte er sich erst einmal klarmachen, wie die Dinge sich voraussichtlich entwickeln würden.

Im Prinzip war die Sache ganz einfach. Leroy Gorman war nicht Leroy Gorman. Vielleicht war es Beno – oder wie der Kerl hieß, der Navajo, von dem Shaw gesagt hatte, er sei zwar unter Anklage gestellt worden, aber man habe ihn nicht festnehmen können. Beno, das konnte hinkommen. Shaw hatte gesagt, es sei so schwierig, ihn zu finden, weil man nichts gegen ihn in den Akten habe, keine Fotos, keine Fingerabdrücke, eigentlich überhaupt keine Informationen. So konnte ihn niemand identifizieren, und wenn dann McNair eines Tages vor dem Schwurgericht erscheinen mußte, stand womöglich im Zeugenstand ein Navajo, den alle für Leroy Gorman hielten, und dann … Den Rest konnte Chee sich schon vorstellen. Wenn der Staatsanwalt ihn vernahm, würde er seine Zeugenaussage so stockend und unsicher herunterleiern, daß jedem

Geschworenen Zweifel kommen mußten. Und im Kreuzverhör würde er plötzlich damit herausrücken, Upchurch hätte ihm eingepaukt, was er aussagen sollte. Upchurch hätte ihm das Wort für Wort eingetrichtert und ihm versichert, er könne das ruhig so aussagen, es sei die reine Wahrheit. Wenn er sich allerdings nicht dran hielte, würde er als Dieb ins Gefängnis wandern. In Wirklichkeit wisse er gar nichts, er halte sich nur an die Anweisungen des FBI-Agenten. Damit erschienen dann natürlich auch die Aussagen aller anderen Belastungszeugen in zweifelhaftem Licht, und am Schluß hielten die Geschworenen die ganze Anklage für eine reichlich wackelige Angelegenheit. Das Ende vom Lied: McNair ging als freier Mann nach Hause.

Der echte Leroy Gorman war zweifellos tot. Und die Leiche hatten sie sorgfältig beiseite geschafft, für immer unauffindbar.

Gab es noch irgendwo einen Haken? Sharkey, zum Beispiel? Nein, kein Problem. Sharkey dürfte kaum eine Chance gehabt haben, den richtigen Leroy Gorman kennenzulernen. McNairs Leute waren zu schnell gewesen. Kurzum, Gorman war nicht Gorman. Chee gewöhnte sich schon wieder dran, ihn in Gedanken Grayson zu nennen: Was sollte er nun mit Grayson machen?

Er stieg aus dem Wagen und schaute zum Hogan hinüber, wo Littlebens Gesang inzwischen verstummt war. Chee konnte sich vorstellen, wie er auf den Knien lag und die letzten Bilder auf den Boden malte. Zwei Männer und eine auffallend dicke Frau standen draußen an der Feuerstelle und unterhielten sich. Die anderen, die auch nicht mit in den Hogan gegangen waren, lagen in ihren Fahrzeugen. Alle warteten auf die Morgendämmerung, auf das Ende der Zeremonie. Chee starrte zu Graysons Chevy hinüber. Saß er drin? Er konnte es nicht eindeutig erkennen. Er ließ die Hand in die Jackentasche gleiten, tastete nach der Pistole und ging zwei, drei Schritte auf den Chevy zu. Dann blieb er stehen. Auf einmal kam ihm seine ganze Theorie wie barer Unsinn vor. Es mußte daran liegen, daß er damals in Los Angeles eins auf den Kopf gekriegt hatte. Er war zu lange auf den Beinen und hatte zu wenig Schlaf abbekommen. Er brauchte sich ja nur vorzustellen, wie das ablief, wenn er Grayson festnehmen wollte.

«Wie lautet die Anklage?»

«Sie spielen uns hier die Rolle eines Belastungszeugen vor.»

«Ach – und das ist ein Verbrechen?»

«Unter Umständen schon.»

Und dann sah er sich im Geiste vor Largos Schreibtisch stehen. Largo blickte ihn stumm an, erschüttert und tief betroffen, weil Chee wieder einmal eine Riesendummheit gemacht hatte. Und irgendwo im Hintergrund stand Sharkey und zitterte vor Wut.

Chee ging zum Wagen zurück, stützte sich auf und versuchte nachzudenken. Mal angenommen, Grayson (oder Gorman?) war einer von McNairs bezahlten Handlangern ... Wäre er dann hergekommen, als Chee ihm erzählt hatte, er hätte das Mädchen gefunden? Nein, er wäre nicht gekommen, natürlich nicht, denn Margaret Sosi hatte Leroy Gorman auf dem Foto gesehen und hätte sofort festgestellt, daß dieser Mann eben nicht Leroy Gorman war. Der ganze Schwindel wäre aufgeflogen. Aber er war hergekommen, also war er doch der echte Leroy Gorman.

Nur ... es gab noch eine andere Überlegung. Chees Theorie mochte noch so falsch sein, irgendwie paßte sie haargenau. Alles stimmte auf einmal. Sogar die Ereignisse bei Begays Hogan ließen sich erklären, zum erstenmal. War der Mann also hergekommen, obwohl er zu McNairs Bande gehörte?

Natürlich! Grayson mußte einfach herkommen. Denn Chee wollte sich ja hier mit Margaret Sosi treffen. Und bei der Gelegenheit würde er das Foto zu Gesicht bekommen und feststellen, daß Grayson und Gorman nicht ein und derselbe waren.

Dann wäre alles aufgeflogen. Darum war er hergekommen, und zwar so spät, daß Margaret Sosi ihn nicht mehr bei Tageslicht zu sehen bekam. Tatsächlich hatte sie ihn ja bisher überhaupt noch nicht gesehen. Er war hergekommen, weil es die letzte Chance war, das Foto aus dem Verkehr zu ziehen, bevor es Schaden anrichten konnte. Und um Sosi, die das Foto gesehen hatte, aus dem Weg zu räumen.

Und noch ein Gedanke, bei dem es Chee eiskalt den Rücken herunterlief: Wer immer der Mann sein mochte, er war bestimmt nicht allein gekommen. Er hatte in Los Angeles angerufen, und McNair hatte Vaggan losgeschickt. Chee versuchte abzuschätzen, wie lange das gedauert hätte – mit einem Charterflugzeug und einem Mietwagen. Kein Problem, der Flug nach Albuquerque und die kurze Fahrt hier herüber ... Und wer weiß, ob das alles überhaupt noch nötig gewesen war. Vaggan hatte bestimmt nicht die ganze Zeit über in Los Angeles gehockt, während Chee im Krankenhaus versorgt wurde. Wahrscheinlich hatte er irgendwie festgestellt, daß Margaret Sosi sich nicht mehr in der Stadt befand, und war direkt in die Reservation gefahren, um nach ihr zu suchen. Dann war es für Vaggan noch einfacher gewesen, heute hierher auf die Mesa Gigante zu kommen. Zusammen mit Grayson, in dessen Wagen? Chee bezweifelte das. Vaggan war bestimmt in seinem eigenen Wagen gekommen. Und wo hatte er den gelassen?

Die Antwort schien Chee naheliegend. Langsam ging er los, den Weg hinunter, der von Yellows Hogan zur Straße führte, dann aber nicht auf der Straße weiter, sondern querfeldein. Der verlassene Hogan, den ihm die Frau auf der Polizeistation beschrieben hatte, lag ungefähr eine Meile entfernt, nicht weit vom Steilhang. Chee nutzte, wo immer es ging, die Deckung der Wacholderbüsche, über offene Strecken lief er gebückt. Wo der Zufahrtsweg zum verlassenen Hogan von der Straße abzweigte, machte Chee halt, kauerte sich hin und suchte den Boden ab. Reifenspuren. Das Mondlicht fiel jetzt nur noch schwach über den westlichen Horizont. Trotzdem waren die Spuren deutlich zu erkennen. Also stammten sie von heute. So frisch, wie sie aussahen, konnten sie nur ein paar Stunden alt sein. Chee blieb auf den Knien, robbte auf den Hogan zu. Eine Bodenfalte war die einzige Deckung. Kein Cañoncito-Navajo wäre nachts hier langgefahren und hätte den Geist eines Toten herausgefordert. Auf Chees Skizze war der Hogan eingezeichnet gewesen – und bestimmt auch auf der Skizze, die Grayson an der Tür der Polizeistation vorgefunden hatte. Vermutlich hatte er die Skizze für Vaggan dagelassen. Und Vaggan – das hatten die Ereignisse bei Begays Hogan bewiesen … Vaggan war über die Bräuche der Navajos, über Totenhogans und die Geister, die dort hausen, bestens unterrichtet.

Chee kam langsam voran. Aber es war ja nicht weit. Nach knapp dreißig Metern konnte er – über die Bodenerhebung weg – die Ruine des Hogans sehen. Und hinter dem Hogan stand ein dunkelfarbener Lieferwagen. Ein Lieferwagen, den er gut kannte. Und er erinnerte sich noch genau, was er im Inneren des Wagens gesehen hatte, in den Halterungen hinter dem Fahrersitz: eine Schrotflinte, eine Waffe, die wie ein Sturmgewehr M 16 aussah, mindestens zwei weitere Schnellfeuergewehre – ein ganzes Arsenal.

Noch einmal ging Chee derselbe Gedanke durch den Kopf, der ihm schon vorhin, kurz hinter Yellows Hogan, gekommen war: Wenn die Sache hier schiefging … und es sah ganz danach aus, dann hatte er das seiner eigenen Dummheit zuzuschreiben. Er hatte die Burschen auf Margaret Sosis Spur gesetzt, er hatte sie sogar noch hergerufen. Hier vor allen Leuten, während der Zeremonie, würde Vaggan nichts unternehmen, dazu war er zu schlau. Er wußte, wie weit er von hier aus fahren mußte, bevor er irgendwo untertauchen konnte. Zwar hatte die Polizei es schwer, in menschenleerem Gelände, wo es keine Straßen gab, einem flüchtigen Verbrecher auf den Fersen zu bleiben, andererseits wurde jede Straßensperre zur Falle, aus der es kein Entrinnen gab. Mit dem Wagen würde Vaggan nicht weit kommen. Ohne Fahrzeug konnte er sich leicht irgendwo verstecken, aber dann stand er vor dem Problem, Trinkwasser zu finden. Also würde Vaggan vorläufig gar nichts unternehmen, sondern sie verfolgen, auf dem Highway überholen und der ganzen Sache mit einem Feuerstoß aus einem der Sturmgewehre ein Ende machen. Dabei war er an Margaret Sosi mehr interessiert als an Chee. Denn Chee war ungefährlich, solange er das Foto nicht gesehen hatte. Und daß er es noch nicht gesehen hatte, weil es in Santa Fe war, das hatte er dummerweise dem falschen Gorman selbst auf die Nase gebunden.

Einen Trumpf hatte Chee allerdings auch. Er wußte, daß Grayson sein Gegner war, und er wußte, daß Vaggan da draußen lauerte. Bloß, er wußte noch nicht, wie er den Trumpf ausspielen konnte. Und während er sich – mal tief ins Schlangenkraut geduckt, mal im Sprung von Kaktus zu Kaktus – so schnell wie möglich wieder auf Yellows Hogan zubewegte, wurde ihm klar, daß ihm bald etwas einfallen mußte. Im Osten schimmerte schon der neue Tag hinter den zerklüfteten Umrissen der Sandias und der Manzano Mountains herauf.

Als Chee zurückkam, waren gerade frische Holzscheite ins Feuer geworfen worden, Funken sprühten auf und regneten über Yellows Hogan herab. Alle waren jetzt wach, sie warteten auf den Augenblick, in dem Margaret Sosi aus dem Hogan trat: gereinigt vom Übel des Bösen, befreit vom Geist, zurückgekehrt auf den Weg der Vollkommenheit. Chee sah sich suchend um. Wo steckte Grayson? Als Littlebens Gesang abbrach, entdeckte er ihn am Rand der Gruppe, die wartend beim Feuer stand. Chee mischte sich rasch unter die Leute, Grayson mußte ihn nicht unbedingt sehen.

Die Tür des Hogans wurde aufgestoßen, Littleben erschien, hinter ihm Margaret Sosi. In der rechten Hand trug er einen kleinen Tontopf, mit der linken hielt er die kunstvoll bemalten und mit Federn geschmückten Gebetsstäbe hoch – die x-förmig gekreuzten *pahos.* «Nun wird unsere Tochter den Krug an ihre Lippen führen», begann er zu singen.

> Nun wird unsere Tochter wieder ein Kind des Schwarzen Gottes sein.
> Nun wird unsere Tochter wieder vernehmen, was der Sprechende Gott zu ihr redet.
> Nun wird unsere Tochter wieder rein sein wie ein Kiesel.
> Nun wird unsere Tochter wieder hell schimmern wie eine Muschel.
> Nun wird unsere Tochter den Trank kosten, der das Übel auslöscht.
> Nun wird unsere Tochter heimfinden zum *hozro.*
> Nun wird unsere Tochter wieder einherschreiten unter fruchtbarem Regen.
> Nun wird unsere Tochter umhüllt sein von wogendem Nebel.
> Nun wird unsere Tochter in der Harmonie des Himmels sein.
> Nun wird unsere Tochter …

Chee hatte Grayson aus den Augen verloren. Er riß sich von der Poesie des Gesangs los. Er mußte Grayson finden, im entscheidenden Augenblick mußte er wissen, wo der Mann steckte. Er mußte ganz in seiner Nähe sein. Kein Grund zur Aufregung, Grayson war noch da, ein Stück näher beim Hogan. Aber es kam Chee so vor, als achtete Grayson trotzdem darauf, daß

Margaret Sosi ihn nicht zu Gesicht bekäme. Übertriebene Vorsicht, dachte Chee, denn Margaret würde den Mann wohl kaum bemerken. Sie hatte gerade den Kräutersud getrunken, jetzt hielt sie den Blick starr nach Osten gerichtet. In dem Augenblick, in dem sich das erste Morgenrot über den Horizont schob, sollte sie sich übergeben. Dabei verriet ihr verzerrtes Gesicht, daß ihr schon jetzt speiübel war.

Und plötzlich schob sich der Rand der roten Scheibe über die Berge im Osten. Jetzt mußte Chee seinen Trumpf ausspielen. Durch die Menge, die stand und gaffte, bahnte er sich seinen Weg zu Grayson und packte ihn am Ellbogen.

«Leroy», sagte er, «es gibt Ärger.»

Grayson fuhr herum. «Was ist los?»

«Vaggan ist hier. So ein großer Blonder. Einer von McNairs Killern. Er hat seinen Lieferwagen irgendwo da draußen abgestellt.»

«Vaggan?» murmelte Grayson. «Mein Gott ...»

«Er wartet vermutlich, bis das hier vorbei ist und die Leute aufbrechen. Oder er wartet, bis Sie losfahren, und will Ihnen folgen.»

«Ja, das wird's sein.» Grayson sah ziemlich nervös aus.

«Es gibt einen zweiten Fahrweg», erklärte ihm Chee, «hinter dem Hogan. Er führt auf der anderen Seite von der Hochebene herunter. Eine miserable Strecke, aber man kommt durch.»

Die Leute, zwischen denen sie eingekeilt standen, fingen an zu lachen und zu klatschen. Margaret Sosi war das Übel losgeworden und heimgekehrt zum *hozro.* Die Verwandten umringten sie.

«Fahren Sie einfach bis zur Straße, dann biegen Sie links ab – und immer geradeaus weiter. Ich hole Margaret und komme hinterher.»

«Links ab», wiederholte Grayson, «gut.»

Er rannte zu seinem Wagen. Chee schob sich durch die Leute bis zu Margaret Sosi. Sie unterhielt sich gerade mit einer alten Frau, Littleben stand neben ihr.

«Komm mit!» sagte Chee. «Vaggan ist hier. Wir müssen uns beeilen.»

Margaret Sosi schaute ihn verblüfft an. Jetzt, nachdem der Ruß abgewaschen war, sah sie sehr blaß aus. «Vaggan?»

«Der Große aus L. A., weißt du? Der gesagt hat, er wäre ein Polizist. Der mich verprügelt hat.»

«Oh!» machte Margaret Sosi. Sie lief neben ihm her. «Auf Wiedersehen, lebt wohl! Und schönen Dank für alles!»

Graysons Chevy jagte zur Straße hinunter. Chee startete seinen Kombi, wendete in einer mächtigen Staubwolke und fuhr hinterher. Da, wo der ausgetrocknete Wasserlauf den Fahrweg kreuzte, bremste er scharf ab, schaltete zurück und riß den Wagen herum. Er lenkte ihn in die Auswaschung, holperte über Gestein und schrammte an Mahagonigebüsch und Dorngehölz entlang. Er fuhr so weit, bis er sicher sein konnte, daß man den Wagen vom Fahrweg zu Yellows Hogan oder von der Straße aus nicht sehen konnte. Dann hielt er an. Margaret Sosi starrte fragend zu ihm herüber.

Er fing an, ihr alles zu erklären, ganz ausführlich. Er hatte ja Zeit. Denn nun konnten sie sowieso nur noch warten.

«Tja», kam er schließlich zum Ende, «und darum habe ich dem Burschen, der uns Gormans Rolle vorspielt, von Vaggan erzählt: daß er hier ist und auf ihn wartet. Ich habe ihm geraten, daß er schleunigst abhauen soll – auf der Straße, die auf der anderen Seite runterführt. Und ich habe ihm gesagt, wir beide kämen nach. Er ist auch losgefahren, aber ich weiß schon, wohin. Er ist unterwegs zu Vaggan. Will ihm sagen, daß ich Bescheid weiß und daß wir beide zu fliehen versuchen.»

«Aber wenn Vaggan uns verfolgt?» fragte Margaret Sosi.

«Genau das soll er tun. Sobald er in die falsche Richtung losgefahren ist, hauen wir wirklich ab.»

«Aber warum versuchen wir's denn nicht auf der anderen Straße?»

«Weil die ins Nichts führt. Das hat man mir auf der Polizeistation gesagt. Noch ein Stück weit den Berg rauf, und dann verliert sie sich im Gelände. Es gibt nur die eine Straße von der Mesa hinunter, und zwar die, auf der wir gekommen sind. Aber die führt leider da vorbei, wo Vaggan auf uns wartet.»

«Ach so», machte Margaret.

Sie saßen eine Weile schweigend nebeneinander.

«Wie lange wollen wir hier warten?» fragte Margaret.

Genau darüber dachte Chee auch gerade nach. Sieben Wagen hatten oben bei Yellows Hogan geparkt, vier waren inzwischen die Zufahrt heruntergekommen. Jetzt lag der Fahrweg ruhig da, und auch auf der Straße rührte sich nichts. Drei Fahrzeuge waren noch oben, die Leute blieben wahrscheinlich zum Frühstück. Chee mußte so lange warten, bis Grayson zum Totenhogan gefahren war, Vaggan unterrichtet hatte und zusammen mit ihm losgeprescht war. Länger durfte er sich nicht Zeit lassen, denn Vaggan würde sehr schnell merken, daß Chees angeblicher Fluchtweg in die Irre führte.

Fuhr Chee aber zu früh los, dann konnte das ein tödlicher Fehler sein. Eine Schießerei, bei der er mit seiner Pistole gegen Vaggans Schnellfeuergewehr antreten mußte, war ein zu gewagtes Duell.

Er saß mit zusammengekniffenen Augen da und versuchte abzuschätzen, wieviel Zeit inzwischen vergangen war und wie weit Vaggan gekommen war.

«Jetzt, glaube ich.» Er startete den Motor und lenkte den Kombi rückwärts durch die ausgewaschene Senke. Als er wieder den Fahrweg erreichte, hielt er kurz an und orientierte sich. Nichts, kein Wagen auf der Straße, in beiden Richtungen nicht. Er hatte offenbar ein bißchen zu lange gewartet. Und das bedeutete, daß Vaggan nun jeden Augenblick oben auf der Höhe auftauchen und die Verfolgung aufnehmen konnte. Chee gab Gas und jagte den staubigen Weg hinunter. Die Scheinwerfer brauchte er nicht mehr, aber das Tageslicht war noch so schwach, daß Querrinnen und Schlaglöcher erst im letzten Augenblick zu erkennen waren. Vor ihm tauchte die Straße auf. Scharf riß er den Wagen durch die enge Kurve auf die Asphaltdecke. Im nächsten Augenblick mußte er abbremsen – ein riesiger Sandsteinbrocken, Schiefergeröll, eine Haarnadelkurve ... Er kam gerade noch an allen Hindernissen vorbei, der rechte Hinterreifen schabte irgendwo entlang. Und dann hatte er den Wagen wieder unter Kontrolle. Rechts wurde die Straße von einem Steinwall begrenzt.

Und hinter der nächsten Kurve, durch den Steinwall verdeckt, stand der braune Lieferwagen, quer über die Straße gestellt. Vaggan wartete dahinter, das Gewehr auf Chees Windschutzscheibe gerichtet. Chee stieg auf die Bremse. Der Kombi schlitterte halb in den Graben, kam zum Stehen. Hastig schaltete Chee in den Rückwärtsgang. Aber die Hinterräder mahlten sich im Sand fest. Grayson stand neben der Straße, keine zehn Meter weit weg. Seine Pistole war auf Chee gerichtet.

«Motor aus!» rief Vaggan. «Sonst ist es mit dir aus!»

Chee stellte den Motor ab.

«Streck deine Hände aus dem Fenster», befahl Vaggan. «So, daß ich sie sehen kann.»

Chee streckte die Hände aus dem Seitenfenster.

«Jetzt lang runter und öffne die Tür von außen. Steig aus. Und mach ja keine Dummheiten mit deinen Händen! Wenn ich sie auch nur einen Augenblick lang nicht sehen kann, knall ich dich ab.»

Chee öffnete die Wagentür und stieg aus. Er konnte spüren, wie das Gewicht der Achtunddreißiger seine rechte Jackentasche ausbeulte. Wie lange brauchte er, um nach der Waffe zu greifen und auf Vaggan zu schießen? Sehr lange, zu lange, viel zu lange.

«Ich leg dir jetzt Handschellen an und bring dich bei mir im Wagen unter», sagte Vaggan. Er kam auf Chee zu, das Schnellfeuergewehr im Anschlag. «Und dann fahren wir alle – du und das Mädchen und wir – zu einem schönen Plätzchen, wo wir uns in Ruhe unterhalten können. Wo ist deine Pistole?»

«Ich habe keine», behauptete Chee. «Ich bin nicht im Dienst. Die Waffe habe ich in Shiprock gelassen.»

«Ich bin nicht dämlich», sagte Vaggan. «Wenn ich's wäre, würde ich dich jetzt auf der Straße suchen, von der du Beno was vorgefaselt hast. Leg dich auf den Boden, Gesicht nach unten, Arme und Beine gespreizt. Beno, komm her. Nimm ihm die Kanone weg. Er trägt wahrscheinlich 'n Schulterholster.»

Chee versuchte, sich irgend etwas einfallen zu lassen.

«Runter!» fuhr Vaggan ihn an und stieß ihm die Gewehrmündung vor die Brust.

Chee japste nach Luft. Er sank auf die Knie. Er wußte genau, was jetzt kam. Vaggan würde sie an einen einsamen Ort bringen, wo es weit und breit niemanden gab, der durch die Schüsse aufgeschreckt wurde. Dann würde er sie töten. Mit zwei Schüssen, für jeden einen. Je weniger Schüsse, desto geringer war die Gefahr, daß jemand aufmerksam wurde.

«Runter!» befahl Vaggan noch einmal und stieß Chee die Waffe in den Rücken. Chee fiel auf den Boden.

«Da hat er das Ding», sagte Vaggan zu Beno, «da in der Jakken...»

Der Rest ging in einem Schuß unter. Vaggan hatte ihn erschossen. Komisch, er fühlte gar nichts, mal abgesehen von dem Schmerz auf der Brust, aber der kam von der Gewehrmündung, mit der Vaggan auf ihn losgegangen war. Ein paar törichte Sekundenbruchteile lang überlegte Chee, wo der Einschuß sein könnte: den mußte er doch fühlen. Und dann sah er – über ein Büschel Schlangenkraut weg – Vaggan fallen, ganz langsam, seitlich geneigt, die Arme ausgebreitet.

«Nein!» schrie jemand. «Nicht schießen!»

Noch ein paar Sekundenbruchteile mußten verstreichen, dann fing Chee zu begreifen an, daß er doch nicht tot war. Er hörte den Mann schreien, und er wußte, es war Grayson. Und während er sich hochrappelte, verbesserte er sich in Gedanken: nicht Grayson, Beno. Unsicher kam er auf die Beine, er wollte die Pistole aus der Jackentasche ziehen, sie entsichern ... Aber er brauchte die Waffe gar nicht mehr.

Margaret Sosi lehnte sich aus dem Kombi, sie war herübergerutscht auf den Fahrersitz, mit beiden Händen hielt sie einen großkalibrigen Revolver umklammert. Er war auf Beno gerichtet. Vaggan lag auf dem Boden, seitwärts hingestreckt, das Gesicht nach unten, ein Bein leicht angewinkelt. Das Gewehr lag neben ihm auf der Erde.

«Nicht schießen!» schrie Beno wieder. «Bitte nicht!» Er stand mit erhobenen Händen da.

Schließlich schaffte es Chee, seine eigene Pistole aus der Jackentasche zu fischen. Beno hatte keine Waffe mehr, er hatte sie weggeworfen, sie lag neben Vaggans Bein. Chee hob sie auf. Hinter sich hörte er etwas metallen klappern. Die Revolvermündung ... Margaret Sosi zitterte so sehr, daß der Lauf der Waffe gegen den Metallrahmen der Windschutzscheibe schlug. Wo hatte sie den Revolver eigentlich her? Ach so – Chee konnte es sich zusammenreimen. Es mußte die Waffe sein, die Vaggan aus der Hand gefallen war, als Chee ihm den Schlag mit der Taschenlampe versetzte. Damals in Los Angeles. Margaret hatte sie einfach behalten. Das sah ihr ähnlich. Kluge Voraussicht. Und nun hatte sie Vaggan mit dessen eigener Waffe erschossen.

27

Als Chee nach Shiprock zurückkam, lag der Brief in seinem Postfach. An der Handschrift auf dem Umschlag erkannte er sofort, daß es ein Brief von Mary Landon war. Ziemlich dick, zwei oder drei Seiten, schätzte Chee. Ein langer Brief. Er steckte ihn in die Jackentasche zu dem anderen Brief, von einer Versicherungsgesellschaft, wahrscheinlich bloß wieder Kundenwerbung.

Als er dann schließlich daheim im Wohnwagen war, legte er den Brief auf den Tisch. Er hängte die Jacke und den Hut auf, verschloß die Dienstpistole in einer Schublade und gab seiner Kaffeemaschine einen Topf Wasser zu schlucken. Er zog sich aus und stellte sich unter die Dusche, ließ heißes Wasser über sich rieseln, bis er sich sauber und ein bißchen erholt fühlte. Müde war er immer noch, unendlich müde, und davon kamen wohl auch die Kopfschmerzen. Dann saß er im Bademantel am Tisch und guckte den Brief an. Gleich würde er ihn öffnen. Gab es noch etwas, was er vorher tun mußte? Irgendwas, was noch unerledigt war? Ihm fiel nichts ein.

Der Rettungshubschrauber vom Medical Center der Universität von New Mexico war gekommen, die Männer machten ziemlich finstere Mienen, nachdem sie Vaggan untersucht hatten. Sie hatten ihn eingeladen und waren mit ihm losgeflogen. Zwei Beamte von der New Mexico State Police waren zur Polizeistation von Cañoncito gekommen, bei ihnen zwei FBI-Agenten, die Chee nicht kannte. Sie hatten Beno von ihm übernommen. Margaret Sosi hatte mit ihm in der Busstation von Albuquerque gefrühstückt, dann hatte sie telefoniert, und kurz danach war eine Frau gekommen, um Margaret abzuholen, anscheinend die Mutter einer Schulfreundin. Chees Anwesenheit hatte die Frau offenbar mit Mißfallen zur Kenntnis genommen, anscheinend verstand sie die Situation falsch. Immerhin, sie hatte sich rührend um Margaret bemüht und sie mitgenommen, damit das Mädchen endlich zum Schlafen kam. Chee, der sich auch nach Schlaf sehnte, hatte sich in einem Motel eingemietet, aber bald festgestellt, daß er zum Schlafen innerlich zu aufgedreht war.

Also war er die zweihundert Meilen bis Shiprock gefahren, hatte Captain Largo angerufen und berichtet, was passiert war, die Post aus seinem Fach gefischt und war nach Hause gefahren.

Alles erledigt. Nichts, was er noch tun mußte. Er stupste den Briefumschlag mit dem Finger an. Dann hielt er ihn so, daß er die Adresse lesen konnte, seinen Namen. In Mary Landons flotter Handschrift, die ihm immer ein bißchen verwegen vorkam.

Endlich öffnete er den Umschlag.

Jim, mein Liebling,
warum schreibe ich Dir einen Brief? Damit ich auch ganz sicher bin, daß ich das ausdrücke, was ich wirklich sagen will, und daß Du es verstehst. Vielleicht hilft es mir sogar selber, es zu verstehen.

Anfangen will ich damit, daß ich Dir von einer Freundin erzähle, Theresa McGill. Sie verliebte sich, als sie noch im College war, in einen Mann, der gerade das Priesterseminar hinter sich hatte – er wollte katholischer Priester werden. Sie liebte ihn, vielleicht nicht so sehr, wie ich Dich liebe, aber sie liebte ihn sehr. Und die beiden haben geheiratet, was natürlich hieß, daß er eben nicht zum Priester geweiht wurde. Er wurde Lehrer, die beiden bekamen eine Tochter, und ich habe lange gedacht, Theresa wäre glücklich. Aber letztes Jahr im Sommer hat sie mir erzählt, wie es wirklich ist. Ihr war aufgefallen, daß er immer sehr still ist. Er steht da und guckt aus dem Fenster. Oder sitzt allein hinten im Garten. Oder macht lange, einsame Spaziergänge. An einem Samstagnachmittag ist sie ihm nachgegangen und hat gesehen, wie er in eine Kirche ging. Eine leere Kirche. Es fand kein Gottesdienst statt. Außer ihm war niemand dort. Trotzdem ist er eine Stunde dringeblieben. Theresa hat mir gesagt, daß sie von diesem Augenblick an damit leben mußte. Sie liebt ihren Mann, aber sie weiß nun, daß sie ihm etwas weggenommen hat, was furchtbar wichtig für ihn gewesen ist. Und noch ist.

Siehst Du, das wollte ich Dir erzählen. Und ich möchte einfach nicht, daß uns dasselbe passiert. Darum habe ich meine Meinung geändert. Ich will nicht, daß wir zu meinen Bedingungen heiraten – ich meine, die Reservation verlassen und woanders eine Familie gründen. Vielleicht will ich, daß wir zu Deinen Bedingungen heiraten – und hier leben, mitten unter Deinem Volk. Falls Du das immer noch willst. Aber ich brauche ein bißchen Zeit, um darüber nachzudenken. Darum fahre ich jetzt heim, zurück nach Wisconsin. Ich will mit meiner Familie reden, ich will durch den Schnee wandern, Schlittschuh laufen … und abwarten, wie ich dann darüber denke. Aber in einem Punkt werde ich meine Meinung nicht mehr ändern: Ich werde meinen Jim Chee nie dazu zwingen, daß ein Weißer aus ihm wird …

Chee legte den Brief auf den Tisch, neben den Umschlag, und versuchte sich klarzuwerden, was er empfand. Er war müde, er brauchte dringend Schlaf. Besonders überrascht war er eigentlich nicht. Der Brief paßte genau zu Mary. Haargenau. Er hätte das vorher schon wissen müssen. Vielleicht hatte er's gewußt. Vielleicht war er darum nicht überrascht. Und was empfand er noch? Eine Art dumpfe Leere, als ginge ihn das alles gar nichts an. Das kam wohl auch von der Müdigkeit. Morgen würde alles anders sein. Morgen würde er sich entscheiden, was er tun sollte. Zum Beispiel – Mary anrufen. Aber was sollte er ihr sagen? Er konnte sich überhaupt nichts vorstellen. Und auf einmal merkte er, daß er mit seinen Gedanken bei Leo Littleben war. Und daß er sich fragte, ob Littleben wirklich bald der letzte sein würde, der den Gesang zur Beschwörung des Bösen kannte.

Steifbeinig stand er auf, goß sich eine Tasse Kaffee ein, lehnte sich gegen das Spülbecken und schlürfte den heißen Kaffee. Wenn er ausgetrunken hatte, würde er sich ins Bett legen und bis zum Frühjahr schlafen. Und wenn er dann irgendwann aufwachte, egal, wann das sein mochte, würde er über Mary Landons Brief nachdenken und darüber, was er tun sollte. Und irgendwann würde er sich an Frank Sam Nakai wenden, damit der für ihn mit Hosteen Littleben einen rituellen Gesang vereinbarte, einen Gesang zur Beschwörung des Bösen, für ihn. Und bei der Gelegenheit, dachte er, konnte er dann mit Littleben reden: mal hören, was er dafür verlangte, Chee den Ritus beizubringen. Es war gar nicht so schlecht, wenn jemand, der noch jünger war, ihn auch beherrschte.

Und während er das noch dachte, fiel er aufs Bett, so wie er war, im Bademantel, und im nächsten Augenblick war er eingeschlafen.